KB157222

인간시장

3

김홍신 장편소설

욕망의 그늘

인간시장

| 차례 |

호기심 7

하느님 핏대 좀 내세요 21

음험한 밀실 65

철면피 117

욕망의 그늘 138

희대의 장난 189

유괴사건 214

역사를 위하여 241

이상한 곳 268

작가 후기 333

호기심

길거리마다 축제 기분이었다. 대형 크리스마스트리엔 휘황찬란한 불꽃이 춤을 추었고 골목마다 경쾌한 음악이 들려오고 있었다. 갈수록 연말의 분위기는 들떠가는 것 같았다.

"남의 생일날 꽤 악 받치게 노네."

내가 이렇게 한마디 했다. 다혜가 곱지 않게 흘겨보았다.

"크리스마스가 왜 남의 생일이야?"

"좌우간 그거 외제 아냐."

"지금 찬이가 입고 있는 옷은 뭐야?"

"그렇게 따지니까 외제군."

"너무 흉내 내지 마. 꼿꼿한 나무는 부러지지만 휘청휘청하면서도 꺾이지 않는 나무도 있어."

"넌 마치 배고픈 역사 선생 같은 소릴 하고 있구나."

"그런 소리 그만해. 좋은 날 만나서 좋은 소리 놔두고……. 쓸데없이."

다혜가 팔짱을 힘주어 꼈다.

"어디 갈래?"

"글쎄 말야. 서울은 너무 갈 곳이 없는 도시야. 도시 계획을 이렇게 해놓고 발 뻗고 자는 사람들 보면 용해."

다혜가 투덜거렸다. 정말 서울이란 데가 젊은 사람들 기죽이게 만들어진 것은 확실했다.

"그런 사람들 데려다가 지옥 설계하라고 하면 기찰 거야."

다혜가 웃었다. 사람들 표정은 모두 들떠 있는 것 같았다. 더러 한복 입은 여자들 모습도 보였다.

"저 한복이 우리 전통 복장인 줄 알고들 있겠지."

"그럼 누구 거야?"

다혜가 저돌적인 표정으로 물었다. 그녀도 한복을 꽤 즐겨 입는 여자 가운데 하나였다.

"김춘추라고 알지."

"말해 봐."

"그 친구가 되놈 끌어들여서 영토를 삼분의 이 이상이나 줄여놓고 당나라에 여자 조공 바쳐가며 그 앞에 무릎 꿇고 앉아 우리나라 복장을 중국 것으로 고치게 해달라고 빌어가지고 우리나라 백성들에게 중국 옷을 입힌 거야."

"혹시 꾸며대는 거 아냐?"

다혜가 못 믿겠다는 듯이 말했다.

"본디 신라복장이란, 텔레비전 보면 태권도복 비슷한 거 입고 나오는 거 봤지. 그런 거였단 말야."

"그렇게 유식한 거 믿어도 돼?"

"식민지 사관에 몸 바치는, 왜색 칠한 학자가 아니라면 그 정도는 알고 있지."

다혜는 대꾸를 하지 않았다. 그냥 앞만 보고 걸었다.

"서낭당을 미신이라고 파 없앤 사람들도 아직 청정하게 잘 먹고 잘 살고 있지."

"갑자기 왜 그래?"

"나도 가끔은 썩 괜찮은 선생을 만난다구. 이러고 돌아다니니까 돌대가리라고 생각하면 안 돼. 나도 한땐 무초 스님 밑에서 종아리 맞아가며 공부하던 놈야."

"그래서, 서낭당이 어쨌다는 거야"

다혜가 장난기 서린 말투로 물었다.

"사람들이 서낭당에다 절하고 빌고 하니까 초등학교 아이들한테까지 미신이다, 그런 행위가 나라를 좀먹는다 어쩐다 으름장 놔서 다 없애버렸잖아."

"별걸 다 아네."

"나도 별걸 다 아는 때가 있지. 그런데 사실은, 그 서낭당을 미신이라고 몰아붙일 게 아녔어. 그건 단순한 헝겊 쪼가리나 걸고 돌멩이나 던지는 것이 아녔어. 그건 우리 백성들의 병기 창고였어."

"병기 창고?"

"그래, 병기 창고. 옛날에 방어 무기는 두개골이었고 공격 무기는 돌멩이밖에 더 있겠니?"

"후훗, 말 된다."

"우리 백성들이 마을을 지키고 나라를 지키기 위해 그 공격용 무기, 돌멩이를 모아두었던 곳이 바로 서낭당이었어. 그러니 마을을 지켜준 그곳을 좀 위했다고 해서 그걸 미신이라고 한다면 나라를 지켜 목숨을 바친 조상들은 왜 떠받드는 거야."

"그걸 왜 나한테 물어."

"글쎄 말야."

"그나저나 다시 봐야겠어. 그런 걸 어떻게 알았지?"

"엉터리 학자 말고 진짜 학자 한 사람이 내 선배 가운데에도 있어."

"맨날 똥통학교라더니……."

"왜놈 책 베껴먹지 않고 진짜로 공부하는 내 선배가 전국을 누비며 캐낸 거야. 서낭당의 위치, 마을과 서낭당의 지형적 관찰과 고증을 통해 캐낸 거야. 아무튼 서낭당을 없앤 친구들은 하늘나라에 가서 상장 받을지 모르지만 우리 후손들에게 떡치듯 두들겨 맞게 될 거야."

"그만해. 오늘은 크리스마스이브야. 우리 어디 가서 한잔 꺾지."

다혜가 흥분해 하는 내 행동을 막기 위해서 나를 끌어당겼다.

하느님, 내 말 틀렸습니까?

더러는 옳은 소리 한다는 거 아시죠. 내가 공부 못한 게 기쁘실 겁니다. 나 같은 독종이 공부를 열심히 했다고 쳐봐요. 여럿 잡았을 겁니다.

우리는 인파 속에 휩쓸려 명동 쪽으로 걸었다. 통행금지가 없어진 밤은 언제고 젊은 사람들에겐 희망 같은 걸 던져주는지도 모른다. 그 짧은 네 시간의 구속력을 젊은이들은 미워하고 있었다.

"어디 갈까? 흔들면서 마시는 데 갈래?"

"흔들면서 마셔? 우린 그런 곳에 갈 나이가 지났어. 고고홀에 가기엔 우린 늙었어."

"그럼 어디 갈 거야?"

"조금 걷다가…… 뜨거운 커피를 마시고…… 명동성당에 가서 기도하고……. 그리고 가는 거지, 머."

다혜는 가고 싶은 곳이 마땅치 않았던 모양이었다.

명동 바닥에 아직도 근사한 게 있다면 성모마리아 상이 있는 성당 같았다. 그 옆에 서낭당의 돌무더기가 아직도 남아 있다면 얼마나 젊은 사람들이 더 아름다운 추억을 쌓아가고 있을까.

강가에 나가 예쁜 조약돌을 주워 들고 와서 그곳에 던지며 두 사람이 끝까지 사랑하게 해달라고 빌기도 할 테고, 그 앞에서 기념촬영을 하는 할아버지 사진사가 대를 물려 사진을 찍을 수 있게 할 순 없을까.

“나를 위해 아무 스케줄도 짜지 않았단 말야?”

다혜가 물었다.

“짰지.”

“뭔데.”

“가볍게 한잔 하고 호텔에 가서…….”

“저렇다니까. 생각한다는 게 저런 것뿐이라니까.”

“이거 왜 이래. 호텔에 가서 뜨거운 커피 마시고 콜택시를 불러 집 앞까지 얌전하게 모셔다 드린다 이거야.”

“내가 졌다.”

다혜가 깔깔거리며 웃었다.

“취직했다고 사기 쳐놓고 내 입술만 더럽힌 죄를 어떻게 보상해 줄까 생각했어?”

다혜가 정색을 하고 말했다. 나는 끼득거리기만 했다. 입사한 뒤에 별로 일다운 일도 해보지 않은 채 사표를 썼기 때문이었다.

“널 다 준다면 끝내주는 데 취직할 용의도 있지.”

"나 위해서 취직하는 거야?"

"그런 건 아니지만."

우리는 잠깐 침묵했다. 서로의 마음을 읽었기 때문이었다.

"우리 오늘 첫날밤 해버릴까?"

내가 애원하듯 말했다. 다혜 얼굴이 금세 장난기가 서려졌다.

"그렇게 내가 갖고 싶어?"

"미치겠다."

"다른 여자들한테도 그랬어?"

"사람 잡고 있네. 이거 왜 이래."

"좀 지나치다는 생각 안 들어? 만날 때마다 왜 그래. 어디 병난 거 아냐."

"난 네 마음을 모르겠다. 그까짓 거 뭐가 대단하다고. 지금이니까 그렇지 조금 지나봐. 그런 건 개도 안 물어간다구."

"개가 물어가라고 팽개치기나 한대."

"솔직하게 얘기해 보자. 넌 감정도 욕망도 호기심도 없니? 우린 어차피 죽어. 살아 있을 때 해보고 싶은 거 못 해보면 언제 하겠니. 넌 너무 지독한 거 같아. 난 널 강제로 갖긴 싫어. 네가 스스로 옷을 벗을 때까진 참을 거야."

"결혼하면 어련히 안 벗고 배길까."

"요새 첫날밤부터 악쓰며 사는 사람 어디 있니. 넌 어디가 잘못돼도 단단히 잘못됐나 봐. 그렇지 않고서야 너무하잖아."

"걱정 마. 결혼할 때 건강진단서 떼가지고 갈 테니까."

"귀찮게 뭐하러 그런 걸 떼고 그래. 나한테 신체검사 받으면 될 걸 가지고, 점수 후하게 줄게."

다혜가 내 등짝을 후렸다. 사람들이 그런 우리 두 사람을 흘끔흘끔 쳐다보고 있었다.

"저기 가서 따뜻한 커피라도 한잔 하자."

우리는 복작거리는 찻집으로 들어갔다. 담배 연기가 자욱했다. 모든 사람이 약속이나 한 듯이 쌍쌍이었다. 그들은 우리처럼 모두 젊었다. 축제는 확실히 젊은이들 것이었다. 오늘 밤은 어디를 가나 젊은이들뿐이었다.

"이제 낼모레면 우리 나이가 스물셋이 돼. 세월 참 빠르구나. 삼십을 눈앞에 두고 있으니 말야."

"삼십? 그때 우린 어떻게 변해 있을까."

"뻔하지. 다혠 아이를 두엇 낳아가지고 쭈글쭈글할 테고 나는 처자식 먹여 살리느라고 등뼈가 휘어지게 일하고 있겠지."

"이거 참 애매한 나이야. 어른이랄 수도 없고 아이랄 수도 없고 말야. 아이들은 우릴 어른 취급할 테고 어른들은 우릴 아이 취급할 테니 말야."

다혜 말이 맞았다. 우리 나이가 애매한 나이였다. 대개의 사내들은 군대에 가 있거나 군대에 가야 하는 나이였고, 대개의 여자들은 결혼문제 때문에 신경이 날카롭게 서 있는 나이였다.

"동갑내기끼리 결혼하면 남자가 손해라던데. 넌 쉽게 늙을 거고 난 천천히 늙을 테니까 말야."

"그래서 어쨌다는 거야. 나보고 오늘 밤에 들어가지 마라 이 말야?"

"들어가. 이따가 성당 앞에 가서 기도하고 들어가."

나는 이렇게 말했다. 오늘 밤도 다혜를 훔치기는 틀린 것 같았다.

소갈머리 없는 계집애라면, 스물세 살을 목전에 둔 보통 계집애라면, 지금쯤 현대과학의 힘을 빌려 네댓 번쯤은 어머니가 되려다 말았어야 할 계집애였다. 더구나 나처럼 만날 때마다 조르는 사내가 있으면 진작 마지못한 듯 끌려 다녔어야만 했다.

화는 삭지 않았지만 다혜의 그런 고집이 싫지도 않았다. 그만큼 정숙하려는 그녀의 의지가 한편으로는 고맙기도 했다. 다혜는 데리고 놀 여자는 아니었다. 데리고 살기에는 가장 알맞은 여자일 수 있었다.

졸업식이 끝난 후에 나는 어머니에게 다혜를 소개할 생각이었다. 어머니는 초등학교 교장 선생의 딸이란 사실과 간호원 출신이란 사실만 가지고도 찬성할 수 있을 것 같았다.

어머니는 선생님과 의사, 암행어사와 용한 무당에게 곧잘 기가 죽는 면이 있었다.

우리가 밖으로 나왔을 때는 심야미사가 시작된 뒤였다.

"우리 저기 가서 기도해. 서로를 위해서 말야."

다혜가 내 손을 잡고 앞서 걸었다. 성모상 아래에는 많은 사람들이 기도를 하고 있었다. 다혜는 자꾸 나를 끌어당겼다. 되도록 앞쪽으로 가서 기도를 할 모양이었다.

"여기서 대충 하자니까 그래."

내가 작은 소리로 말했다.

"이왕이면 앞으로 가지 왜 이래."

"너야 하느님하고 친하니까 그렇지만 나야 어디."

"죄받을 소리만 하구 있네."

우리는 앞 쪽으로 나갔다. 성모마리아가 아기 예수를 안고 서 있었다. 주위를 비추는 불꽃 속에서 성모마리아는 엷은 미소를 보내고 있었다.

"찬이, 저기 봐. 명식 씨 아냐?"

다혜가 구석자리를 가리켰다. 나는 하마터면 소리를 지를 뻔했다. 명식이가 손을 모은 채 눈을 감고 있었다. 한쪽 발이 짧아서 약간 기운 자세였지만 녀석의 얼굴은 진지해 보였다.

"저 녀석 공부하라고 올려 보냈더니 여기 와 있군."

명식이는 지금쯤 암자에 있어야 할 녀석이었다. 설악산에 다녀온 뒤에 바로 짐 싸가지고 떠난 녀석이었다. 한두 번 내려왔었지만 볼일을 보면 후다닥 짐을 챙기던 녀석이 지금 성모마리아 앞에 기도를 하고 있었다.

"가만 둬. 기도 끝날 때까지."

다혜가 내 옷자락을 잡고 놓아주지 않았다.

녀석은 13평짜리 아파트를 끝내 거절했다. 춘삼이 형이 약속대로 아파트를 사줬지만 녀석은 한사코 그걸 거부했다. 모든 걸 사법고시에 패스한 뒤로 미뤘다. 합격하지 않는 한 산에서 내려오지도 않겠다는 의지를 밝히고 떠났었다.

우리가 뒤로 물러나 명식이를 지켜보고 있었지만 좀처럼 그 자리에서 떠날 것 같지 않았다. 내가 녀석의 뒷덜미를 잡았다. 명식이는 졸린 듯한 눈으로 뒤돌아보고 씨익 웃었다.

“이게 정신 못 차리고…….”

내가 작은 소리로 말하자 명식이는 뒤뚱거리며 돌아섰다. 녀석의 손에 찬송가 책이 들려 있었다.

“임마, 소식도 없이 내려와서 네가 제일 싫다는 이 저잣거리에서 있을 게 뭐야.”

“다혜 씨도 오셨군요.”

명식이는 다혜에게 말을 건 뒤에 내 주머니 속에 손을 넣었다.

“이거 밤이다. 다혜 씨랑 까 먹어라. 내가 산에서 따온 거다.”

“임마, 어딜 가려고 서둘러. 갈 데나 있어?”

“하늘 아래가 다 내 집이다. 어디 가면 잘 데가 없겠니.”

“너 뭐 먹을 거 있다고 내려왔어.”

내가 채근하듯 물었다.

“서유리라고 알지? 설악산에서 만난 애. 오늘 약속했거든.”

“서유리하고 약속? 이거 미치고 펄쩍 뛰게 만드네.”

나는 가슴이 뜨끔했다. 서유리라면 설악산에서 명식이의 총각딱지를 떼어준 천사 같은 여자 이름이었다. 지금쯤은 춘삼이 형이 좋은 자리를 내주어서 그런 고생은 하지 않을 여자였다.

"그때 한 약속이지. 이번 크리스마스에 여기 와서 서로 기도해 주기로 약속했거든. 걔 신자였거든."

"그래서 내려온 거냐?"

나는 주위를 둘러보며 물었다. 명식이는 피식 웃으며 고개를 끄덕였다.

"만났냐?"

"서로 얼굴만 봤어. 내 옆에서 기도하다가 이걸 호주머니에 넣어주고 갔어."

명식이는 묵주를 내밀었다.

"한마디 말도 안 했단 말야."

"애초 그게 약속이었으니까. 난 초저녁부터 여기서 꼼짝 않고 기도하고 있었어. 유리가 올 줄 알았지. 걔도 한마디 말도 하지 않고 내가 넣어준 밤을 반 뚝 깨물어서 반을 내 입에 넣어주고 갔어. 우린 내년 크리스마스에도 그러기로 약속돼 있어."

"독하다, 독해."

나는 안 가겠다고 버티는 명식이를 끌고 성당에서 내려왔다. 다혜가 군밤을 사들고 서 있었다.

"나 잠깐 봐."

나는 명식이를 세워놓고 다혜가 끄는 대로 따라갔다.

"서유리가 누구야?"

"나중에 다 얘기해 줄게. 우선 저 녀석 저녁이나 먹여야 돼. 초저녁부터 저러고 있었대."

"알아. 그 여자가 이걸 주고 갔어."

다혜가 내미는 봉투 속에는 현금 십만 원과 편지 한 장이 들어 있었다. 현금은 명식이를 위해 써달라고 적혀 있었다. 그것은 내가 지난 여름에 유리에게 주었던 수고비와 같은 액수였다.

"이 땅은 아직도 믿을 수 있어. 아름다워. 정말 아름다운 땅이야."

내가 이렇게 말했다. 다혜가 영문을 모른 채 따라왔다.

"갑자기 왜 이래. 뭘 잘못 먹은 거 아냐?"

"이따가 얘기해 줄게. 그런 일이 있어. 저 녀석 저녁 먹이고 푹 재워줘야 돼."

"나도 알아. 유리라는 그 여자하고 무슨 일이 있었지? 설악산 가서 재미 실컷 보고 딴소리하고 있어."

"그게 아냐. 아름다운 일이란 것만 알아."

우리는 을지로 쪽으로 걸어 내려왔다. 절룩거리며 걷는 명식이의 발걸음에 힘이 들어 있었다.

우리는 게걸스럽게 밥을 먹는 명식이 옆에 앉아서 설악산에서 벌어졌던 명식이와 서유리라고 하는 여자 얘기를 했다. 물론 명식이가 알고 있는 대로만 얘기했다.

"명식 씨는 정말 행복하시겠어요."

다혜가 이렇게 말했다. 밥을 욱여넣던 녀석이 크게 가슴을 펴고 대답했다.

"난 계속 행복할 겁니다."

우리는 시끄럽게 웃었다.

하느님 핏대 좀 내세요

몇달 만에 만나는 명식이의 얼굴이 퍽 초췌했다. 고등고시가 그렇게 쉬운 건 아닌 모양이었다. 고등고시에 합격하기만 하면 단독주택 한 채와 자가용을 딸려 시집오는 계집애들이 줄을 선다는 것만 보아도 그게 보통 일은 아닌 것 같았다.

"너도 사법고시 합격하면 춘향전의 이몽룡인가 하는 사내처럼 네 애인 구하러 가느라 정신 못 차리는 거 아니냐?"

내가 짓궂게 물었다. 녀석은 벌큼벌큼 웃기만 했다.

"서유리 씨가 춘향이처럼 엉터리 열녀는 아니잖아."

다혜가 거들었다.

"좌우간 네가 장원급제해서 암행어사만 돼라. 내가 요즘 엉터리 연속극처럼 칼잡이 수행비서라도 할 테니."

"임마, 나더러 조르지 말고 네가 장원급제하면 되잖아? 넌 공부를 안 해서 그렇지, 달겨들기만 하면 무슨 짓을 못하겠니."

명식이는 내가 너무 중압감을 주니까 이런 식으로 나왔다.

"난 시시해서 못하겠어. 판사나 검사나 변호사가 얼마나 아이러니컬한지 생각해 봐라. 사람 잡아다 벌주는 짓하다가 변호사만 되면 죄 없다거나 가볍게 해달라고 떼쓰게 되잖아."

"그게 사람 사는 세상 일인 거야."

"많이 발전했다."

"산에 파묻혀 살다 보면 이 짓도 다 부질없다는 걸 알게 되지만……. 그러나 세상과 뒤엉켜 사는 게 또 사람 노릇 하는 거 아니냐."

우리는 몇 달 동안 만나지 않았지만 별로 할 말이 없었다. 고시공부 때문에 여념이 없는 명식이의 얘기를 주로 듣는 편이었다.

"대통령이나 황제 시험을 본다면 한번 대가리 터지게 공부해 볼 수도 있겠는데……."

내가 의뭉스럽게 말했다.

"핑계만 근사해, 뭐든 제대로 하는 거 하나두 없으면서."

다혜는 내가 조금 미운 모양이었다. 다른 사람은 벌써 취직이 되었거나 취직 준비를 서두는 판에 나는 만사가 태평했다. 체질적으로 월급쟁이를 할 것 같지 않았다. 그렇다고 뾰족한 수가 있는 것도 아니었다.

"사장님 사모님 만들어줄 테니까. 염려 팍 붙들어 매시라구."

"난 그런 거 원치 않아. 찬이가 평범한 남자였으면 좋겠어. 명식 씨처럼 고시공부를 한다든지 취직시험을 봐서 회사에 취직했다고 저녁 사는 그런 남자 말야."

"저녁 사줬잖아?"

"누가 밥 못 먹는 사람인 줄 알아? 평범한 남자였으면 좋겠다는 거지."

"나 평범하잖아. 배운 대로 실천하고 시키는 대로 일하고 보통 여자를 사랑하고……."

"그만해."

다혜가 말을 막았다. 그녀는 언제나 내가 평범한 사내이기를 바랐다. 정의라는 걸 내세워 닥치는 대로 뛰어다니는 걸 싫어했다.

"명식 씨. 공부 할 만해요? 산골에 들어가 있어서 편켔어요. 시끄럽지 않고 방해하는 게 없을 테니까요. 서울에 있어봐요. 저 늑대 같은 남자가 얼마나 괴롭혔겠어요."

다혜가 명식이에게 이렇게 말했다. 명식이가 웃었다.

"거기도 마찬가집니다. 공기가 맑고 물은 좋지만 인심도 변했고 시끄럽기도 마찬가집니다."

"그 산골짜기까지요?"

"돈 많은 도시 사람들 작태 빤하죠. 낮엔 사냥 다니고 밤엔 노름하고……. 시골 사람들도 말은 못해요. 그 일대 산이나 논밭 주인이니까."

명식이는 여유 있는 도시의 소수인들이 저지르는 꼴불견을 주섬주섬 털어놓았다. 서울에서 내려온 부자들은 멧돼지나 노루를 사냥해서 정력제라는 생피를 마셔가며 젊은 계집애들과 놀아난다는 것이었다. 밤엔 큰 노름판을 벌이거나 술판을 벌여 시골의 순박한 사람들의 기를 팍팍 꺾어놓는다고도 했다.

고시공부하러 들어왔던 사람들이 못 견디고 다른 곳으로 갔지만 명식이는 내 체면도 있고 다른 사람들보다 더 높은 암자에 있기 때문에 그럭저럭 견딘다고 했다. 명식이는 그곳에서 내려오면 갈 곳이 없었다. 집안 형편이 좋다면 훨씬 좋은 곳으로 갈 수 있겠지만 명식이 형편에 그럴 수도 없었다.

암자의 보살에게 은주 누나가 다달이 쌀값을 보내고 있었다. 명식이는 그런 사정 때문에 은주 누나나 내 호의를 저버릴 위인이 못 되었다. 그래서 참고 견디는 눈치였다.

"내가 내일 올라갈게."

나는 그 순간에 부자 사내들의 작태를 내 눈으로 똑똑하게 보아두고 싶었다.

"관둬. 더 시끄러운 건 싫다."

"내가 뭐 시끄러운 놈이냐? 보살님한테 인사드릴 일도 있고 재수가 좋으면 부자들 노름방도 쳐다볼 수 있는 거 아냐."

명식이는 내가 그곳에 가려는 뜻을 짐작하고 있었다.

"나도 갈게. 겨울 산도 보고 싶고……."

다혜가 더 적극적으로 나섰다. 명식이가 웬만해서 투정 부리지 않는 사내라는 걸 다혜는 알고 있었다. 뭔가 답답하기 때문에 그 얘기를 꺼냈을 것 같았다.

"네가 오지 마란다고 안 갈 사람이냐? 내 성깔 알면서."

나는 확인하듯 말했다.

"이왕 오려면 차도 한 대 빌리고 장난감 총이라도 챙겨가지고 와라."

"그거야 쉽지."

"그래야 그 사내들하고 한판 근사하게 벌일 거 아냐. 자가용이라도 있어야 그 사내들이 노름판에 붙여줄 거니까."

"그건 네가 얘기 안 해도 그 수밖에 없는 법이다."

나는 신바람이 났다. 그 사내들의 버릇을 따끔하게 고쳐주는 일보다도 다혜와 며칠 밤을 보낼 수 있다는 게 즐거웠다. 여름에 설악산행이 좌절되어 못내 섭섭한 판이었다.

차라리 설악산의 밤보다 산골짜기의 밤이 더 아름다운 역사를 만들 수 있을 것 같았다. 겨울 산 속의 암자는 고주배기와 잔솔가지를 때서 나 같은 촌놈에겐 향수 어린 따스함을 주는 곳이었다.

하느님. 절호의 찬스를 주셨습니다. 다혜를 훔치겠습니다. 이 성스러운 밤에 하느님은 큰 선물을 주신 겁니다.

그러나 하느님, 이 땅에 하느님의 성령이 충만하진 않은 것 같습니다. 오늘같이 성스럽다는 날도 고난받는 사람들은 많습니다. 하느님은 이 땅의 사람들을 어째서 사랑하지 않습니까? 동양 사람이고, 못사는 나라이고, 작은 땅이어서 그런 겁니까?

하늘에서, 그 높은 곳에서 내려다보시면 쉽게 아실 겁니다.

어떻게 해달라는 말은 않겠습니다. 고통스러워하는 가난한 사람들은 이 추운 밤에 하느님보다는 연탄 한 장을 더 생각할 수밖에 없습니다. 하느님보다 연탄 한 장을 더 생각하는 사람에게 악마의 편이라고 손가락질하신다면 하느님도 죄받습니다.

또 이 아름답고 성스럽다는 밤이 즐겁고 경축스럽기보다는 마음이 아픈 사람들도 많습니다. 이 땅의 미래를 걱정하는 사람들은 성스러운 날이 되면 이 성스러움에 동참할 수 없는 사람들을 위해 기도합니다. 하느님은 그걸 아시겠죠?

성탄절에 사면을 받거나 감형을 받아 감옥살이를 청산하는 사람이 많습니다. 하느님의 능력은 애초 감옥에 가지 않게 할 수 있다고 들었습니다.

지은 죄를 사하여 주실 생각 마시고 죄악에 빠지지 않게 할 수 없습니까?

세상에는 병 주고 약 주는 치사한 친구들이 많습니다. 그런 친구들 끝 좋은 걸 혹시라도 보신 적이 있습니까?

하느님, 죄송합니다. 정신 좀 차려주십쇼.

이튿날 아침에 나는 최신형 피아트 승용차 한 대를 빌렸다. 우윳빛 도는 피아트 승용차는 내가 언제고 차를 갖게 되면 제일 먼저 고르고 싶었던 차종이었다.

맵시도 그렇고 크기도 적당하면서 세련미가 있는 차였다. 동그란 헤드라이트는 눈깔 큰 계집애처럼 예뻤고 겉모양은 미니스커트 입은 계집애처럼 발랄해 보였다. 승차감이 뛰어났다.

다혜가 옆자리에 앉고 명식이가 뒷자리에 앉았다.

"너 면허증 없잖아?"

명식이가 물었다.

"비행기 운전면허증 보여주래?"

"비행기도 운전면허라고 하니?"

"최근에 그렇게 바뀌었는걸."

나는 얼른 둘러붙였다. 다혜가 눈을 찡긋 감고 웃었다.

자동차는 달렸다. 포장된 도로를 지나 암자가 있는 산골짜기 길로 들어섰다. 보얗게 먼지가 일어났다. 시외버스도 두 시간마다 한 대 꼴밖에 안 다니는 시골길이었다.

암자로 올라가는 마지막 동네에 도착했다. 피아트 정도는 잠간 비켜서야 할 최고급 승용차들이 열 대도 넘게 마을회관 앞에 세워져 있었다. 동네 꼬마들이 차 구경하러 몰려들었지만 운전기사들이 막대기로 내몰고 있었다.

몇 채의 별장이 보였다. 동네사람들 집에 비하면 너무 호화스런 자태였다. 터가 좋아 보이는 곳은 모두 별장자리였다. 차를 세우려면 길을 닦아야 하는데 아직 길이 다 닦이지 않은 것 같았다.

"산세가 좋고 물이 좋으니 이 깊은 산속에도 사람이 꼬일 만하겠다."

나는 이렇게 말하고 차에서 내렸다. 이렇게 멀리 나와서 별장을 지을 정도라면 보통 부자들은 아닌 것 같았다. 계곡과 산등성이엔 눈이 녹지 않아 겨울 풍경을 그대로 보여주었다.

"너무 멋진 곳야. 이런 데서 살았으면 좋겠다."

다혜의 첫마디였다. 누구라도 욕심을 낼 만한 곳이었다. 교통편이 좋지 않고 지형적으로 멀다는 것을 빼면 이런 곳에서 즐기며 사는 맛이 그만일 것 같았다.

"철 좋을 때 와봐. 기가 막힌 곳이지. 서울이 얼마나 험악한 동네인지 대번에 느끼게 될 거야."

"모르는 소리 그만 해. 넌 가끔 다녀가니까 그렇게 느끼겠지만 경치가 밥을 먹여주냐? 행복하게 해주냐? 여기 사람들 농토 다 팔고 남의 것 붙여먹는 신세라구. 그렇다구 고향을 떠날 수도 없고……."

명식이가 몇 달 살아보더니 이 산골 사람들의 응어리를 체득한 것 같았다.

"왜 땅을 팔아?"

"첨엔 농사지어 먹기도 지겹구, 지어봤자 뼈 삭은 만큼은 먹고살아지지도 않고 서울 사람이 솔깃하게 꼬드기니까 에라 모르겠다고 팔아치웠지. 악착같이 팔지 않고 버틴 사람들도 더러는 후회하는 사람도 있고……. 부자들이 돈 내밀고 땅뺏기 하는 거야. 서울서 부동산 투기로 이골이 나서 훠언하다구. 얘길 들어보니까 안 팔고는 못 배기겠던데 뭘."

"비료 안 주고 농약 안 쳐서 무공해 쌀 먹는 그런 족속들 얘기 아냐?"

"그 정도야 눈감아줄 수 있겠지. 여기서 하루 이틀 지내봐. 가관일 테니까. 이건 신선들이, 한량기 있는 신선들이 진탕 퍼마시고 즐기는 놀이터일 테니까. 굳이 천당 가서 구경할 필요 없을 거야. 다혜 씬 못 볼 거 많으니까 보살님하고 고구마나 구워 먹어요."

차를 마을회관에 맡겨놓고 산으로 올라섰다. 우리는 한 짐씩 지고 산길로 들어섰다. 쌀과 반찬거리들이었다. 며칠 동안 얻어먹는 건 쉬운 일이었지만 일부러 준비해 가지고 온 것이었다.

"진짜 총 가지고 온 거야?"

내가 걸메고 가는 가방을 가리키며 다혜가 물었다.

"빈 가방이니까 걱정 마. 그래야 저 친구들이 진짜 부잣집 종자쯤으로 알아줄 거 아냐. 낯선 차와 사람이 왔으니까 대번에 소문은 날 테고."

"공부를 그렇게 열심히 했으면 한자리는 했을 텐데."

"나도 그렇게 생각한다."

"나두……."

명식이가 뒤돌아서며 말했다. 절룩거리는 다리였지만 산 타는 것은 익숙한 솜씨였다.

보살님은 내 어깨를 끌어안고 반갑게 맞아주었다.

"얼굴 못 보고 죽나 부다 했구만."

"졸업하면 더 자주 올 거예요. 저 녀석 고등고시 합격하면 둘이 뻰질나게 올 건데요 뭐."

"그려. 명식이는 합격 않으믄 안 올 자석여."

그녀는 낯선 다혜를 흘깃거리며 쳐다보았다. 다혜가 암자의 고즈넉한 분위기를 느끼고 눈을 내리감았다.

"제 여자친구예요."

내 말에 다혜가 고개를 얌전하게 수그렸다.

"어서 와요. 친구들이 극성스러워서 같이 다니기 힘들겄수. 들어가요. 방이 따시니까."

다혜의 첫인상을 좋게 본 모양이었다. 누가 보아도 나쁜 인상을 느끼지는 않는 모습이었다. 우리 어머니는 어떻게 느낄지 모른다. 너무 맵시가 있어 여수 같은 지지배라고 할지 모른다.

"며칠 묵어도 되죠?"

"언제는 물어보고 묵었냐? 지 맘대루 다 하드만 오늘은 여자친구 델구 왔다구 그런지 얌전하네. 벨 일이네. 낼 아침에 해가 서쪽에서 뜨겠네."

"방도 남겠다, 땔감 많겠다, 우리가 밥해 먹고 갈 수도 있지만 어디 그럴 수 있어야죠. 명식이가 합격할 때까지 맘이나 편하려면 저도 잘 보여야죠."

"맘대루 다 혀. 나야 젊은 사람덜 하구 지내는 것만두 복에 겨우니까."

그것은 사실이었다. 보살님은 암자에서 혼자 지내기가 적적해서인지 고시공부하는 사람들에게 무료로 숙식을 제공해 준 적이 많았다. 그녀의 밥을 먹고 판검사가 된 사람이 서너 명이나 되었다.

"색씨는 나하구 자구 총찬이 학생은 명식이 학생하고 그 방에서 자."

보살님이 눈치 없이 이렇게 말했다. 내가 명식이의 눈치를 살폈다.

"애는 여기서 잘 시간 없을 거예요. 저 아래 사람들하구 할 일이 있을 테니까요."

"뭐여? 노름하려구?"

보살님이 놀라는 것 같았다. 귀 어두운 척하고 사는 보살님까지 아랫동네의 소문을 아는 것으로 미루어 명식이의 말은 과장되지 않은 것 같았다.

산에 올라올 때는 다혜를 훔칠 수 있는 절호의 시간이 되리란 기대를 했었다. 막상 올라와보니 그런 기대는 쉬울 것 같지 않았다.

"그 사람들 행패가 심한 모양이더군요. 동네도 시끄럽게 만들고 풍기도 문란하고요. 그래서 구경할 겸 왔어요."

"그 사람덜이 어떤 사람인디 그려. 서울서 높은 사람이랴. 아예 범접할 생각 말어. 상대가 돼야 얘길 하구 자시구 하지."

"그냥 구경 좀 해볼게요."

"빽이 좋은 사람들이랴."

"빽이 좋으면 얼마나 좋겠어요. 이 땅에서 제일 좋은 빽이란 정당한 국민이란 것밖에 더 있겠어요?"

"그건 그렇지만서두……."

"걱정 마세요. 제가 알아서 할 테니까요."

"왜 걱정이 안 되것남. 그 사람들 안하무인인디."

"동네 사람들은 뭐래요?"

"난 모르겄어."

일부러 말을 비켜가는 것 같았다. 내 성미를 알기 때문에 말릴 수도 없고 그렇다고 부추길 수도 없는 눈치였다.

다혜는 겨울 산이 처음이라고 했다. 이렇게 아름다운 정취가 있었다면 왜 진작 가르쳐주지 않았느냐는 투정을 했다.

점심을 먹고 내려왔다. 보살님이 한 번 더 생각해 보라고 했지만 내 고집을 꺾을 수는 없었다.

동네 사람들은 몰이꾼으로 서울 사람들을 따라 산속 깊은 곳까지 들어간 모양이었다. 산토끼, 꿩, 노루, 멧돼지가 그들의 사냥물이었다. 눈이 쌓인 계곡에 들어선 동물들은 살아남을 재간이 없는 셈이었다.

사람들에게 사냥터를 대충 듣고 뒤쫓아 갔다. 깊숙이 들어갈 것도 없었다. 총성과 몰이꾼들의 함성 소리를 따라갔다.

내가 마악 계곡 쪽으로 내려서자 사람들은 금방 잡은 멧돼지 피를 나누어 마시고 있었다. 내 차림이나 태도가 사냥꾼처럼 보였는지 가까이 오라고 했다. 털이 많은 사내는 피를 뚝뚝 흘리며 자랑스럽게 멧돼지를 가리켰다.

"이틀이나 몰았소. 생피 먹으려고 말이오."

옆엔 알싸하게 생긴 계집애들이 둘러앉아 있었다. 눈을 질끈 감고 피를 마시는 계집애도 있었고 살점을 초고추장에 찍어 먹는 계집애들도 있었다.

"사냥 나왔소? 어디서 왔소?"

퍽 건방진 말투였다.

"서울서 왔습니다. 꽤 좋다는 소문만 듣고 왔습니다."

나는 사냥꾼처럼 대꾸했다.

"소문나면 곤란한데. 언제 갈 거요?"

"며칠 지내보죠, 뭐."

"어디에 묵을 거요?"

"암자에 짐 풀었습니다."

그들은 내게도 한 종지쯤 되는 생피를 내밀었다. 흘리는 피를 막기 위해 솜뭉치로 틀어막은 구멍에서 더운 피가 계속 배어 나왔다.

"고맙습니다."

나는 별로 마시고 싶진 않았지만 사냥꾼 흉내를 내기 위해

입맛을 다시며 마셨다. 몰이꾼들은 꿩과 토끼를 담은 자루를 메고 있었다.

"혼자 오셨소?"

털보가 내게 물었다.

"예, 전 혼자 다닙니다."

"프로시겠군."

"버릇이 그렇게 들어서 말입니다. 아버님한테 그렇게 배웠습니다."

"춘부장님이 뉘신가?"

털보는 내게 말려들고 있었다. 우리 아버지는 흙이 된 지 오래였고 내게 사냥을 가르쳐준 적도 없었다. 이들을 현혹시키기 위해선 적당한 거짓말을 해둘 필요가 있었다.

"대동물산 하십니다."

"아, 장 사장님 자제분 되시는군요. 이거 반갑습니다. 나 박창남올시다. 영광건설 하구 있죠."

대동물산이라면 김갑산 영감의 계열회사였다. 그 회사 사장이 김갑산 영감의 사위 장경수였다. 내 성씨와 같은 사람을 찾는다는 게 너무 덩치 큰 사람을 내세운 느낌이 들었다.

"김 회장님이 외할아버지 되시지요?"

사람들이 대번에 깍듯해졌다. 돈 좀 만진다는 사내들이란 그런 속성을 지닌 것이었다. 이 사내들이 나를 철저하게 믿게 하려면 꽤 아는 체를 해줄 필요가 있었다. 김갑산 영감 일이라면 수행비서 노릇까지 했었으니 웬만큼은 알고 있었다.

"그 할아버지 복잡해요."

"얘긴 대충 들었습니다만."

"이모 때문도 그렇고……. 지금은 별장에서 안 나오시죠."

역시 돈 많은 사내들은 김갑산 영감에게 관심이 많았다. 나는 피할 얘기가 아니면 대충대충 얘기를 해주었다. 그들은 나를 장경수의 아들이라고 믿는 눈치였다. 처음 나를 대하던 투가 아니었다.

그들은 꽤 부자 축에 속하는 부류들이었다. 이곳에 별장을 만든 것도 대학동창생인 그들의 종합계획 가운데 하나라는 걸 알았다. 무공해 식품과 쌀을 수송해다 먹을 정도의 재력이 있었다. 이번 사냥도 그들의 겨울 휴가를 즐기기 위한 것이었다.

처음엔 쳐다보지도 않던 계집애들이 내 신분이 보통 고귀한 게 아니라는 게 밝혀지는 순간부터 싹 달라지기 시작했다. 나는 속으로 웃었다. 배알이 뒤틀려서 한 대씩 쥐어박고 싶은 생각이 들었다.

이번 사냥은 가족 동반이 아닌 그들의 환락과 정력보충의 일환이라는 걸 알게 되었다. 따라온 계집애들은 놀랍게도 일류 여자대학교 학생들이었다. 돈 많은 사십 대 사내들에게 무엇을 바라고 따라왔는지 알 수 있었다. 버젓이 대학 배지를 달고 있는 계집애들도 있었고 노골적으로 일류 대학생이라는 걸 자랑 삼는 계집애들도 있었다.

벼락 맞을 년들.

나는 속으로 이렇게 욕지거리를 했다. 돈 많은 중년 사내들과 휘황찬란한 행각을 벌인 뒤에 어떤 꼴로 시집을 가는지 궁금했다.

날이 어둡기 전에 산에서 내려왔다. 그들은 나를 정식으로 저녁상 앞에 초대했다. 계집애들은 내가 타고 온 피아트 승용차가 내 신분에 비해 퍽 초라해 보였는지 이렇게 물었다.

"저 차는 사냥 다닐 때만 쓰시나요?"

나는 망설이지 않고 대답했다.

"그럼요. 저 차를 서울 시내에서 끌고 다니란 말입니까."

"그런 것 같아서 물어봤어요. 혼자 오셨어요?"

"난 현지조달을 더 즐기는 체질이죠. 아가씨, 생각 있소?"

내가 의뭉 떨기 시작하면 한이 없다는 걸 그녀가 알 턱이 없었다.

"대신 조건이 있어요."

"말해요."

"박 사장보다 잘해 줄 수 있어요?"

"돈 말요?"

"여러 가지……."

"좋아요. 나도 한 가지 조건이 있소. 우리가 여기서부터 눈이 맞으면 저 사람들과 불편해져요. 서울로 올라간 뒤에 시작합시다. 그게 현명할 거요. 아가씨 친구들이 눈치채도 안 될 거요. 나는 상관없지만."

"눈치채면 어때요. 서로 즐기자고 한 짓인데."

나는 귀싸대기를 올려붙이고 싶은 것을 애써 참았다.

"우리 까놓고 얘기합시다. 나도 못할 짓 없이 돌아다녀봤지만 이렇게 아가씨들이 단체로 늙은이들과 즐기는 건 첨 알았어요. 그것도 이른바 일류대학교 여학생들이 말이오."

"흐흥! 숙맥인가 보죠? 얼마나 좋아요. 고리타분하게 애송이들과 어울려 노는 것보다 말예요. 멧돼지 산 채로 잡아서 피도 마시고……. 젊다는 건 그래서 부러워하는 거 아닐까요."

"도대체 하루 얼마씩 받아요? 내가 알아야 아가씰 대우할 게 아녜요. 저 사람들보다야 후해야잖소. 명색이 재벌 2세인데."

"재벌 2세들이 짜다는 건 빤한 소문인데요 뭘. 늙은이들이 훨씬 순진해요. 우리도 안 해본 장난인 줄 아세요? 일체를 제공해 주고 십만 원씩 줘요. 공정가격예요. 물론 더 주는 늙은이도 많아요."

"겨우 십만 원 받으려고 이 짓 하는 겁니까?"

"뭐가 어때요? 땅 파면 누가 십 원 한 장 주는 줄 아세요."

계집애는 퍽 당돌했다. 술집 작부들도 이렇게 헤프진 않을 것 같았다. 그들에게도 순정이라는 게 있었다.

"아가씨는 그럼 무엇을 하고 돈을 받는 거요?"

"같이 놀아주는 거죠, 머. 디스코도 추고 술도 마셔주고……."

"몸도 줄 거 아뇨."

"그거야 맘 내키는 대루겠죠."

"아가씨는?"

"그게 뭐 그렇게 중요한 거라고 생각하세요?"

나는 속으로 졌다라고 말했다.

"진짜 학생입니까?"

나는 어이가 없어서 이렇게 물었다. 외국의 난잡한 소설책을 읽는 떫은맛이었다. 적어도 우리나라 일류 여자대학생 가운데 이런 여학생 부류가 있다는 게 도대체 실감 나지 않았다.

"학생증 보여줄까요?"

"됐어요. 그냥 해본 소립니다."

"재벌 2세도 그렇게 고리타분한가요? 많이 놀아보셨을 텐데. 너무 순진하셔."

"난 공부만 하느라고 그럴 기회가 없었죠. 너무 고리타분해서 미안합니다."

나는 얼른 그 자리를 피했다. 더 들으면 그 자리에서 깽판을 놓게 될지도 모른다는 생각을 했다. 돈 많은 사장족들의 변태적 파티도 미웠지만 멀쩡한 여대생들의 정신상태는 더 미웠다.

저녁상을 물리고 나자 박 사장은 내게 이렇게 말했다.

"오늘 밤 여기서 유하십시다. 이것도 인연인데 그냥 헤어지긴 아쉬워서 하는 말입니다. 우리 별장에서 주무시죠. 재미있는 놀이도 있으니까요."

"암자에 가봐야 그렇죠, 머. 저도 끼여주신다면 그러겠습니다. 너무 좋은 분들을 만나서……."

"별 말씀 다하십니다. 우리가 영광입니다. 모두 그걸 바라니까 염려 마시고 같이 지내십시다."

나는 김갑산의 외손자로 둔갑하여 그들과 어울리기로 작정했다. 간간 김갑산 영감에 대한 얘기가 나왔지만 나는 막히지 않고 말대꾸를 할 수 있었다.

영감의 버릇이나 수행비서 노릇을 할 때 알았던 집안 내력이나 가족관계, 사업의 내막을 익혔던 덕을 톡톡히 보았다.

"박 사장님. 쟤들은 어떤 애들입니까?"

나는 넌지시 물었다. 박 사장이 귓속말처럼 말했다.

"정말 여대생들입니다. 돈 쥐어줘서 안 되는 거 있습니까? 애들이 깔깔하니 괜찮죠."

"남는 애는 없습니까?"

"으하하하……."

"진담입니다. 괜히 혼자 왔다는 생각이 드는데요."

"내가 주선해 드리리다. 남는 애는 없지만 원하신다면 내 꺼 가지슈. 내일이면 한두 명 더 델구 올 수 있으니까."

"그럴 수 있나요."

"걱정 말아요. 좋은 방 내드릴 테니 객고나 풀어요. 우린 까놓고 돌아가며 즐기니까 상관 안 해요."

"굉장한데요."

"뭐 있습니까? 얼마 못 살고 죽을 육신인데 이 재미나 보구 죽어야지. 우리 장 사장님이 너무 다그쳐 키우신 모양입니다. 하긴 우리가 그 나이 땐 숙맥였죠. 살다 보니 이런 것도 배우게 됩디다. 젊어서 돈 번다고 못 쓰고 못 논 것이 어찌나 후회스러운지 말입니다. 지내보쇼. 이렇게 사나 저렇게 사나 후회하긴 마찬가집디다. 이왕이면 남 하는 거 다 해보고나 후회를 하든 말든 하게 될 때가 있을 테니까."

박 사장은 일장 훈시를 하듯 말했다. 젊어서 고생하여 돈을 번 늙은이들이 자칫 타락하게 되었을 때의 변명거리로는 일품이었다.

"지금부터 형님이라고 부르겠습니다. 앞으로 많이 도와주셔야 할 선배님들이시니까 말입니다. 사업을 맡으면 자문도 해주시고 뒷바라지도 해주셔야 하니까 동생이라고 생각해 주세요."

나는 이렇게 눙치고 나갔다. 사내들은 무슨 소리냐고 펄쩍 뛰다가 나중엔 내 손을 잡고 쩔쩔 흔들었다.

"아우님, 그런 의미에서 한잔 합시다."

"좋습니다. 오늘은 제가 내겠습니다."

"그게 무슨 소립니까? 여긴 우리 구역입니다. 나중에 서울 가서 한잔 사면 됩니다."

그들은 깍듯이 아우님이란 호칭을 썼고 말도 높여주었다. 김갑산 영감의 힘이 이렇게 크게 미쳐 있을 줄은 몰랐다.

"자 그만 마시고 헤어집시다. 밤 열두 시 정각에 다시 만납시다. 기념으로 한판 돌립시다."

박 사장이 중간에 이런 제안을 했다. 떠들썩하던 분위기가 갑자기 조용해졌다. 그것은 순전히 나를 위한다는 시간이었다. 별장 안채에 나를 즐겁게 해줄 계집애가 기다리고 있었다. 그래서 짬을 내주는 것이었다. 두어 시간 즐긴 뒤에 노름판을 벌이자는 속셈이였다.

정력이 남아도는 사내들이었다. 밤엔 계집애들과 축축한 섹스파티를 열고 더 깊은 밤엔 노름판을 열고도 낮엔 사냥을 떠나는 사내들이었다.

박 사장이 정해준 방으로 들어갔다. 박 사장 파트너는 계집애들 중에서 제일 잘생긴 애였다. 계집애는 잠옷 바람이었다.

"샤워하시겠어요?"

요염하게 웃었다. 웃을 때 깊게 파인 보조개가 매력적이었다.

"좋지."

그녀는 샤워실을 열어주었다. 웬만한 호텔의 특실보다 잘 꾸며진 샤워실과 실내였다. 계집애가 샤워기를 틀어 온도를 맞추어주었다.

"안마해 드릴까요?"

"됐어."

나는 혼자 샤워하고 싶었다. 천박한 계집애와 발가벗고 마주 대하고 싶지 않았다. 물론 욕망의 그림자가 내 몸 구석구석에 스멀스멀 기어 올라오는 걸 피할 수는 없었다.

도대체 이놈의 욕망을 어떻게 주체해야 할지 모르겠다. 탄력 있는 계집애의 몸매만 생각해도 아랫도리가 팽팽하게 긴장하는 이 육체는 과연 어떤 물질로 빚어진 것일까? 어째서 여자들만 보면 꿈들대는지 모르겠다.

하느님.

어째서 내 육신은 이렇게 건방집니까? 저렇게 헤픈 여자들 앞에서까지 내가 건방져야 합니까. 팔팔하게 젊어서 그런 겁니까? 아니면 하느님이 나를 만들 때부터 그런 욕망의 질긴 물질을 한 방울쯤 섞어 넣은 겁니까.

악착같이 참기는 참겠습니다만 저런 여자를 그냥 놔두려니까 가슴이 부글부글 끓습니다.

달려들어 욕망의 사슬을 내던지며 쾌락의 꼭지점까지 내달리고 싶습니다. 그러나 천박한 계집애를 즐겁게 해주기도 싫습니다.

하느님 말씀 좀 해보세요. 저런 부류의 인간들이 있어야 이 땅이 볼만한 건지, 저런 부류의 인간들 때문에 정의감이란 걸 존재케 했는지 말입니다.

샤워를 끝내고 나왔다. 계집애는 실오라기 하나 걸치지 않은 채 침대 위에 누워서 담배를 피우고 있었다. 바깥 바람은 몹시 차가웠지만 별장 안은 후텁지근할 정도였다. 동네 사람들이 살맛 안 나게도 생겼다 싶었다.

"뵙게 돼서 반가워요. 저 소영이에요."

"몇 살이냐?"

"스물둘. 한참 좋을 나이죠."

"아무런 죄책감도 못 느끼냐?"

"별걸 다 물으셔."

계집애는 토라진 표정을 짓고 홑이불을 덮었다.

"애인도 없니?"

"애인 없는 여잔 줄 아세요?"

"그런데 이런 델 뭐러 왔어?"

"그냥요. 친구 따라 강남도 간댔잖아요."

"지옥에도 갈래?"

"그건 생각 좀 해보구요."

"날 잘 모시라고 했지?"

"그래요."

"어떻게 모실래?"

"짓궂게 그러지 마세요. 나는 뭐 자존심도 없는 여잔 줄 아세요. 제 몸매 어때요? 괜찮죠?"

"그만하면 수출해도 되겠다."

"놀리는 거예요?"

"느낀 대로 얘기한 거다."

그녀의 벗은 몸을 보는 순간부터 나는 혼란해졌다. 눈 딱 감고 즐기고 싶은 생각과 그러지 말자는 각오가 번갈아가며 나를 괴롭혔다.

"여길 자주 오나?"

"가끔요."

"동네 사람들이 그러는데 너무 시끄럽고 너무 노골적으로 놀아서 못 견디겠다던데."

그녀의 가슴 끝을 만지며 물었다. 그녀는 괜히 자지러지는 시늉을 했다. 닳고 닳은 계집애 같았다.

"지들도 그렇게 놀면 그만이지. 그렇게 놀 수 없으면 입이나 닫고 있든지. 한국 사람 아니랄까 봐……. 사촌이 논을 사면 배가 아픈 거 아니겠어요? 먹고 즐기고 놀자고 사는 거지, 안 그래요?"

이렇게 당차게 나오리라곤 상상도 못했던 일이었다.

"미안하다는 생각 안 들어?"

"차암, 뭐가 미안해요. 전근대적이란 생각 안 들어요? 못 놀고 즐기지 못하는 게 바보죠."

나는 더 말을 시키고 싶지 않았다. 소파에 기대앉아 잡지책만 뒤적거리고 있었다. 밤 열두 시부터 벌어지는 노름판에서 눈치채지 않게 뿌리를 뽑을까 생각해 보았다. 처음엔 좀 풀어 줄 필요도 있었다. 보통 노름판이라면 그게 정석이었다. 그러나 이 사내들에겐 그럴 필요가 없을 것 같았다. 약을 올려서

지니고 있는 돈 모두를 채뜨려버릴 생각이었다. 타고 온 승용차와 별장의 전답문서까지 따고 싶은 생각도 들었다.

약을 올리는 방법밖에 없다는 생각이 들었다. 여간해서 약오를 사내들은 아닐 것 같기도 했다. 내가 김갑산 영감의 외손자라는 사실이 가짜로 변하기 전엔 무리하게 나와 승부를 걸 위인들은 아니었다.

그만큼 사업을 이끌어온 능구렁이들이기 때문에 호락호락 노름판의 열기를 뒤쫓진 않을 것 같았다.

"어때요? 탐나지 않으세요?"

소영이가 가볍게 몸을 뒤채며 내 손을 잡았다. 나는 가볍게 그녀의 손을 뿌리쳤다.

"너 같은 계집애는 술집에 가면 쌔고 쌨다. 창녀촌에 가면 수두룩하고……. 너보다 테크닉도 좋을 거고."

내 말에 그녀는 무서운 표정으로 변했다. 예쁘장한 계집애들이 독살 맞기 시작하면 더 표독스러운 법이었다.

"뭐라구요? 다시 말해 봐요."

"말하지. 갈보도 너 같은 갈보는 썩어 문드러진 갈보다. 너 같은 년은 수챗구멍에 푹 박아서 장아찌를 만들어도 싸다 이 말씀이다."

"놀구 있네. 야, 니가 재벌 2세면 2세지……. 너 같은 건 줘도 안 갖는다. 같잖아 못 봐주겠네."

그녀는 재빨리 일어나 옷을 입으며 내게 표독스러운 욕지거리를 계속 해댔다.

그런 버르장머리는 사내들이 키워준 게 틀림없었다. 욕망을 채우려는 사내들이 그녀의 썩어빠진 자존심을 자꾸 부추겨서 남자를 단순한 욕망의 덩어리, 짐승처럼 육체의 쾌락에나 매달리는 족속으로 인식케 해준 것 같았다.

잘나고 예쁜 계집애들의 콧대란 으레 그렇게 해서 생기는 것이었다.

나는 그녀가 욕지거리를 하며 옷을 다 입을 때까지 한마디도 하지 않은 채 입을 다물고 있었다. 말을 해봤자 득이 될 게 하나도 없었다. 그녀는 내가 입을 다물고 있자 더 기가 승해서 옮기기도 끔찍스러운 욕지거리를 계속 뱉었다. 저런 여자를 섣불리 건드렸다가는 불에 설지진 강아지처럼 기를 북북 쓰게 마련이었다.

그녀는 옷을 입고 돌아섰다. 아마 내게서 당한 수모가 그녀의 일생을 통해 가장 치욕적일 수밖에 없었을 것이다. 그녀의 눈동자에선 살기마저 느껴졌다. 암내 난 고양이 눈깔이 그럴 것 같았다. 나는 그녀를 쳐다보며 웃었고 그녀는 독살스럽게 나를 노려보았다.

"야, 이 개새끼야. 네가 잘나면 얼마나 잘나고……."

나는 더 말할 기회를 주지 않았다. 줄 필요도 없었다.

계집애는 얌전하게 누웠다. 다부지게 다루지 않으면 죽여, 죽여 하며 달려든다는 것쯤은 알고 있었다. 연약한 여자를 때리는 건 힘센 남자가 할 일이 아니었다. 그러나 이런 계집애는 부모 대신 손찌검을 해주지 않을 수 없었다.

"잘 들어라. 네가 차라리 형편없이 가난한 집 딸내미여서 공부는 해야겠고, 가정도 돌봐야 하는 애라면 내 행위가 지나칠 수도 있다. 그러나 너희들은 그런 집안도 아니고 그렇게 놀아나야 할 처지도 아니다. 내가 좀 심하게 한 건 잘못했다. 네가 정신을 차리고 돌아간다면 용서해 주겠다."

계집애는 고개를 숙인 채 그러겠다고 대답했다.

"오늘 밤은 여기서 자라. 노름판에 끼어들거나 난잡스럽게 좀 굴지 마라. 내일 내가 데려다줄 테니까 말이다."

계집애는 울고 있었다. 측은한 생각이 들었다. 젊었을 땐 누구나 실수를 할 수 있는 것이다. 잘못을 깨닫기가 쉬운 것도 아니었다. 내 행동이 옳았는지도 의문일 수밖에 없었다. 계집애는 침대에 엎드려 어깨를 떨었다. 알아듣게 얘기를 해준다고 했지만 그녀가 이해를 했는지 모른다.

다혜를 생각했다. 완력으로 그녀를 훔칠 수는 없었다. 육체를 소중하게 생각하는 여자였다. 헤픈 여자였다면 우리는 벌써 헤어졌을지도 모른다는 생각이 들었다.

일부러 노름방에 늦게 들어갔다. 사내들은 포커판과 마작판으로 나뉘어 열을 올리고 있었다.

"우리 아우님, 재미 좋았소?"

박 사장이 내 눈치를 살피며 물었다.

"형님 덕분에 몸이 타악 풀렸습니다."

"으흐흐흐."

박 사장은 기분 좋게 웃었다.

"그 애가 제일 난 애요. 특별히 아우님 모시라고 빼놨지요."

박 사장은 생색을 내기 위해 소영이란 여대생이 어떤 애이며 남자를 얼마나 즐겁게 해주는 애인지 너절하게 늘어놓았다.

장가를 일찍 간 사내들에겐 딸 또래밖에 안 되는 애들이었다. 그런 애들과 어울려 다니며 못할 짓을 하고 다니면서도 그것을 자랑삼아 떠들 수밖에 없는 이 사내들의 속마음을 들여다보고 싶었다.

"이 판에 끼는 게 어떻소?"

박 사장은 나를 포커판에 넣어주었다. 마작판이든 포커판이든 마음만 먹으면 돈을 긁어올 수 있었다. 이들은 내가 어떤 솜씨를 가졌는지 전혀 눈치채지 못하고 있었다.

"판이 작은데요?"

내가 포커판에 끼어들며 수북하게 쌓이는 판돈을 가리켰다.

"아따, 우리 아우님 누가 재벌 아드님 아니랄까 봐……. 까짓거 올립시다."

다른 사내가 호탕하게 말했다. 내가 들어서기 전에도 보통 큰 판이 아니었다. 그러나 이들의 돈씨를 말리기 위해선 판을 더 크게 벌이고 싶었다.

"이왕 형님들 돈 따려면 듬뿍 따얄 거 아닙니까. 제가 형님들 돈 따서 쓰길 하겠습니까, 호주머니에다 챙기길 하겠습니까. 형님들하구 어울리는 재미죠."

"돈 따서 우리들 술 사주면 그만 아니오."

"한두 푼 따려면 덤비질 않겠습니다. 일단 형님들을 알거지 만든 뒤에 싹 돌려드리는 재미도 일품이죠."

"돌려주는 게 어디 있어? 노름판에선 안면 몰수, 현금 박치기, 인정사정없기라는 원칙이 있잖소."

또 다른 사내가 걸쭉하게 웃으며 말했다.

"오고 가는 현금 속에 웃음꽃 피는 포커판."

사내들과 계집애들이 왁자지껄 웃었다. 소영이 모습은 보이지 않았다. 계집애들은 이곳저곳을 기웃거려가며 개평을 뜯느라 혈안이 되어 있었다. 사내들은 그런 계집애들 가슴 속이나 치마 속에 손을 넣기도 했다.

눈꼴이 시어서 볼 수 없는 작태였지만 꾹 참는 수밖에 없었다. 계집애들은 노골적으로 개평을 뜯는 대신 더 노골적으로 육체를 꿈틀거렸다. 이런 장면은 음란한 외국의 VTR 테이프에서나 볼 수 있는 것들이었다.

하느님, 순박한 시골 농사꾼들 기죽이는 짓 좀 그만해 주세요. 이 사내들과 계집애들의 작태를 눈여겨보시면 시골 사람들의 응어리를 이해하실 수 있을 겁니다.

돈을 있는 대로 다 긁겠습니다. 포커판이든 마작판이든 붙는 대로 따겠습니다. 손모가지를 다시는 못 쓰게 할 수 없으니 다른 방법으로 버르장머리를 고치겠습니다.

부자들이 다 이러는 건 아닙니다. 어느 세상이건 항상 소수 때문에 혼탁해지는 겁니다. 여유 있는 자들의 혼탁은 여유 없는 가난뱅이들보다 훨씬 큰 죄악을 저지르곤 합니다.

부자들은 고생하고 노력한 만큼 즐기고 인생을 향유할 권리도 있습니다. 저는 그런 것들을 탓하고 싶지 않습니다. 남보다 더 즐기고 보다 흥청거리며 사는 건 노력의 대가입니다.

그러나 지나친 행위는 눈감고 볼 수 없지 않겠습니까.

하느님 핏대 좀 내세요. 이럴 땐 하느님도 핏대를 내야 어울립니다. 옛날처럼 혈기왕성하게 핏대 좀 내세요.

판이 거듭될수록 사내들은 이성을 잃어갔다. 처음엔 내가 김갑산 영감의 외손자이며 큰 회사를 물려받을 전도양양한 청년이란 걸 의식했지만 돈을 많이 잃자, 그들은 나를 대하는 마음이 조금씩 흔들렸다. 박 사장 같은 사내는 결코 흔들리지 않았다. 좀스런 다른 사내들과 다른 면이 있었다.

사내들은 아무리 보아도 큰 부자 되기는 틀린 부류였다. 그만한 돈을 잃었다고 해서 사람 대하는 게 변할 정도라면 덩어리 큰 재벌 되기엔 부족한 배포라고밖에 볼 수 없었다.

마작패와 포커패 들은 동원할 수 있는 현금을 거의 다 동원했다. 계집애들 호주머니게 들어갔던 돈까지 죄 발라냈다.

"수표를 긁으시지 그래요. 형님들이 쩨쩨하게 나오니까 김이 팍 샙니다. 그래 가지고 사장입네 하는 건 뭐가 잘못된 거 아닙니까? 형님들은 재벌 되긴 틀렸어요. 좀스런 가게주인밖에 될 자격이 없다구요. 배짱 없이 재벌 되려는 건 눈깔사탕 먹는 애들이나 하는 짓이죠. 안 그래요, 형님들?"

사내들은 취한 척해가며 노골적으로 내 공격을 맞받기도 했다.

"자네, 너무 그러면 못쓰네. 재미로 하는 거 아닌가."

박 사장이 나도 구슬리고 다른 사내들도 구슬리려고 더듬거리며 나섰다.

"형님, 생각해 봐요. 적어도 형님들이 불알 달린 사내들이고 명색이 부자고 사장인데 이렇게 시시하게 끝내자는 겁니까? 이까짓 거 몇 푼이나 됩니까? 저 계집애들이라면 내가 이 정도 따가지고 끝내겠습니다만……. 사내대장부끼리 붙어가지고 이게 뭡니까? 애들 눈깔사탕 사 먹으라는 겁니까, 아니면 이걸 가지고 코를 풀라는 겁니까? 사내들이 왜 이러슈. 따면 내가 챙길 줄 아슈? 김갑산 영감 상속자 가운데 한 사람입니다. 다 돌려줄 거요. 시시하게 이러지 맙시다. 기분으로라도 몇 억쯤은 딴 뒤에 돌려드려야 할 거 아뇨."

사내들은 기가 죽었는지 찍소리 한마디 못했다.

"다 기억해요. 본전 다 돌려줄 거요. 재벌 2세 체면 좀 긁지 마슈. 형님들처럼 쪼다는 첨요."

나는 계속 약을 올리며 반드시 돌려준다는 걸 강조했다.

"좋아, 해보지."

사내들은 수표책을 내놓고 내가 쓰라는 대로 굵직한 돈 액수를 써넣었다.

멍청한 녀석들.

나는 속으로 이렇게 외쳤다.

이튿날 아홉 시 경에 나는 그들의 수표책을 모두 빼앗았다. 내 앞에 쌓인 돈은 엄청나게 많았다. 계집애들에겐 개평 한 푼 주질 않았다. 그들에게 남은 것은 자동차와 서울까지 돌아갈 기름뿐이었다. 알거지 신세가 된 것이었다.

돈과 수표와 잡은 패물을 모두 가방 속에 챙겨 넣고 일어섰다.

"어디 가려고 이래?"

박 사장이 내 손목을 잡았다. 나는 느물거리며 웃었다.

"전부 밖으로 집합합시다. 노름방에서 나누어주는 건 형님들 체면 문제 아닙니까."

사내들은 우르르 몰려나왔다. 만약 내가 그 돈과 수표를 챙겨가지고 그냥 도망가버리면 큰 타격을 입을 게 빤했다. 수표를 사취계 내봤자 복잡하기는 이루 말할 수 없을 것이다. 노름했다는 게 들통 나든가 고스란히 현찰로 막아야 할 운명이었다.

나는 성큼성큼 마을회관까지 내려왔다. 내 이상스런 행동에 당황하는 눈치였다. 박 사장이 내 곁에 바싹 붙어서 뭐라고 달랬지만 들은 척도 않았다.

마을회관 마당에 걸려 있는 종을 쳤다. 종소리가 요란했다. 동네 사람들이 몰려나왔다. 산짐승이 내려오거나 특별한 일이 아니면 울리지 않는 종소리였기 때문에 사람들이 몰려온 것이었다. 박 사장과 그 일행은 당황해서 내 팔을 잡으려고 했다.

"이 개떡 같은 형님들아, 수틀리게 굴면 갖고 튈 거야. 얌전하게 있어. 너희 계집애들도 개평 좀 처먹고 싶으면 얌전하게서 있어."

별장의 따뜻한 실내온도 속에 있다가 나온 사내들과 계집애들은 떨고 있었다. 햇살이 있었지만 산골짜기의 겨울바람은 매웠다. 성탄절과 신정 사이의 연말 대목에 회사를 비우고 짐승 사냥이나 다닐 수 있는 행복한 사람들의 표정은 아니었다. 밤새 설친 잠기도 가시지 않았다.

웬만큼 약 올리지 않았으면 수표책까지 빼앗지는 못했을 것 같았다. 새벽녘에 끝낼 수도 있었지만 아침까지 끌고 온 것은 동네 사람들을 모아놓기 쉽게 하기 위해서였다.

"이 사람이, 왜 이러는 거야?."

사내가 노골적으로 내 허리춤을 잡았다. 나는 사내를 걷어찼다. 사내가 벌렁 누웠다. 다른 사내들이 험악한 표정으로 다가섰다.

"골통 부서지지 않으려면 비켜 서! 이 소갈머리 없는 양반들아, 난 장 사장 아들도 아니고 김갑산 영감 외손자도 아냐. 당신들, 잘도 속아 넘어가시드만."

사내들의 눈빛이 빛났다. 내가 김갑산 영감의 외손자가 아니라고 한 말을 믿지 않는 눈치였다.

"확인해 보면 알겠지. 그건 당신들이 얼마나 멍청한가 실험해 본 거니까."

그래도 믿어지지 않는 모양이었다.

"한때 김갑산 영감의 수행비서 노릇을 한 적이 있어서 좀 안 것뿐요. 당신 같은 사내들만 있으면 발바닥에 흙 안 묻히고 살겠소."

박 사장이 내 팔목을 잡았다.

"이 사람아 이리 와! 얘기 좀 하자구. 어서!"

"이거 왜 이러슈."

박 사장도 발랑 자빠졌다. 다른 사내들이 우르르 달려들었다. 한 방씩 갈겨주었다. 동네 사람들의 표정이 퍽 착잡해 보였다.

"여러분에게 할 얘기가 있어서 모이시게 했습니다. 저기 있는 저 사내들은 이 동네를 엉망진창으로 만든 작자들입니다. 엊저녁에 노름을 해서 제가 엄청나게 땄습니다. 자 보십시오."

나는 수표와 돈다발을 높게 들어 보였다. 동네 사람들이 의아한 눈으로 나를 쳐다보았다.

"뭣들 해! 어서 잡아!"

어떤 사내가 이렇게 소리쳤다. 사내들을 따라왔던 운전사들과 동네 청년들이 지게 작대기와 쇠스랑을 들고 달려들었다.

"가까이 오면 며칠간 후회합니다. 난 거짓말하면 두드러기가 나는 사람입니다. 물러나요."

"어서 잡아! 빨리!"

박 사장이 소리 질렀다. 청년들이 돌진해 들어왔다. 나는 앞선 청년부터 걷어찼다. 숫자가 많아서 그 자리에 서서 견딜 수가 없었다. 작대기를 채뜨려 앞에서부터 가볍게 때려눕혔다.

나머지 청년들이 주춤거렸다.

"지금부터 걸리면 접골원에 보냅니다. 난 거짓말할 줄 모릅니다. 물러서요! 내 말 들어봐요."

내가 성큼 국기대 위로 올라섰다.

"여기다 별장 진 저 사내들은 젊은 여자 대학생들을 일당 십만 원씩 주기로 하고 사왔습니다. 여러분 눈으로도 눈꼴이 시어서 못 봐주실 겁니다. 애들 교육상에도 안 좋고 여러분들의 농토도 엉망이 됐을 겁니다. 이 허접스런 사내들을 이 동네에서 몰아내야 합니다. 불법으로 사냥을 했고 도벌을 해서 별장을 꾸몄으며 자연석을 허가 없이 채취해다 썼습니다. 그뿐만이 아닙니다. 판돈 큰 노름판을 벌였으며 불법무기 소유자들입니다. 이대로 두었다가는 여러분 모두 이 고향 땅에서 쫓겨나게 될지도 모릅니다."

동네 어른들이 긍정적인 반응을 나타내는 것 같았다.

"당국에 이런 사실을 고발하고 별장을 철거해 달라고 진정하십시오. 건축 허가는 정식으로 얻어낸 것이지만 그것도 돈을 써서 빼낸 겁니다. 여러분이 힘을 합치면 됩니다. 제 말 아시겠습니까? 용기를 내십시오. 여러분의 땅을 되찾으십시오. 빚을 내서라도 팔아치운 땅을 되찾으십시오."

나는 흥분해서 내가 보고 느낀 얘기들을 계속 지껄였다. 동네 사람들이 술렁이기 시작했다. 사내들이 주춤주춤 물러섰다. 나는 그들의 앞을 막았다.

"이 동네 청년들은 비키시오. 이 동네를 지킬 사람들은 당신들입니다. 이 허접스런 사내들은 내가 맡겠습니다."

사내들이 흩어졌다. 나는 닥치는 대로 지게 작대기로 후려팼다. 비명을 지르며 도망갔다. 운전사들도 뿔뿔이 흩어졌다. 동네 사람들만 남아 있었다. 매운 겨울바람이 불어닥치고 있었지만 동네 사람들은 움직이지 않았다.

"이 돈으로 얼마나 큰 보탬이 될지는 모르겠습니다만 내놓겠습니다. 제가 저 사내들 눈을 속여 딴 겁니다. 자세히 세어보지는 않았지만 잃은 땅 반은 찾을 수 있는 액수입니다. 대표자로 누구든 나서주십시오. 부탁입니다."

사십 대의 사내가 앞으로 썩 나섰다. 내게 악수를 청했다.

"해보겠습니다. 그동안 우리들이 너무 무관심했었습니다. 동네 어른들과 상의해서 잘되도록 하겠습니다."

"정말. 꼭 그렇게 해주십시오. 이 젊은 놈이 무슨 할 짓이 없어서 이러겠습니까? 저 산 위에 있는 보살님이 제 어머님 같은 분입니다. 그래서 여러분들의 고통을 들어왔습니다. 꼭 제 소원을 들어주십시오."

나는 땅을 되찾을 수 있는 여러 가지 방법을 알려주었다. 사내들이 너무나 많은 불법을 저질렀기 때문에 생각보다 쉽게 처리될 수 있는 문제 같았다.

동네 어른들은 나를 마을회관으로 데리고 들어가서 이 동네를 살려낼 수 있는 방법을 찾아보자고 했다. 그들도 서울 사내들의 횡포를 진작 느끼고 있었으면서도 어쩔 수 없이 지내왔다는 걸 털어놓았다.

"여러 어른들께서 들고 일어나시기만 하면 됩니다. 그들의 약점을 이용하는 건 비겁한 짓일 수 있지만 이렇게 많은 불법을 보고 어느 누군들 여러분을 돕지 않으려고 하겠습니까? 해보세요. 결코 여러분은 손해를 보지 않습니다. 여러분의 땅은 반드시 찾아집니다. 필요하다면 변호사를 대드리겠습니다. 제 수중에 지금 여러분이 되물려 사고도 남을 만큼의 수표가 있습니다. 그러나 이것은 내드릴 수가 없습니다. 아무래도 죄는 밉지만 되돌려 줘야 할 것입니다."

나는 한 시간 이상이나 그들을 설득했다. 그들도 가슴속에 있던 응어리를 털어놓았다. 내가 느끼는 것보다 훨씬 직접적이고 절실한 문제들이 쏟아져 나왔다. 서울 사내들은 돈의 힘만 믿고 별의별 짓을 다 했다는 게 드러났다.

"꼭 찾겠습니다. 필요하면 지원을 요청할 테니 도와주십시오."

"여러분은 하실 수 있습니다. 됩니다. 두고 보십시오."

동네 어른들의 각오도 대단했다. 나한테 작대기와 쇠스랑을 들이댔던 청년들도 내 손을 잡아주었다.

다시 별장으로 올라갔다. 그들은 내게 사냥총을 겨누었다. 계집애들은 긴장한 채 구석진 곳에 몰려 있었다.

"개새끼, 죽여버리겠다."

그들은 내가 김갑산 영감의 외손자가 아니란 걸 확인한 뒤였다. 서울에 전화를 걸어 내가 가짜라는 걸 알아낸 것이었다.

"날 쏠 거란 말요?"

"개자식, 정말 쏴 죽이겠다."

총신이 기분 나쁘게 내 가슴을 겨누고 있었다.

"함부로 못 쏠 텐데?"

"못 쏴? 정말 죽고 싶으냐."

"수표장 되돌려 받아야 그나마 먹고살 거 아뇨?"

"너 같은 새끼는 죽어도 싸다."

"그건 내가 할 소리요."

"정말 죽인다!"

"총알이 내 가슴에 박히기 전에 당신 눈깔부터 빠질걸."

내 손엔 표창이 여러 개 들려져 있었다. 그들 손에 사냥 총이 들려져 있다는 걸 알기 때문에 방심할 수 없었다.

"수표 내놔라."

"그러지 않아도 주려고 왔소. 이거 가지고 있으면 당신들 괴롭힐 수 있다는 걸 알지만 주겠소."

나는 수표 뭉치를 사냥총 든 사내 앞에 던졌다. 사내가 수표를 집으려고 눈을 돌렸다.

쉬익!

그 순간에 표창을 날렸다.

"윽!"

사내가 쓰러졌다. 나는 재빨리 사내를 밀어내고 총을 잡았다. 사내들이 구석으로 피했다. 계집애들은 구석자리에 몰려서 떨고 있었다.

"수표 집으슈. 어서요!"

박 사장이 대범하게 수표를 집었다.

"현금은 내가 챙겼으니 그런 줄 아슈. 밤샘했으니 그 정도 수고비는 받아야 할 거 아뇨."

"좋소. 더 이상 상대하기 싫으니 나가요. 그 돈은 우리가 분명히 잃은 거요. 술수를 썼든 장난을 했든 잃은 거요. 그러니 나가시오."

박 사장은 역시 사내다웠다. 좀스런 다른 사내들과 어디가 달라도 달랐다.

"나도 당신들과 상대하긴 싫어요. 내 이름은 장총찬입니다. 박 사장 같은 남자라면, 아무리 이런 곳에서 만났지만 인연을 갖고 싶은 생각입니다. 저런 좀팽이들과 어울리지 말라고 충고

하고 싶습니다. 그리고 내 손에 총자루가 쥐어져 있으니 한마디 더 합시다. 저 계집년들은 내가 데리고 나가겠습니다. 자동차 두 대만 빌려주십쇼. 시외버스 타는 데까지만 빌리겠습니다."

사내들은 기가 죽어 내 눈치만 살폈다. 나는 사냥총을 반토막 내어 내게 총을 겨누었던 사내 앞에 던졌다.

"불법휴대라는 걸 알지만 내 입으로 고발하진 않겠소. 당신 차하고 박 사장 차를 빌리겠소."

계집애들 표정이 추레해 보였다. 나는 계집애들을 향해 눈을 부릅떴다.

"너희들도 곱게 돌아가고 싶으면 내가 시키는 대로 해라. 하나씩 나와. 빨리."

나는 돈뭉치를 꺼내 들었다. 계집애들이 주춤거리며 사내들 눈치를 살폈다. 앞에 있는 계집애 손에 돈을 올려놓았다.

"이건 내가 주는 개평이다."

따귀 두 대씩을 갈겨주었다. 맞지 않으려고 피하는 계집애들은 세 대씩 때렸다. 손바닥 자국이 벌겋게 나 있는 얼굴을 가리고 계집애들은 별장을 나섰다.

"비겁하게 구는 사람 있으면 진짜 접골원에 보내겠소."

나는 계집애들을 데리고 마을회관 쪽으로 내려왔다. 박 사장이 천천히 뒤따라왔다.

계집애들을 자동차에 태웠다. 박 사장이 내게 손을 내밀었다.

"면목 없소."

길게 얘기하지 않았다. 나는 박 사장 손을 굳게 잡았다.

"동네 어른들이 담판을 하자고 할 겁니다. 여유 있는 사람들이니까 산 값에 되팔아주세요. 별장터와 산은 안 팔아도 됩니다. 서로 양보하면 탈이 없지만 그렇지 않으면 별장도 헐릴 수 있습니다. 제발 명심해 주십시오."

"무슨 말인가 압니다."

우리는 굳게 악수를 나누고 헤어졌다. 계집애들을 태운 자동차 두 대가 앞서 흙먼지 길을 달려나갔다. 나는 뒤를 따라 달렸다.

시외버스 정류장에 계집애들을 내려놓은 자동차가 먼저 돌아갔다. 나는 그들이 시외버스 타는 걸 확인한 뒤에 돌아섰다.

하느님. 내가 모진 겁니까? 아니면 세상이 그 모양입니까? 부자라고 미워해서 그런 건 아닙니다. 노력해서 고생한 만큼 즐겁게 사는 걸 질투하진 않았습니다.

세상 사람들은 흔히 부자를 미워하고 부자들을 죄악의 덩어리라고 인식하고 있습니다. 결코 그들 전체가 죄악의 덩어리일 순 없습니다. 그들도 정당한 인간입니다. 그동안 부자 되기 위해 일부의 사람들이 가난한 사람을 짓밟았기 때문에 그런 생각을 갖게 했는지 모릅니다.

그러나 비열한 부자들과 치졸한 수법으로 부자 된 치들은 마땅히 매도당해도 싸다고 생각합니다.

서울서 온 저 사내들의 죄악상은 하느님이 먼저 아셨을 겁니다.

하느님. 제발 상식적으로 사는 사람들 약 좀 올리지 마십쇼.

동네 이장집 마당에 차를 세워놓고 산으로 올라갔다. 밤을 꼬박 새웠기 때문에 한숨 자두고 싶었다. 다혜는 심심했던지 뜨개질을 하고 있었다.

"어떻게 됐어?"

"보고 싶었다는 말부터 먼저 할 수 없니?"

"보고 싶지 않았다는 말부터 먼저 하면 안 될까?"

"그거야말로 피차일반이다."

"말 되네."

나는 군불 때서 따뜻한 아랫목에 앉아 어제 저녁부터 오늘 아침까지 일어난 일을 죄 얘기해 주었다. 명식이와 다혜는 박수를 쳤다. 보살님은 표정 없이 말했다.

"학생이 좀 지나쳤구먼그려. 동네 사람덜두 정신 좀 차려야 되는 건디."

그 말은 맞는 말이었다. 그러나 나는 언제나 일방적으로 편드는 습성이 있었다.

"한숨 자야겠는데요."

"건너가 자둬. 뜨뜻할겨."

나는 윗방으로 건너가 늘어지게 잠을 잤다. 다혜와 끌어안고 잘 수 있다면 얼마나 좋을까 생각했지만 현실적으로 어려운 일이었다. 보살님이나 명식이 때문에도 어려웠지만 다혜가 쉽게 넘어가줄 것 같지 않았다.

어젯밤에 옷을 벗고 나를 맞아주던 여자 생각도 났다. 그냥 보낸 것이 조금은 후회스럽기도 했다. 내 핏줄 속에도 숨길 수 없는 음란의 피가 섞여 있는지 모르겠다.

아니 어쩌면 인간은 모두 쾌락의 질긴 끈을 가졌을 것 같았다. 그것을 참아내거나 상황에 따라 참을 수밖에 없기 때문에 겉보기만 도덕적일지 모른다.

이틀 뒤에 다혜와 나는 암자에서 내려왔다. 명식이는 못내 아쉬운 표정이었다.

"나도 내려가고 싶어 죽겠다."

"나도 데리고 내려가고 싶어 죽겠다."

"임마, 약 올리지 마. 내가 짐 싸가지고 내려갈 때까진 다시 오지 마."

"알았다. 너만 믿는다. 네가 판사되면 그때 내가 무슨 죄를 짓든 너한테 재판받을 테니까 그때 단단히 복수해라."

"지랄 말고 빨리 가라."

여간해서 악수 같은 걸 하지 않던 다혜가 명식이와 악수를 했다. 보살님이 젊은 사람처럼 깔깔거리며 웃었다.

눈 덮인 산길을 내려오며 나는 다혜를 자연스럽게 끌어안았다.

"왜 이래?"

"뽀뽀 한번 해주라."

"응큼해."

"응큼해도 좋고……."

나는 강제로 다혜의 입술을 훔쳤다. 언제나 입술만은 개방해 놓겠다고 했지만 그녀는 번번이 약속을 지키지 않았다.

"임마. 좀 봐줘라!"

명식이가 소리를 질렀다. 산 메아리가 질펀하게 흩어졌다.

다혜가 뛰어 내려갔다.

음험한 밀실

사내 나이 스물세 살이면 무엇이고 할 수 있는 나이면서 무엇이든 안 되는 나이인 것 같다.

어쩌면 가장 애매한 연령인 것 같다. 애들은 분명히 아니다. 그러나 더 분명한 것은 어른도 아니다.

스물세 살짜리 사내들은 어른 흉내 내기에 바쁜, 그러면서도 어른 취급을 받을 수 없는 애매한 부류인 것만은 사실이다.

지난 한 해를 어떻게 살아왔는지 뒤돌아보았다. 내게 남아 있는 유일한 지난해의 증거는 살아 있다는 것뿐이었다.

어떻게 살 것인가? 그것도 좀 애매하긴 마찬가지였다. 내가 할 수 있는 일이란 고작 살아 있는 일일까?

나는 달력 옆에 큰 백지 한 장을 붙였다. 어려서도 해만 바뀌면 책상 모서리에 흰 종이를 붙여놓고 성공·노력·성실 따위의 글씨를, 마치 교훈이나 급훈 흉내처럼 써놓곤 했었다. 물론 그 종이는 오래 붙어 있지 않았다. 뜯어내서 딱지를 만들거나 종이비행기를 접어 날려버리는 것으로 내 성공·노력·성실도 접어버리거나 날려버리는 게 고작이었다.

상식적으로 살자.

사인펜으로 이렇게 썼다. 보통으로 살자, 사람같이 살자, 솔직하게 살자, 힘껏 살자, 사는 것처럼 살자, 뭔가 하자, 악쓰며 살자…….

이런 저런 생각을 해봤지만 모두 상식적으로 살자는 낱말만 못한 것 같았다.

내가 지난 한 해를 반추해 볼 자료라고 생각하는 일기를 쓰지 않은 것도 벌써 두어 해가 넘었다. 기찻길 옆에서 왕초 노릇할 때부터 시답잖게 써왔던 일기장, 가출할 때도 옆에 끼고 다니던 일기장, 그런 내 비밀스런 기록들도 그해 겨울에 한 줌의 재가 되고 말았다.

그해 겨울은 유난히도 추웠다. 관상대는 예보가 틀려야만 사람들이 알아주는 곳이라는 걸 눈치채서 그랬는지, 그해 겨울은 따뜻할 거라고 했다가 더 유명해진 해였다.

충청도 공주의 어느 한적한 산골로 피신 겸 겨울방학 동안

책이나 보겠다고 내려간 적이 있었다.

새해를 맞는 날 아침이었다. 뭔가 마음을 다져먹고 살아야겠다는 생각으로 사과 궤짝으로 만든 앉은뱅이책상 앞에 흰 종이를 붙여놓고 머리를 쥐어짠다는 게 하필 '솔직하게 살자'였다.

어려서 고해성사하러 신부(神父) 앞에 가서도 솔직한 것처럼 쑥스럽고 죄스러운 게 없었다. 토요일마다 고해소 앞에 가서 멀뚱멀뚱 살아 있는 신부에게 부모님께 거짓말했습니다, 신공을 바치지 않았습니다, 연보 돈 준 걸 반은 눈깔사탕 사 먹었습니다, 여선생님 변소 들어갈 때 거울 디밀어봤습니다, 여학생들 치마 들춰보고 약을 올렸습니다, 친구를 때렸습니다, 이웃집 판자담을 뜯어다 쥐불놀이 했습니다, 친구들 공책 훔쳐서 딱지 만들었습니다, 여자 선생과 남자 선생이 숙직실에서 이상한 짓 했다고 거짓말을 퍼뜨렸습니다……. 이렇게 정신없이 고해할 수 없었다.

그래서 어린 소견에도 매 토요일마다 죄목을 적은 공책을 펼쳐놓고 신부가 생각해도 그 나이에 그만한 죄를 짓는 건 있을 수 있을 거라고 생각하는 죄목만을 네댓 개씩 외어가지고 고해하곤 했다.

나는 새해 아침에 어째서 갑자기 솔직해지고 싶었는지 모른다. 내가 너무 솔직하지 못한 삶을 지속해 왔다는 죄책감 때문이기도 했다. 언제나 나는 착한 척, 괜찮은 사내인 척, 의리의 사내인 척, 곧고 바르게 사는 척, 정의롭고 슬기로운 척만 했다.

솔직해 보자. 일기장 속, 내 비밀스러운 그 속에서만이라도 솔직해 보자는 오기가 생겼다.

나만 솔직하지 못한 게 아닐까?

그런 자격지심도 생겼다. 다른 사람들은 언제나 근엄하고 도덕적으로 굴었다. 그런데 아무리 생각해도 나 자신은 악마의 피를 타고 난 것이지, 천사의 피를 이어받은 것 같지는 않았다.

나는 일기를 써나가며 솔직하기가 얼마나 어려우며 고통스러운 것인가를 깨달았다.

보통 '솔직히 말해서'라는 단서를 붙여 말하는 사람치고 진짜 솔직한 사람은 없는 법이었다.

매일매일 피를 거꾸로 쏟는 기분으로 썼다. 솔직하자는 구호와 그래도 남아 있는 내 지독스런 위선자 기질과 남이 혹시 볼지 모른다는 두려움, 새롭게 내 치졸함과 비겁함을 발견하는 소름 끼치는 스스로의 혐오감, 이렇듯 추잡스러운 자신을 향한 분노로 치를 떨며 써나갔다.

위인전과 자서전, 영웅전과 회고록 따위가 얼마나 철면피한 가면을 쓰고 씌어졌는지, 나는 또 깨달았다.

되돌아 읽는 내 일기장 속의 나는 99.9퍼센트 이상의 악마와 0.1퍼센트 이하의 천사로 조립된 극도로 조악하기 이를 데 없는 악마 덩어리였다.

솔직한 게 죄가 아니라면 감히 얘기할 수 있겠다.

나는 내 혈족, 그것도 가까운 혈족을 뺀 세상의 모든 여자를 다 갖고 싶었다. 그리고 무시무시한 독재자, 하느님과 비슷한 권한을 갖는 황제이고 싶었다. 세상 모든 일을 내 뜻대로 해치우고 싶었다.

물론 지금도 그러한 권한만 주어진다면 나는 내 마음대로 해치울 게 빤했다.

길게 설명할 필요 없이 나는 악마였다. 더럽고 추잡하고 비겁한 모든 것의 대명사였다.

스무 살 남짓한 사내의 짧은 일기장, 겨우 3개월 남짓한 그 일기장은 지옥에 갖다 놓아도 감히 상대할 수 없는 최고의 악마전이었다.

화로를 엎어놓고 그 알불 위에 일기장을 태우기 시작했다.

한 장 한 장 찢어서 불을 사르고 그 타버린 종이 위에 남은 글씨 자국을 지우기 위해 종이재를 부수었다.

얼마나 치를 떨었는지 모른다. 내 자신이 고작 그 정도의 인간밖에 안 되는 것이었는지 모른다.

일기장을 태우고 집에 와서 그동안 소중하게 보관했던 일기장들을 죄다 마당에 내던졌다. 그 위에 석유를 뿌리고 성냥을 그어 던졌다.

십수 권의 악마전, 조악하게 위선으로 써왔던 그 일기장은 남김없이 타버렸다. 그것들을 태우지 않고는 견딜 수 없었다. 나는 내 과거를 태우는 심정으로 일기장을 태웠다.

아침밥을 먹고 몇 군데 세배하러 다녔다. 다혜네 집에 세배하러 가려다가 되돌아서고 말았다. 차라리 구정 때 세배하러 가는 게 현명할 것 같았다. 나 같은 촌놈에겐 아직도 신정보다는 구정에게 향수가 많았다. 남들이 하니까 그저 따라 하는 세배에 지나지 않았다.

명절이라면 적어도 사람들의 가슴속에 축제의식이 살아 있어야 한다. 신정은 아직도 축제라는 개념보다는 남들 눈치나 보는 그런 날 같기만 했다.

춘삼이 형 전화를 받은 것은 저녁 때였다.

"할 얘기도 있고 하니 나와라."

"오늘은 나가고 싶지 않아요."

저녁에 다혜가 놀러 오겠다고 했기 때문에 이렇게 대답했다.

"너, 나한테 세배 안 할 거냐?"

"형이 좀더 늙으면 할 거요. 그때까지만 살아 있어요."

"정초부터 재수 없는 소리 말고 나와라. 내가 빼근하게 살 테니까."

"형, 나 편하게 좀 해줘요."

"자아식, 내가 언제 너 괴롭힌댔어. 얼굴 보자는 거지. 네 맘 아니까 걱정 말아."

"오늘 집에서 약속이 있어서 그래요."

나는 완강하게 나갈 의사가 없다는 걸 밝혔다.

"너, 미향이 알지?"

"미향이오?"

"설악산 말야."

"보슬비……. 알아요. 왜요?"

가슴이 뭉클했다. 그녀를 생각하면 가슴 밑바닥에서 욕망의 덩어리가 치솟아 오르곤 했다. 나를 초대하겠다던 약속을 지키지 않은 여자지만 그 밤의 정열을 나는 잊고 있지 않았다.

"걔 언니가 없어졌어. 나는 땅띔도 못하겠다. 도치 애들이 안 보여. 가물치가 나 잡으려는 판에 뛰어들 수도 없고, 애는 딱하고 해서 전화했다."

나는 잠깐 머뭇거렸다. 정초부터 그런 일에 끼어들고 싶지 않았다.

"형, 나 정말 편하고 싶어요."

"알아, 자식아. 애들이 불쌍해서 그랬어. 안 들은 걸로 해라."

"형, 미안해요. 그리고 한 가지 물어볼게요. 서유리라고 있죠. 걔 요즘 어디 있어요."

"그 녀석 잘 있지. 요즘 재일동포 녀석한테 시집간다고 정리하는 모양야. 너 짝사랑하냐?"

"아뇨. 애가 하도 괜찮아 보여서 말이죠. 잘됐군요. 그 친구 시집갈 때 꼭 알려줘요."

"커튼 뒤에서 울려고 그러는 거냐?"

"좀 울면 안 됩니까."

춘삼이 형은 서운한 말투로 전화를 끊었다.

전화가 끊어진 후부터 내 가슴속에는 묘한 죄책감이 감돌기 시작했다. 그런 증발사건이라면 빤한 것인데, 내가 모른 체한다는 게 아픔으로 와 닿았다. 춘삼이 형이 내게 부탁하는 것은 그만한 것을 부탁할 데가 마땅찮기 때문인 것 같았다. 한 여자가 납치된 것을 알면서 내가 모르는 체할 만큼 강심장을 가졌을까?

다른 여자도 아니고 내 불타는 욕망의 찌꺼기를 가라앉혀 준 여자의 언니인데도. 아니, 그게 아니라도 내가 내 양심을 걸고 참을 만큼 독한 것일까?

보슬비라면 사랑받는 가수였다. 언제나 발랄했고, 언제나 대중에게 기쁨을 주는 율동을 보여주었다.

그러나 참아보자. 그것은 그들 개인의 고통이지, 내가 아파할 이유는 없는 것이다.

나는 엎드려서 춘삼이 형 부탁을 잊어버리기 위해 몸부림을 쳤다. 정초부터 그런 일에 뛰어들기는 정말 싫었다. 정초에 재수가 없으면 일 년 내내 재수가 없다는 어른들 말이 퍼뜩 떠올랐다.

"너 왜 그렇게 안절부절못하고 그러니. 다혜 온다니까 정신이 혼미해지나 부다. 좋을 때다."

은주 누나가 옆에서 빈정거렸다. 나는 자리에서 벌떡 일어나 전화기를 잡았다.

"형, 나요. 총찬이요."

"편하게 해드렸는데, 왜 이러셔."

"형, 지금 나갈게요."

"너 말릴 사람 있겠냐?"

"어디로 가면 돼요."

"H호텔로 와서 날 찾아. 미향이도 기다리고 있으니까."

"알았어요. 금방 갈게요."

나는 다시 다혜에게 전화를 걸었다.

다혜는 볼멘소리로 투덜거렸다.

"은주 누나가 갑자기 시골 가서 그래."

"내가 뭐, 찬이네 누나 보러 가는 줄 알아?"

"이왕 오려면 누나 있을 때 오는 게 좋잖니?"

"무슨 꿍꿍인지 모르겠네."

"좋아. 그럼, 와. 단둘이 있으면 내가 어떻게 변할지 몰라서 봐주려니까 되게 빼기네."

내 말은 약이 되었다. 다혜는 느물거리며 대꾸했다.

"누군 공일인 줄 알아? 되게 양심적인 척하구 그래."

"오라니까 그래. 와서 밥도 좀 해주고 양말도 좀 빨아주고, 그러면 되잖아."

"봐줄게."

다혜는 언제 보아도 현명한 여자였다. 나와 단둘이 있게 되면 빠져나가기가 어렵다는 걸 알고 있었다.

나는 은주 누나에게 집에 들어오지 못할지 모른다는 말과 만약 다혜가 전화할지도 모르니까, 아예 전화기를 내려놓으라고 말했다.

"네 놀음에 내가 놀아나야 하니, 원. 정신 좀 차려라. 너, 정초부터 바쁜 걸 보니 올해 내내 정신 못 차리겠구나. 좀 가만히 있을 수 없니?"

"그게 내 사주팔자에 씌어진 대로 사는 건가 봐. 호적초본에도 내 팔자는 그렇게 씌어 있을 거야."

"조심해라."

"알았어, 누나."

나는 밖으로 뛰어나와 급하게 택시를 잡았다.

"H호텔로 가십시다."

택시는 한적한 도심지를 질주해 달리기 시작했다.

나는 유심히 신호등을 쳐다보았다. 차가 일정한 속도로 달리면 그다음 신호등이 통과신호를 보내줘야 마땅할 것 같았다.

"저놈의 신호등 개판이구만요. 정상적인 속도로 달리면 신호등이 딱딱 떨어져줘야지. 저 지경이니 차가 밀릴 수밖에 없겠어요."

내가 투덜거리자 운전사가 맞장구를 쳤다.

"누가 아니랍니까. 개판이라구요."

운전사가 투덜거리며 달렸다. 내 마음이 왜 이렇게 초조한지 몰랐다.

나는 H호텔에 내려서 춘삼이 형을 찾았다.

객실에 들어서자 춘삼이 형이 능글맞게 웃었다. 그 옆에는 초췌한 표정의 미향이가 앉아 있었다.

"미향이 때문에 온 거예요."

"누가 뭐래?"

춘삼이 형은 내 마음을 들여다보고 있었다. 그런 일에 내가 뛰어들 거라는 걸 누구보다도 잘 알고 있었다. 이번 일은 그런 내 마음을 노린 셈이었다.

"술 한잔 할래?"

"본론으로 들어가요."

내가 다그치고 나섰다.

"미향이, 네가 시작해라. 쟤 성질 급해서 난 자신 없다."

미향이는 눈두덩이가 부어 있었다. 실컷 울고 난 뒤끝인 것 같았다.

"미안해요. 괜히 이런 일로 괴롭혀 드리게 돼서요."

미향이는 제대로 얼굴을 들지 못했다. 나와 정열적인 밤을 지샌 그날의 기억 때문인 것 같았다.

"첨부터 얘기해요, 자세하게."

내가 서두르는 만큼 춘삼이 형은 태연한 얼굴이었다. 그는 도대체 서두르는 적이 없었다. 그것이 그의 뱃심인 것 같았다. 그가 지금까지 살아남아서 왕초로서 대우를 받는 것도 그런 배짱 때문이었다.

"어젯밤에 K호텔에서 심야무대가 있었어요. 새벽에 공연 끝내고 짐 챙겨서 운전하는 미스터 박에게 맡기고 뒷문으로 내려오는데, 갑자기 뒤에서 덮쳤어요. 여섯 사람이었어요. 저는 그때 무슨 정신으로 계단에서 뛰었는지 몰라요. 그 높은 데서 말예요. 그리고 사람 살리라고 소리 지르며 주차장으로 뛰었어요. 마침 미스터 박이 짐을 챙기다가 쫓아왔어요. 그 사람들이 미스터 박을 때려누이고 하는 사이에 저는 무서워서 소리만 치고 있었어요. 언니는 어디로 끌려갔는지 몰라요. 지금 무슨 짓을 당하고 있는지도 모르고요."

"새벽 몇 시였지?"

"세 시쯤 됐어요. 그리고 뛰어가는데, 미스터 박이 쫓아와서 신고하지 말라고 했어요. 그 말은 맞아요. 신고해 봤자 빤하잖아요. 우리만 엉망진창이 될 거고, 언니는 언니대로……. 뭐라고 해야 될지 모르겠어요. 생각하면 지금도 떨려요. 어떻게 좀 우리 언니 구해주세요. 소문나면 큰일예요. 우린 끝장이라구요."

"그 자식들이 노린 게 바로 그거야."

내가 이렇게 말했다.

"그러니, 어떡하면 좋죠? 우리 좀 살려주세요. 춘삼이 오빠께서 총찬 씨만 나서면 쉽게 해결될 거라고 했어요. 당장 내일 공연 펑크내면 소문이 날지도 몰라요."

미향이는 떨고 있었다. 나는 그런 미향이 등을 도닥거려주었다.

"차근차근 생각해 봐. 언니나 네가 납치될 만한 일이 있는지, 아니면 그런 조짐이 있다고 생각되는 일이 있었는지 말야. 공연이나 밤무대이거나 귀찮게 굴던 애들이 있었는지 말야."

미향이는 훌쩍이고 있다가 고개를 들었다. 화장기 없는 앳된 얼굴이 더 고와 보였다.

"춘삼이 오빠한테 얘기했어요. 데뷔할 무렵부터 성주학이라는 사람이 쫓아다녔어요."

"성주학?"

"성주학."

처음 들어보는 이름이었다.

"S주식회사 성 사장, 큰놈 있잖아."

춘삼이 형이 대신 말했다.

"밑 닦아주는 놈들이 있나 부죠?"

"도치 애들이라니까 그래. 그 녀석 벌써 그런 전과가, 여럿 건야."

"가물치 애들 아네요."

"그러니까 내가 옴짝달싹 못하지."

나는 담배를 입에 물고 한참 동안 방 안을 걸어다녔다.

"내가 하죠."

나는 입을 앙다물고 말했다.

가냘프게 떨고 있는 미향에게서 나는 강렬한 여자 내음을 맡았다. 목덜미에서 솟구치는 냄새인지 그녀의 몸 전체에서 나는 냄새인지 분간할 수가 없었다.

"춘삼이 형, 도치 애들 어디 가면 만나요?"

춘삼이 형은 고개를 흔들었다. 미향이가 불안한 눈으로 내 손목을 잡았다. 그녀의 손은 따뜻했다. 밤에만 불타는 여자는 아니었다. 평소에도 열정이 있는 여자 같았다. 나는 그런 미향이의 어깨를 끌어안았다. 짙은 내음이 풍겨왔다. 그것은 내 욕정의 끄트머리에 서서 사라지지 않았다.

"오빠, 제발 우리 수향이 언니 좀 구해주세요. 구해만 주면 오빠가 하란 대로 다 할 거고……. 그 은혠 잊지 않을 거예요."

"은혜 은혜 하지 마. 내가 하고 싶어 하는 거니까."

내가 역정 비슷하게 말했다. 나는 그놈의 은혜라는 말이 싫었다. 마찬가지로 키워준다는 말도 역겨웠다. 흔히 뒷바라지해 주거나 도와준 사람들이 누굴 키워줬다고 자랑삼아 떠드는 걸 보면 메스꺼웠다.

"고마워요, 오빠."

미향이가 다소곳이 앉으며 이렇게 말했다. 나는 춘삼이 형에게 따지듯 말했다.

"형, 형도 이런 짓 그만할 수 없어요? 젊어서 한때 놀아볼 순 있어요. 이젠 형은 애들이 아녜요. 애들 땐 그럴 수 있어요. 애들 때 그러지 못하면 할 때도 없겠지만 말예요. 형도 왕초가 되려면 진짜 왕초가 돼봐요. 주먹 아무리 휘둘러봐야 그게 그거 아녜요. 진짜 왕초 한번 해보려면 그런 식으로 해선 안 돼요. 가물치 형하고 한번 붙어서 죽고 살기 하든가, 그렇지 않으면 손 싹 씻고 공부하든가, 그것도 싫으면 장사꾼 왕초가 되든가 말예요. 그렇게 살다가 죽을 때 후회해요. 나 같은 놈도 공부해서 졸업장 받게 되잖아요."

춘삼이 형이 연신 고개만 끄덕였다.

"임마, 사람 기죽이지 마."

"평생 그렇게 살 거요?"

"맘 잡고 돌아다니지 않잖아."

"형은 맘 잡은 게 아녜요. 힘이 달리니까 그런 거지."

"야야, 아픈 데 건드리지 마."

"형, 내가 맘만 먹으면 가물치 형 정도는 간단해요. 그러나 난 신경 끄고 살아요. 주먹으론 자신이 있으니까 그런 거예요."

춘삼이 형은 창밖을 응시하고 있었다. 정말 어디가 아픈 사람 같았다. 떠돌이 행자승 무초 스님이 가르쳐준 것이었다. 강자는 용서할 줄 알고 참을 수 있는 자만이 되는 것이라고 했다. 관용은 확실히 강자의 논리인 것이다.

강한 척 허세를 부리는 겉만 강자인 치들은 언제나 화를 잘 내고 작은 일에도 참지 못하는 것이다.

"형, 나도 아직 어리고 아는 게 없고 성질 급하지만 어떻게 사는 게 좋은 거라는 건 알아요. 난 형이 평생을 그렇게 살다 가는 게 싫어요."

"알았다. 그만해라."

춘삼이 형은 괴로운 표정으로 대꾸했다. 본성이 착한 춘삼이 형은 내 말뜻을 쉽게 알아들을 사람이었다.

"미향이 넌 집에 가 있어. 내가 꼭 찾아올 테니까."

"네, 알았어요. 오빠, 미안해요."

"형, 갈랍니다."

"도치 애들 표창 가졌다. 조심해라."

"알았어요. 쓸데없는 소리해서 미안해요."

"자아식……."

춘삼이 형은 내 손을 잡고 문을 열어주었다.

도치 패거리들이라면 아직도 찌렁찌렁한 명성을 지니고 있는 패거리였다. 나는 도치에 대한 소문만 들었지 한 번도 만나 본 적은 없었다. 도치쯤이야 겁날 것이 없지만 그 뒤에 도사리고 있는 가물치는 내게도 두려움이 남는 존재였다. 가물치는 춘삼이 형이 두려워하는 제일급의 실력자였다.

오랜만에 카페 아담에 들렀다. 카페 아담에는 갖가지 소문을 들을 수 있는 친구들이 많았다.

"참새 한 마리 구워줘."

나는 밀실로 들어가 이렇게 말했다. 미라는 생글거리며 웃기만 했다. 그 참새라는 낱말이 무슨 뜻인지 미라는 알고 있었다.

"어떤 참새 말예요?"

미라가 간드러지게 물었다.

"매 잡는 참새 말야."

"걔들 없어진 지가 언젠데 그래요."

"그럼 우리 미라 아씨가 참새 좀 잡아줘야겠는데."

"어쩐지 불쑥 나타났다 싶더니……."

미라는 곱게 눈을 흘기고 내 옆에 바싹 붙어 앉았다.

"고슴도치라고 있지. 걔들 요즘 어디서 무슨 장사하는지 알아?"

"고슴도치라니, 도치 말예요?"

"그래."

"왜 찾아요. 괜히 찔리려고."

"그건 알 거 없고. 무슨 장사하는지 말해 봐."

"오늘 매상 얼마나 올려주려고 이러실까?"

"어서 말해. 시간 없어."

"밤이 짧을까."

"그럴 시간 없대두 그래. 담에 와서 매상 올려주고 사랑해주고 다 할게. 정말 급해서 그래."

"오랜만에 와서 애간장 녹이는 소리만 하구 있어."

웬만한 정보는 알고 있지만 도치에 관한 것을 쉽게 얘기하고 싶지 않은 게 솔직한 심정인 것 같았다. 그만큼 도치가 찌렁찌렁 울리고 다닌다는 암시였다.

"나 알잖아. 하루 이틀 겪어봤니? 어서 얘기해. 급해서 그래. 애들 만나기만 하면 속옷 뭐 입었는지도 알아낼 수 있어."

"그럼 나는 뭐 입었지?"

미라는 치마를 들썩일 것처럼 하며 말했다.

"시간 없대두 그래. 빨리 말해."

미라는 밀실의 문을 열어본 뒤에 내게 더 바싹 다가앉았다.

"도치, 장사하는 거 몰랐어?"

"뭔가 한다는 소린 들었지."

"남자 장사 시작했잖아."

"남자 장사라니?"

"호호, 숙맥 같애. 괜히 이러지 마. 장충찬 씨가 모르는 게 다 있네."

"그럼 남창(男娼) 차렸단 말야?"

"진짜 모르는 거야 뭐야."

"도덕적으로 살다 보니 이렇게 됐다."

"도덕 좋아하네. 참새가 웃겠네."

"너 정말 나 맘 잡은 거 몰라?"

"누군 맘 안 잡은 사람 있나."

"좋다. 아무렇게나 생각해라. 어디서 판 벌이고 있지?"

"한남동."

"한남동 어디?"

내가 채근하자 미라는 손바닥을 벌렸다.

"백 원이라도 줘. 거래는 거래니까."

나는 백 원짜리 동전을 미라의 손바닥 위에 놓아주었다. 그것은 미라의 마음을 편하게 해주는 일이었다. 그냥 나불대는 여자가 아니라 정당한 대가를 받는다는 정보비를 받고 싶어하는 그녀의 마음을 알기 때문이었다. 미라가 함부로 손을 내미는 여자가 아니라는 걸 나는 익히 알고 있었다.

"좀 싸긴 싸다."

미라가 동전을 가슴 속에 넣으며 한 말이었다.

"잔솔밭 지하에다 감쪽같이 차렸대."

"확실한 거야?"

"내가 가봤나, 머."

"비밀통로가 있겠는데."

"암호도 있고 비밀 열쇠도 있고……. 하여튼 철저한가 봐."

"그 이상 아는 거 없어?"

"내가 귀신인 줄 알았어?"

"알았다. 고맙다. 담에 와서 꼭 원수 갚아줄게."

나는 미라의 엉덩짝을 한 대 때려주고 밖으로 나왔다. 미라가 따라나와 귀엣말로 말했다.

"나 좀 열나게 해줘. 그러려면 몸조심해야 돼. 도치 성깔 알잖아."

"알았다."

찬바람이 골목길을 휘젓고 있었다. 미라가 택시를 세웠다. 나는 그런 미라의 등을 살짝 때려주었다.

"한남동으로 갑시다."

택시가 속력을 놓자 나는 허리띠 속을 점검해 보았다. 살 끝을 건드리는 표창의 날카로운 날이 곤두서 있었다.

잔솔밭이란 간판이 퍽 단정해 보였다. 보통 술집 간판과 다른 고급스러움이 묻어 있었다.

문을 밀고 들어섰다. 술값이 꽤 비싼 술집이란 인상을 대번에 받았다. 촉 낮은 전구와 밀실로만 장식된 내부가 그런 인상을 받게 했다. 허벅지가 훤히 보이는 치마, 치마라기보다는 헝겊 쪼가리를 아랫도리에 댄 것 같은 여자가 서양 여자들이 임금 앞에서 인사하듯 한쪽 다리를 접고 인사를 했다. 그녀의 웃옷도 치마처럼 헝겊 쪼가리에 불과했다.

옷감 소모량에 있어서 여자를 당할 수 없겠지만 이런 경우에는 여자가 얼마나 옷감 소모량을 줄일 수 있는지 시범을 보여주고 있는 것 같았다.

섬유업계 인사들이나 여자 속옷 만드는 회사 사장들은 기분 언짢아서 못 다닐 집이었다. 어쨌든 나를 안내하는 여자는 가린 것보다는 안 가린 부분이 더 많았다. 기분이 나쁘진 않았다. 여자를 이렇게 벗겨놓은 건 여자들 스스로 결정한 것인지 아니면 남자들의 강요인지 모르겠다.

나는 천사를 본 적이 없지만 옛날에 천사를 보고 그린 사람들은 무조건 천사들의 옷을 롱 드레스로 만들었다. 요즘엔 천사도 씨가 말랐는지 아니면 공해물질 때문에 내려오길 꺼리는지 몰라도 도통 천사를 봤다는 사람이 없었다. 그러나 요즘 천사를 그리라고 한다면 아마 미니스커트 입은 천사를 그릴 것만 같았다.

어쨌든 하느님이 인류의 조상을 에덴동산에서 쫓아낸 것은 백번 잘못한 일에 속할 것이다. 지금쯤 후회하고 있을지도 모른다.

밀실을 열고 들어선 여자의 얼굴은 내가 생각했던 것보다 퍽 세련된 용모였다. 예쁜 여자들은 어째서 이런 데 몰려 있는지 모를 일이었다.

"술은 뭘로 하시겠어요?"

"막걸리 두어 되 줘."

내가 능글맞게 말했다.

"아이, 농담도 잘하셔."

"농담 아냐, 이 친구야. 텁텁한 막걸리 마시고 싶어 왔어."

"양주 드실까요?"

"네 기분 내키는 대로 가져와."

"안주는요."

"네가 안주하면 되잖아."

"마른안주 할까요?"

"풍만한 안주로 해라."

"잠깐만 계세요."

그녀는 문을 열고 나갔다. 나는 검붉은 불빛과 편안한 소파의 분위기 때문에 이런 곳에서 한숨 자고 싶다는 생각을 했다.

술상이 차려졌다. 그녀는 술을 따르고 내 옆에 바싹 붙어 앉았다. 허벅지가 훤히 보이는 짧은 헝겊 쪼가리 아래로 그녀의 윤기 있는 살갗이 보였다.

“너 같은 여자만 있으면 우리 같은 놈은 딱 굶어 죽기 쉽겠다.”

“왜요?”

“내가 속옷 만드는 회살 하고 있으니까 그렇지.”

“어머머.”

“어머머고 아바바고 옷 좀 입어라. 심장 약한 놈 어디 술 마시겠냐.”

“괜히 그래.”

“도덕 시험 맨날 빵점 맞다 보니 나도 성인군자 다 돼간다.”

“그만하고 마셔요.”

“너 좀 마시면 안 되겠냐?”

“밤은 길어요.”

“나는 급해.”

“뭐가 그렇게 급해요. 굶으셨나.”

“허기졌다.”

“호호호…….”

여자는 자지러지게 웃었다. 이 여자와 친해질 필요가 있었기 때문에 나는 노련한 술꾼처럼 굴지 않을 수 없었다. 서너 잔 비운 뒤에 나는 그녀 앞에 술잔을 내밀었다. 그녀는 두 손으로 술잔을 받았다.

“너도 양반씨는 받은 모양이구나. 그 맵시가 성춘향 같구나.”

“재미있으셔.”

코 먹은 소리로 응수하며 술을 조금씩 마셨다.

"생각보다는 얌전하신데."

"얌전해 보이나?"

"말하는 거 보면 프로 같은데 그렇지 않잖아요."

"나도 이골이 나서 그런다. 이 바닥에서 몸 축낸 게 수십 근도 넘는다."

"여러 여자 울렸겠어."

"여러 여자 때문에 내가 울었다."

"호호호……."

"너 웃는 거 보니까 여럿 잡았겠다."

"팔도 서방님 모시고 살려면 웃음이라도 헤퍼야죠."

"잔소리 말고 묘기대행진이나 좀 보자."

"나 그런 거 못해요."

"알고 왔어, 임마."

"누가 그래요?"

"우리 큰형님이 그러지 누가 그래."

"큰형님이라뇨?"

"도치 형님 몰라?"

"어머…… 그럼……."

"안에 계시냐?"

"진작 말씀하시지. 난 그런 줄도 모르고……. 어쩐지 보통은 아니시다 싶대요."

"계시냐니까 그래. 지하실 장사 잘되는지 모르겠다."

"거기야 늘상 그렇죠, 머."

나는 속으로 웃었다. 내가 꾼처럼 짚고 넘어가는 데 속아주는 여자가 더 귀여워 보였다. 도치가 지하실에 차려놓은 사업이 꽤 잘되는 모양이었다.

"온 김에 큰형님이나 뵐까?"

"아까 이 방에 계셨으니까 그리로 내려갔겠죠."

"매상이나 올려드리고 내려가야지. 너 한 잔 더해라. 이따가 데리고 나가서 실컷 사랑해 줄게."

"큰형님한테 혼나려고."

"임마, 큰형님이 나 먹여 살리는 거 몰라?"

"첨 봤으니 모를 수밖에."

"종로 두꺼비 얘기도 못 들었느냐?"

"호호호……."

"왜 웃어?"

"난 두꺼비라고 해서 진짜 두꺼비처럼 못생긴 줄 알았지."

"알고 보니 잘생겼다 이거냐?"

여자는 고개를 끄덕였다.

"너 장사 하나는 끝내주게 하는구나."

우리는 술병이 반쯤 비도록 술을 마셨다. 여자는 내가 종로 두꺼비라는 말에 속아 넘어가서 조잘거리며 지하실의 비밀문이며 새로 바꾼 구조며 경비를 서는 애들의 숫자와 출입하는 요령을 얘기했다.

지하실에 내려가고 싶은 여자들도 처음에는 이 잔솔밭에 들어와서 안내를 받아야만 했다.

지하실에서 사람이 올라와 확인한 뒤에 화장실로 안내된 뒤, 비밀문을 통해 지하실로 내려가게 되어 있었다. 지하실에는 열 개의 방이 있고 방마다 샤워실과 쑥탕이 달려 있었다.

남자가 필요한 여자들은 우선 마사지 보이의 서비스를 받은 뒤에 사진첩에 진열된 남자들의 번호표를 부르거나 좀 더 확인해 둘 사항이 있으면 실물 전시를 요구해서 선택하거나 했다.

경비 서는 사내는 네 명, 비밀문 통과할 때는 누구든지 몸수색을 받는다고 했다.

"임마, 나도 몸수색 받아야 한단 말야? 그리고 얼굴 대조하란 말야?"

"큰형님이 시키는 일인데 뭘."

"안 그랬다간 들어서자마자 쐐기 박을 텐데."

쐐기란 몽둥이를 뜻하는 은어였다.

"종로 두꺼비도 여기선 안 통한다 이 말이냐?"

"인터폰 대줄게 큰형님하고 직접 얘기해 봐요."

"관둬라. 기다렸다가 만나지."

나는 조금 더 기다려보기로 마음먹었다. 이 여자에겐 내가 종로 두꺼비라고 속일 수 있겠지만 비밀문을 안내하는 사내나 지하실의 경비원에겐 통하지 않을 것 같았다.

술 한 병이 거의 바닥이 나자 여자는 술을 계속하겠느냐고 물었다.

"너를 사랑해 주려면 그만 마셔야지. 안 그래?"

"데리고 나갈 때 지배인한테 얘기 좀 잘해 줘요."

"알았어."

나는 또 속으로 웃었다. 이 여자는 정말로 나를 믿고 있는 것 같았다.

지하실에 들어갈 길이 떠오르지 않았다. 그만큼 도치는 철저한 친구였다. 함부로 들어갔다가는 도리어 당할 수가 있었다. 그리고 그 정도 치밀한 도치라면 감쪽같은 탈출구나 방비책은 갖추고 있을 위인이었다.

"지난번에 큰형님 큰일 치를 뻔했다며? 큰형님이 혀를 내두르더라."

내가 은근히 치고 들어갔다.

"말도 마요. 그때 벌집이었어요. 비상구로 나와서 담뛰기 했는데 밖에서 기다리더래요. 아무튼 그때 생각하면 오싹해요. 땅개비 애들이 어떻게 비상구까지 알았는지 몰라요. 그 뒤에 서로 잘하기로 했다니까 문제는 없을 거예요."

나는 속으로 키득키득 웃었다.

"땅개비 애들이 어떻게 알고 지하실까지 들어갔니?"

"같이 먹고살자는 데야 할 말 없죠."

"그 뒤로 경비나 철저하게 세웠나 모르겠다. 땅개비가 쿵하면 달려들 텐데."

"지난번엔 이쪽에서 먼저 무니까 그랬죠, 뭐."

나는 그 순간에 너구리작전을 생각했다. 비밀 문 앞에 불을 지르고 비상문에서 차례로 낚아채면 쉽게 성공할 수 있을 것 같았다. 그러나 나는 고개를 흔들었다. 목적을 위해서 수단과 방법을 가리지 않는 사내가 되긴 싫었다. 정당한 방법으로 승부를 보고 싶었다. 막상 맞붙었을 때 상대방이 비겁하게 나오지 않는 한 나는 그러고 싶지 않았다.

"요 앞에 차 세워놔도 되니?"

"그럼요."

"이왕 늦을 거니까 운전하는 녀석 저녁이나 먹여야겠다."

내가 자리에서 일어났다. 여자가 팔소매를 잡고 말했다.

"미스터 김 보내면 돼요."

"뭐 심부름시킬 것도 있고 해서 그래."

나는 눈치껏 잔솔밭을 빠져나왔다. 골목길에는 승용차들이 한 켠으로 세워져 있었다.

은회색 피아트가 눈에 띄었다. 눈깔 크고 짧은 치마 입은 계집애처럼 날렵하고 깔끔해 보였다. 번호를 확인한 나는 바람 구멍을 열어놓았다.

바람 빠지는 소리가 요란하게 들렸다. 그 근처에 있는 두 대의 차도 마저 바람을 빼버렸다. 만약의 경우를 생각해서 도치 패거리의 기동성을 없애둔 것이었다.

잔솔밭 안채를 건너다보았다. 넓지 않은 마당이었지만 손질이 잘되어 있었다. 담을 훌쩍 뛰어넘었다. 조심스럽게 담장 밑으로 기어갔다. 표창을 꺼내 짐작이 갈 만한 곳을 자꾸 쑤셔보았다. 무엇인가 움직이는 게 있었다.

나는 뒤돌아섰다. 토실토실하게 살찐 강아지 한 마리가 꼬리를 흔들며 쫓아왔다. 강아지는 손을 내저어도 자꾸 꼬리를 흔들며 쫓아왔다. 강아지를 가슴에 안았다.

사람이 꽤 그리운 강아지 같았다. 내 얼굴을 자꾸 핥았다. 짖지 않은 게 고마워서 쓰다듬어주었다. 꼬리가 연신 흔들리고 있었다.

표창 끝에 걸리는 금속음을 들었다. 그리고 그 소리 나는 주위를 살펴보았다. 비상구 자국이 드러났다. 겉은 잔디가 깔려 있어서 쉽게 구분할 수 없었다. 도치의 치밀한 성품을 알 것 같았다.

나는 정원석을 빼내어 조심스럽게 비상구 위를 덮기 시작했다. 웬만한 장사라도 비상구를 열고 나올 수는 없을 것 같았다.

다시 담을 넘었다. 강아지가 연신 낑낑거렸다. 별로 할 일이 없다면 그 강아지를 옷 속에 넣어가지고 나왔을 것 같았다. 공중전화가 불빛 아래 애처롭게 서 있었다.

"형, 납니다. 애들 두 명만 보내줘요."

"왜? 어렵겠냐?"

"준비는 다 됐는데 혼자 하려면 시간이 걸리겠어요."

"어떤 앨 보내래."

"손 빠른 애들이면 더 좋아요. 올 때 철사하고 펜치 좀 갖다 줘요. 열댓 명 묶어놔야겠어요."

"어디로 보낼까?"

"잔솔밭으로요. 들어와서 입구에 서서 큰 소리로 두꺼비 찾으라고 해요. 그게 신호니까요. 내가 들어오라고 하면 전화줄부터 끊어버리게 해줘요."

춘삼이 형은 대충 상황을 짐작한 것 같았다.

"차 필요 없냐?"

"야통증 가진 애 있으면 같이 보내요."

"이십 분 내로 보낼게. 조심해라."

"문 부술 때 쓸 연장도 좀 보내요."

"알았다."

나는 전화를 끊고 다시 잔솔밭으로 들어갔다. 여자가 쪼그리고 앉아 있다가 반겨 맞았다.

"난 튄 줄 알았어요."

"이 자식이 두꺼비 알길 우습게 아는구나."

"그래서 살짝 내다보니까 전화하고 있던데요."

"우리 같이 염복 많은 놈은 그게 탈이라구. 오늘 너 안 만났으면 몸 풀어줘야 할 여자 많았다구. 너 행복한 줄 알아."

"피이……."

여자는 바람 소리를 내고는 나를 끌고 밀실로 들어갔다.

"너 이담에 남편 덕은 보겠다."

"왜요?"

여자는 몸을 꼬며 물었다.

내 손은 여자의 가슴 속에 들어가 있었다. 내가 적어도 두꺼비라는 걸 의심나지 않게 하려면 이 정도의 능청은 떨어둬야 했다.

"이게 크면 남편 덕 본대잖아."

"아퍼, 살살."

여자는 음란한 목소리로 말했다.

"너도 지하실 가서 대접받고 싶지 않니?"

"거기 오는 년들처럼 행복하면 한이 없겠어."

"큰형님한테 얘기해 줄 테니까 한번 내려가서 서비스도 좀 받고 몸도 풀고 해라."

"내 팔자에 무슨."

여자는 시큰둥했다. 지하실은 도치의 돈벌이인 남창이었다. 남자 창부 녀석들에게 돈 싸들고 오는 여자들, 욕정을 풀며 황후처럼 대접받고 싶은 여자들을 환대하는 비밀스런 곳이었다. 그곳에 오는 여자들은 남자들이 사우나탕의 밀실이나 창녀촌에서 받는 환대 이상의 쾌락과 즐거움을 맛보고 가는 곳이었다.

하느님. 지금 흥미진진하게 보고 계시죠?

세상 참 공평합니다. 사내들만이 으스대며 즐기는 걸 봐줄 수 없으니까 저런 남창지대까지 만들어주셨으니 얼마나 공평하신 겁니까.

제가 호를 하나 지어드리죠.

하공평. 어떻습니까? 맘에 드십니까? 하긴 그래요. 사내들은 몇 푼의 돈만 있으면 언제 어디서고 여자를 살 수 있습니다. 대낮에 점심 먹고 나가서 목욕 한탕하고 현금을 지불한 만큼의 쾌락을 산 뒤에 의젓하게 들어올 수도 있고 저녁에 술 한잔 걸치고는 술김이란 핑계로 장화 신고 오입 한번 해도 사내다우면 사내다웠지 바보 취급은 받지 않잖아요. 여자라고 그러지 말란 법 없잖아요. 꼭 같은 사람 아녜요. 하느님이 애초 만들 때부터 남자 편만 들었다는 것 이미 널리 알려진 사실이지만 여자라고 배알이 없는 줄 아세요.

여자도 사람이다 이겁니다. 여자도 욕망과 쾌락과 즐거움을 공유할 권리가 있다 이 말입니다.

내 말이 틀렸습니까?

여자를 너무 깔보지 마세요. 알 거 다 알고 할 거 다 할 수 있다는 걸 잊지 마세요. 남녀평등 몰라요?

내가 뛰어 들어가 그 용감하고 존경할 만한 여자들 상판대기 좀 똑똑히 보여드릴 테니 웃지나 마십쇼.

하느님답게 침묵을 지켜달라 이 말입니다.

문이 열리고 두 사람의 사내가 들어섰다. 가방을 멘 사내는 키가 컸고 골프백을 든 사내는 키가 작았다. 나는 얼른 시계를 보았다. 춘삼이 형이 약속한 시간이었다.

"두꺼비 형님 계십니까."

키 큰 사내가 큰 소리로 말했다.

나는 여자를 번쩍 들어 테이블 위에 앉혀놓고 나왔다.

"여기다. 들어와라."

나도 큰 소리로 말했다.

두 사내가 손을 들었다. 나는 여자를 잡아 일으켰다.

"조용히 해. 떠들면 죽어. 비밀문으로 안내해, 어서."

"왜 이래요. 큰형님 알면 어쩌려고."

"잔소리 말고."

"정신 나갔나 봐. 큰형님 성깔 알면서."

"정신 멀쩡하니까. 어서!"

여자는 믿어지지 않는다는 듯이 서 있었다. 나는 그녀의 손목을 비틀어 잡았다. 그녀가 소리를 지르며 화장실 쪽으로 걸어갔다.

전화선을 끊은 사내가 다가왔다. 세 명의 종업원이 뒤로 손목이 묶인 채 따라와서 비상벨을 가리켰다.

"차례차례 묶어서 밀실에 처넣어라. 비상벨은 그냥 둬."

"손님들은요."

"묶으면 안 돼. 한방으로 모아놨다가 문이 부서지면 내보내."

우리 행동이 쉽게 발각되지 않은 것은 밀실 덕분이었다. 모든 구조가 밀실로 만들어져 있어서 우리가 눈치채지 않게 한 방 한 방을 다니며 종업원과 손님을 구분해서 갈라놓을 수 있었다.

"형, 다 끝냈어요."

키 작은 사내가 다가와서 이렇게 말했다.

"공구 가져왔지?"

"이거요."

사내는 골프백을 열었다. 연장들이 들어 있었다.

"플래시는 옆구리에 차라."

두 사내는 재빨리 내가 시키는 대로 했다.

"넌 여기 지키고 넌 손님들 내보낸 뒤에 나를 따라붙어."

"알았습니다."

녀석들은 제법 손이 빨라 보였다. 춘삼이 형이 챙겨서 보낸 것 같았다.

"그 비상벨을 누르고 땅깨비 애들이 왔다고 소리쳐!"

나는 화장실 안 쪽에 붙어 있는 문 쪽으로 붙었다. 키 작은 사내가 연장을 꺼내 들고 내 맞은편에 붙었다. 키 큰 사내가 비상벨을 눌렀다.

인터폰 소리가 들렸다.

"뭐냐?"

안에서 들리는 소리가 걸찍했다.

"땅깨비 애들이 세 명이나 와서 큰 형님 찾아요."

키 큰 사내가 능청스럽게 말했다.

"가만 둬, 우리가 올라갈 테니까."

인터폰은 찰칵 소리를 내며 끊어졌다. 나는 고개를 끄덕였다.

"손님들 모시고 나가라. 오늘 술값은 안 갚아도 좋다고 해."

"원님 덕분에 공짜 술 먹었군요."

키 작은 사내가 음흉하게 웃었다. 손님들이 재빠른 동작으로 나갔다. 철사 줄로 묶인 종업원들이 체념한 듯 쪼그리고 앉아 있었다.

안에서 문 따는 소리가 들렸다. 키 큰 녀석이 종업원들 옆에 서서 뭐라고 지껄이고 있었다.

문이 벌컥 열리고 한 사내가 뛰어나왔다. 키 작은 사내가 발목을 걸어 쓰러뜨렸다. 뒤따라 올라오던 사내가 후다닥 계단뛰기를 했다.

"묶어놓고 따라붙어라."

내 말이 끝났을 때는 벌써 사내의 손목에 철사 줄이 감겨 있었다. 종업원들의 철사 줄을 풀어주고 싶었지만 괜히 시끄러운 일을 만들 것 같아서 내버려두었다. 쫓아나가 불량배들을 불러들인다든지 도치 패거리한테 연락이라도 했다간 일만 더 복잡해질 것 같았다.

계단을 성큼성큼 내려갔다. 지하실은 캄캄했다. 전기를 차단시킨 모양이었다.

"불 키고 밝은 낯으로 상면 좀 합시다."

내가 이렇게 말했다. 안에서는 아무 말도 없었다.

"비상구는 잠겼소이다. 캄캄한 곳에서 괜히 코피 나는 일이 없도록 해봅시다. 여러 여자들도 있고 하니 말입니다. 도치 형, 불 좀 킵시다."

그래도 아무 대꾸가 없었다. 입구에 잠복하고 있을 경비원들의 표정이 눈에 선했다. 도치는 이를 앙다물고 결사적으로 방어할 태세를 갖추고 있을 게 빤했다.

"이렇게 비신사적으로 나오면 연기 좀 피울 수밖에 없겠소, 나 혼자니까 우리 피차 얼굴 좀 봅시다."

고요했다. 인기척이 없었다.

"그럼 할 수 없이 소방차 올 때까지 불 좀 쪼입시다. 119에 신고할래도 전화선이 끊어져서 못하겠으니 양해하슈. 어이, 여기 석유통 엎어라."

키 작은 사내가 석유통을 들고 내 옆에 섰다. 녀석은 재미있는 표정을 짓고 있었다.

"조위금을 후하게 보내드리리다."

내 말소리가 지하실 안으로 흘러 들어갔다가 반사되어 돌아왔다. 석유가 콸콸콸 흘러 내려갔다.

"석유 냄새니까 좀 참으슈. 곧 성냥불도 보내드리겠소."

그때 안에서 불이 켜졌다. 그리고 한 사내가 입구에 얼굴을 내밀었다.

"좋소. 내려와서 얘길 좀 합시다."

"형씨가 도치 형님이슈?"

"그렇소. 형씬 뉘쇼?"

"나는 이름 없는 나그네올시다."

"지나가는 과객치곤 호기가 대단하시군."

사내의 목소리는 걸찍했다. 기름통을 엎어놨는데도 자세가 의연해 보였다. 온갖 풍상을 겪은 사내다웠다.

"내려가곤 싶은데 옆의 애들이 신경 쓰입니다."

"애들아, 비켜서라."

"내 옛날 이름이 할배였소. 그러니 어지간하면 맘 놓고 내려가게 해주쇼."

"소문 들어 알고 있었소. 진작 그렇다고 하실 일이지. 애들아 비켜라."

도치가 이렇게 말했다. 사내들이 모두 도치 옆에 나란히 섰다. 모두 열두 명이었다. 생김새나 풍채로 보아서 솜씨깨나 있어 보이는 사내는 도치까지 다섯 명이었고 나머지 애들은 모두 남창 노릇을 하는 사내 같았다.

"그럼 내려가리다."

나는 계단을 내려갔다. 도치는 약속대로 대여섯 발짝쯤 떨어져주었다. 큰 홀에는 아무 장식 없는 소파가 놓여 있었다. 위층처럼 밀실로 된 방과 머리 손질을 할 수 있는 미용도구들이 놓여 있는 게 보였다.

"도치 형, 불쑥 찾아와서 죄송합니다. 볼일이 있어서 왔으니 이 애들은 들어가 있게 해주쇼."

"그럽시다. 들어가 얌전하게 있어라. 귀한 손님 오셨다."

도치의 말은 제법 손님 대접을 하는 말투 같았지만 실상은 만반의 준비를 하고 대기하라는 명령이었다. 귀한 손님이란 실력이 만만찮으니 몸조심하라는 암호였다.

"무슨 일로 오셨소. 우리 할배 형 소문이야 익히 들었던 터요. 동주 형님이 퍽 아끼셨던 모양입니다."

"동주 형님한테 귀염 좀 받았지요. 도치 형 소문도 그 형님 편에 많이 들었지요."

나는 그를 깍듯하게 대했다. 어떻게 따지든 내겐 대선배였다. 전 같으면 감히 이런 식의 상면조차 할 수 없었다.

"본론으로 갑시다."

"보슬비라고 있지요. 노래하는 애들 말입니다. 언니 되는 수향이가 증발했는데 내가 찾아다니고 있습니다. 도치 형이 도와줬으면 해서 왔습니다."

도치는 키득거리며 웃었다.

"잘못 오셨소. 난 이 짓이나 해서 먹고사는 놈이라 그런 거 신경 쓸 새가 없소. 그 문제라면 가는 게 좋을 거요."

도치는 여유만만한 태도였다.

"이거 왜 이러슈. 알 만하니까 온 거 아뇨. 나도 오늘은 성질 차고 왔어요. 좋게 좋게 끝냅시다."

"여봐 형씨. 위아래 높고 깊은 건 알고 덤벼야잖아. 남의 밥이지만 한 구덩이에서 밥 먹었다는 인연 아셨음 이런 대접 안 했을 거야. 잔소리 말고 곱게 가봐."

도치는 자리에서 일어났다. 나도 따라 일어섰다. 애들이 천천히 걸어와서 나를 둘러쌌다.

"도치 형, 손님 대접 이렇게 하는 거 아뇨. 성질 차고 왔다잖소. 성주학이 밑 닦아주는 거 알고 온 놈요. 곱게 가게 해주쇼."

"이 아이가 저녁 잘못 먹은 모양이다. 소화 좀 시켜줘라."

도치가 의젓하게 한마디 했다. 애들 손에 날이 허옇게 선 칼이 쥐어져 있었다. 나는 손을 저어 보였다.

"도치 형, 우리 말로 합시다. 내가 할 수 있는 마지막 양보요."

"이 자식이 점점 귀엽게 노는군. 재롱 더 떨게 해줘라."

그 말이 떨어지기 무섭게 애들이 한꺼번에 덮쳤다. 나는 선 채 공중회전하며 소파로 굴렀다. 그러고는 방향을 바꾸는 애들을 차례로 걷어찼다. 세 녀석이 고꾸라지자 나머지 녀석들이 뒤로 물러났다.

"칼 버려."

그래도 애들은 나를 꼬느고 있었다.

나는 표창 두 개를 던졌다. 애들이 칼을 버리고 주저앉았다. 순식간의 일이었다

"도치 이리 와. 어서!"

도치 손에는 표창 네 개가 쥐어져 있었다. 그는 동주 형 밑

에서 표창 실력을 닦은 사내였다.

"표창 내려. 뒈지고 싶지 않으면 어서! 애들은 장난하면 눈깔 빠져."

"너 오늘 비로소 임자 만났구나."

도치는 여유 있게 지껄였다.

"동주 형님한테 가서 무초 스님 얘기나 전해라. 장난하다 눈깔 빠지는 거라고."

나는 소파 뒤로 한 바퀴 더 굴렀다.

쉭쉭 쉭쉭!

표창이 소파에 꽂혔다. 나는 벌떡 일어나 표창을 들어 보였다. 녀석이 잽싸게 내 쪽으로 굴렀다. 나는 녀석의 턱을 걷어찼다. 도치가 대굴대굴 굴렀다. 실력자한테 나는 한 방 이상을 쓰지 않는 성미였다.

도치는 경련하듯 떨고 있었다. 도치 정도의 전문가라면 이렇게 단 한 방에 당한 경우가 처음일 것이다.

"애들 다 묶어라."

춘삼이 형이 보낸 녀석이 철사 줄로 하나씩 묶었다. 도치가 그제서야 겨우 숨을 몰아쉬며 무릎을 폈다.

"도치, 내 말 명심해라."

고개를 숙이고 있는 도치의 턱을 들고 내가 말했다. 아직도 고통이 가시지 않은 얼굴로 내 눈빛을 되받고 있었다. 역시 전문가다운 사내였다.

"네가 실력자란 건 안다. 너 정도 실력자라면 지금쯤 좋은 사업을 할 나이란 걸 선배들을 봐서도 알 거다. 이따위로 남창이나 차려서 얼마나 벌겠다고 몸 쓰는 거냐. 너답지 않게 말야."

도치는 대답하지 않았다.

"언제나 네가 원한다면 맞장 붙어주마. 대신 내가 눈 뜨고 있는 한 이것은 용서하지 않겠다. 당장 걷어치워라. 내 말 알겠지?"

도치의 표정이 실룩거렸다.

"이거 고습도치답지 않구나. 왕년에 내가 존경하던 고습도치가 아니구나."

도치는 겨우 일어나 소파에 털썩 주저앉았다. 나는 거물 대접을 하기 위해서 도치만은 묶지 않았다. 그것은 내 예의였다.

"서로 없었던 걸로 하자."

괴로운 표정으로 도치가 말했다.

"끝까지 이 짓을 하겠다는 거냐?"

"난 식솔이 많다."

"그래서 남창으로 돈 벌어먹여야 한다 이거냐?"

"비록 오늘은 내가 당했지만 무릎 꿇진 않겠다. 난 이걸 계속하겠다. 어느 놈이 뭐라든."

다부진 말투였다.

"너, 사람 잘못 봤다. 내 눈에 흙이 들어가기 전엔 이 꼴 못 봐주겠다."

"네 맘대로는 안 될 거다."

"두고 보마. 후회하는 쪽이 누군가."

"널 없애겠다. 내 목숨을 걸고."

"넌 역시 두목질에 이골이 난 놈이구나. 난 네 말을 명심할 테니 넌 내 말을 잊지 마라. 난 두 방 이상 쓰지 않는다."

"어서 나가라."

도치가 풀리지 않은 육체를 꼬아가며 말했다.

"내가 시범을 보여주고 나가마. 가서 끌고 와라."

"잠깐."

도치가 다급하게 말했다.

"넌 말할 자격이 없어. 어서 끌어내."

"잠깐, 손님들은 내버려둬라."

"난 두 마디 않는 놈이라고 했잖아. 아직도 넌 귀가 덜 뚫렸어."

도치는 앉은 자세에서 재빨리 내 쪽으로 덮쳤다. 그의 손엔 사시미칼이 쥐어져 있었다.

"이 자식이 이거, 뒈지려고 진짜 악쓰고 있네."

손목을 쳐내자 도치는 소파 아래로 굴렀다. 생각 같아서는 손목의 혈을 잡아주고 싶었지만 그런 실력자에게 치명적인 고통을 주기는 싫었다.

몇 대, 급소를 때렸다. 도치가 대자로 뻗어 누웠다. 나머지 녀석들은 그 옆에 무릎 꿇게 만들었다.

"가서 죄다 끌고 와."

그때까지 내 지시만 기다리던 사내가 방문을 열고 여자와 남창 노릇 하는 사내들을 끌고 나왔다.

"저쪽 방으로 몰아넣어."

나는 여자들을 대충 훑어보고 복도 끝 방을 가리켰다. 여자들은 그때까지도 속옷 차림에 가운만 걸친 채였다. 더러는 속옷마저 입지 않은 채 가운을 걸친 여자도 있었다.

낯익은 여자들이 눈에 띄었다.

오래 생각할 필요가 없었다. 뻔뻔스런 여자들의 얼굴은 신문이나 텔레비전, 잡지 속에서 가끔 낯간지러운 도덕강의를 하는 여자들이었다.

나는 여자들만 모아놓은 방으로 갔다. 얼굴을 감추기 위해 고개를 돌리고 있었다.

"고개 들어, 이년들아!"

내가 버럭 소리 질렀다. 그런다고 그들이 얼굴을 내밀고 내가 누구라고 나서지는 않을 것 같았다.

한 여자만은 아까부터 초연한 척 고개를 들고 나를 빳빳하게 노려봤다.

나는 차마 그 여자에게만은 욕지거리를 할 수 없었다. 남창에 온 여자가 저렇게 얼굴을 드러내놓고 당당할 수 있을까?

"아줌마는 뭐가 그리 자랑스럽다고 눈을 똑바로 뜨고 계슈?"

내가 능청스럽게 물었다.

"난 과부예요. 그렇다고 새로 시집가고 싶진 않아요. 애들도 있어요. 이게 나쁜 짓인 줄은 알지만 더 나쁜 짓을 하지 않으려고 여기 단골 손님이 된 여자예요."

"떳떳하다고 생각하십니까?"

"죄될 것도 없지요."

"하루에 얼마씩 냅니까?"

"내가 여기 다닐 때부터 비밀을 지키기로 약속했어요."

"당신은 가슈."

"이 여자들도 같이 가게 해줘요."

"먼저 나가요. 내가 잡아먹진 않을 테니까."

그 여자는 벌떡 일어났다. 그러고는 가볍게 목례를 하고 나갔다.

"고개 들어라. 어서!"

내 목소리가 험했지만 그들은 어느 누구도 얼굴을 들지 않았다. 나는 돌아가며 얼굴을 들어 따귀를 갈겼다. 여자들은 더 깊숙하게 얼굴을 수그리기만 했다.

"용서해 주세요. 다시는 이런 짓 않겠습니다. 원하시는 게 있다면 다 해드릴게요."

용감한 어떤 여자가 이렇게 말했다.

"뭘 해주겠다는 거냐?"

"필요하신 거라면 무슨 짓이든 하겠습니다. 제발 부탁입니다."

얼굴을 벽 쪽에 감춘 여자가 또 말을 받았다. 여자들은 용기가 생겼는지 한마디씩 거들고 나섰다. 주부도박단으로 걸린 여자들이나 범죄자로 잡힌 여자들이 텔레비전 카메라를 피하듯 벽 쪽에 고개는 처박았지만 말은 그럴듯하게 했다.

"너, 고개 들어."

나는 제일 뒤쪽에서 고개를 처박고 있는 여자를 가리켰다. 그녀는 더 깊게 머리를 박았다.

"네가 그 잘난 여성운동가지? 가만 있자, 그래 네가 이지숙 박사라고 하는 년이지?"

그녀는 숨소리조차 내지 않았다. 그녀는 자주 얼굴을 팔아먹고사는 여자였다. 여자들을 위한 법률상담과 가정상담도 했고 여성들의 권익을 위한다는 무슨 단체의 회장질도 하고 있었다.

재작년인가 그 전 해인가에는 정숙하고 가정이 원만하고 자녀들을 훌륭하게 키운 여자에게 주는 괜찮은 상도 받은 여자였다.

"네 남편이 알면 좋아서 펄쩍펄쩍 뛰겠다. 여성운동하는 마누라가 제 길로 들어섰으니 박수 치고 상 줄 일이구나. 그게 남녀평등이냐? 에이 더러운……."

나는 쫓아가 머리끄덩이를 번쩍 치켜들었다.

"이년들아, 똑바로 봐. 이 여편네가 너희들의 대변자인 이지숙 박사라는 년이다."

그녀는 그래도 고개를 숙이고만 있었다. 가운 속으로 늙어서 축 늘어진 육체, 늙으면 누구나 그렇듯 볼썽사나운 알몸이 드러났다.

그녀는 무릎을 꿇고 내 바지를 잡았다.

“선생님, 제발 용서해 주세요. 부탁입니다. 제발 한 번만…….”

“네가 선생이지 내가 선생이냐? 너 몇 살 처먹었지?”

“쉰여섯입니다.”

“너 젊었을 때 우리나라 여학생들을 왜놈들한테 정신대로 팔아먹은 년이지?”

“아닙니다. 무슨 말씀을 그렇게…….”

“여학교 다니면서 위대한 황군을 위해 정신대로 가라고 강연한 거 기억에 없다, 이 말이냐?”

“그럴 리가…….”

“그럴 리가 없다, 이거지.”

“그렇습니다.”

“옳게 말하지 않으면 확 불어버린다. 네 남편, 네 자식, 네 제자 들이 박수 치게 해줄까.”

“제발, 한 번만 용서해 주세요. 부탁입니다. 선생님이 말씀하시는 대로 하겠습니다. 부탁입니다. 한 번만 살려주세요.”

“네가 여성지도자라는 게 구역질이 나서 죽겠다. 꽃 같은 여학생을 정신대로 넘기고 황국신민 되자고 연설하고 다닌 년들이 지도잡네 하고 소리치며……. 남녀평등합네 하며 남창에 들어와서……. 에이 더러운."

나는 이지숙 박사를 방바닥에 내던졌다. 그녀는 창피한 것을 잊었는지 내 바지를 잡고 흐느끼고 있었다.

"꺼져, 빨리."

그녀는 허겁지겁 내게 큰절을 하고는 밖으로 나갔다. 나는 문을 열고 소리쳤다.

"너 한 번만 더 얼굴 내밀고 헛소리 했다간 볼장 다 보는 줄 알아. 집 안에 틀어박혀서 꼼짝도 마. 알았어?"

"네네네, 네네네."

일본 여자처럼 허리를 수그린 채 연신 자발맞은 대답을 했다.

"가서 도치 깨어났나 보구 와."

사내는 재빨리 문을 열고 나갔다. 나는 여자들을 한 대씩 더 갈겼다. 얼굴에 손자국이 시뻘겋게 났다.

"이번에 불우이웃돕기 한 년들 손들어봐."

아무도 손을 들지 않았다.

"종교 믿는 년 있으면 손들어봐."

역시 아무도 손을 들지 않았다.

"남편 없는 년들 손들어."

두 여자가 손을 들었다.

"빨리 꺼져."

두 여자가 게걸음으로 방을 빠져나갔다. 나는 나머지 여자들의 따귀를 두 대씩 더 올려붙였다.

"너희들 다음에 걸리면 국물도 없어. 너희들 명단 내가 가지고 있으니까 알아서들 기어다녀. 집에 가서 발 닦고 남편과 자식들한테 큰절을 한 번씩 한다고 맹세하는 년들은 가도 좋다."

내 말이 떨어지자 여자들은 모두 맹세하겠습니다란 말을 반복하며 나갔다.

"도치가 일어났어요."

녀석이 귓속말로 말했다. 나는 소파 있는 곳으로 나왔다.

"방마다 뒤져서 수향이 있나 찾아봐."

"알았습니다."

녀석이 재빨리 복도 쪽으로 갔다.

"도치, 너한테 한마디 더 할 게 있다."

"해라."

여전히 당당한 대답이었다.

"난 두 마디씩 하기 싫은 놈이다. 그건 네가 소문 들어서 더 잘 알 거다. 수향이를 내놔라."

"지금 여기 없다."

"S주식회사 상속자 성주학은 어디 있지?"

"지금까지 일은 서로 없었던 걸로 하자."

도치가 나를 진지하게 바라다보았다.

"경고한다. 수향이 내놔라. 성주학이도."

"없었던 걸로 하자."

"두 마디 하지 않는다고 경고했다."

나는 사정없이 도치의 어깻죽지 밑을 가격했다. 숨소리가 탁탁 끊어졌다. 지하실을 다 뒤져본 녀석이 고개를 흔들어 보였다. 나는 도치의 오른손의 혈을 잡았다.

"할 수 없지. 네가 세상을 이해하는 수밖에."

도치는 혈을 잡힌다는 게 어떤 형벌인지, 그리고 일생을 어떻게 살아가야 할지 알고 있었다.

"누구 부탁이냐?"

도치가 응어리진 목소리로 물었다.

"내 개인적인 문제다."

"성주학에게 손대지 않는다면 내주겠다."

"세 대는 때려줘야지 않겠나? 사내가 칼을 빼고 나섰는데."

"좋다. 이 아래 지하실에 있다."

"여기에 또 비밀 지하실이 있는 줄은 몰랐다. 데려와라."

"재들 풀어줘라."

"허튼짓 하면 다 날려버린다."

"안다."

철사 줄에서 풀린 두 녀석이 소파를 들어내고 지하실로 내려가서 성주학과 수면제에 곯아떨어진 수향이를 데리고 나왔다.

"성주학, 너 이리 와."

재벌 2세답게 미끈하게 생긴 녀석이었다. 겁먹은 얼굴이었지만 당당하게 보이려는 허세가 숨어 있었다.

"도치하고 협상을 했다. 수향이를 데려가고 너는 세 대만 때리기로."

성주학은 도치를 쳐다보고 이내 무릎을 털썩 꿇었다.

"형님! 하란 대로 하겠습니다. 그러니 보내주십쇼. 나도 사냅니다."

"오늘은 하란 대로 하겠다는 놈 투성이구나. 넌 세 대를 맞아야 돼. 애비 믿고 돈만 까불려서 안 된다는 걸 배워둬야 해. 네 행위로 봐선 밤새 맞고 새벽에 턱이 부서져야겠지만 도치하고 약속했으니 세 대만 맞아. 무릎 꿇고 맞는 거보다는 서서 맞는 게 신상에 이로울 거다."

"형님!"

"이 자식아, 난 너 같은 동생 둔 적이 없어. 어서 일어나."

"형님, 제발 이러지 마시고 제 말씀을 들어보세요."

"들어보나마나 빤해. 재벌 새끼답게 돈을 내놓겠다든지 아파트를 한 채 준다든지 그거겠지."

"……."

"이 자식아, 돈 가지고 안 되는 게 어떤 건지 배우라고 했잖아. 느이 애비한테 이런 거 못 배워. 맞는 것도 임마 돈 내고 배워둘 필요가 있는 거야."

"형님, 전 말입니다. 수향이와 결혼할 생각인데 말입니다. 수향이가……."

"너 아가리로 재벌 새끼 됐냐?"

"그게 아니고 말입니다."

"너 잔소리 더 하면 사타구니를 못 쓰게 만든다."

녀석은 그 한마디에 입을 봉했다. 나는 녀석을 세워놓고 주먹질을 했다.

성주학은 세 대째 맞고는 완전히 뻗어 누웠다. 아마 속으로 살이 들어서 몇달 동안 고생을 하게 될 것이다.

"애, 물 좀 먹이면 깨어날 거다."

나는 수향이를 데리고 나왔다. 도치가 엉금엉금 기어나오며 말했다.

"두 번 다시 오지 마라. 그땐 널 끝장내겠다."

"나도 총알이 내 몸에 박히는 건 싫어하는 놈이다. 그러나 네가 그 장살 계속하는 한 너하고 난 재수 없게 만나게 될 거다."

"두고 보자."

"네 손님들 명단이 내 손에 있다는 걸 잊지 마라."

"뭐라구!"

도치는 호주머니를 만졌다. 도치의 수첩을 내가 들어보였다. 도치가 이를 악물었다.

"널 없앨 거다."

"노력하면 안 되는 일이 없다곤 했다."

밖으로 나오자 대기하고 있던 녀석이 수향이를 받아 차에 실었다. 잔솔밭의 문까지 따라나온 도치가 철퍼덕 주저앉아서 뭐라고 지껄이고 있었다.

바람 빠진 차 옆에 자동차 정비소에서 나온 사람들이 차체를 손질하고 있는 게 눈에 띄었다. 여자들 모습이 보이지 않았다.

"달려라."

자동차는 골목길로 질주해 내려가기 시작했다. 수향이는 아무것도 모른 채 잠만 자고 있었다.

하느님.

길게 설명하지 않겠습니다. 다 보고 계셨을 테니까요. 남창이란 걸 알고 계셨죠? 그러면서 그렇게 입 봉하고 가만히 계실 수 있는 겁니까? 창녀촌도 내버려두는데 웬 소리가 많으냐고 하신다면 할 말 없습니다.

하느님.

이게 거짓말이었으면 좋겠습니다.

미향이가 문 앞에 나와 있다가 나를 얼싸안았다. 그녀는 울고 있었다.

"괜찮을까요?"

"의사 부를 생각 마. 수면제니까 괜찮아. 깨어나면 안정시키도록 해."

"고마워요 오빠. 내 꼭 신세 갚을 거예요."

"그런 소리 말고 언니나 잘 보살펴라. 다시는 이런 일 없도록 조심하고."

"오빠, 정말 고마워요. 꼭 갚을게요."

"알았다."

나는 수향이를 데려다주고 바로 돌아섰다. 그 자리에 오래 있어 봤자 내 마음이 편할 것 같지 않았다.

철면피

졸업생들 사은회를 끝내고 나오는데 두수 녀석이 팔소매를 잡았다.

"한잔 더 할래?"

"딱 한잔이면 사양 않겠다."

"내가 긋는 집 있으니까 가자."

나는 두수 녀석을 남겨두고 들어갈 수가 없었다. 녀석은 삼수생 노릇 해서 겨우 입학한 녀석인데 학점 미달로 졸업장을 받지 못하게 되어 코가 빠져 있었다.

"임마, 나 같은 놈도 졸업하는데 넌 뭘 했니? 하라는 공부는 않고 쏼쏼거리며 돌아다니드니 그 꼬라지 아니냐. 정신 좀 차려라."

내 말에 녀석은 피시시 웃었다. 제가 생각해도 쑥스러웠던 모양이었다.

딱 한잔 하자던 녀석은 마음대로 그을 수 있다며 몇 병을 더 시켰다.

"너 돈벌이 괜찮다는 소문이 사실였구나."

"지랄 마. 등록금 버느라고 허리가 휘었다. 집에단 졸업한다고 사기 쳤지. 등록금은 더럽게 비싸지. 어쩌겠냐."

"그럼 술타령이라도 때려치워라."

"할 얘기가 있다잖아, 임마."

"해봐. 귀 열어놨으니까."

두수는 전집 외판원 노릇을 하고 있었다. 나도 녀석의 떼쓰는 고집 때문에 필요 없는 줄 빤히 알면서 한 질을 샀었다.

"이거 더러워서 못해 먹겠더라."

"지랄 말고 경험으로 해봐."

"너, H출판사라고 알지?"

"그 집 책 좀 많이 팔아줬니?"

H출판사라면 대학교재를 전문적으로 출판하는 곳이었다. 대학교 일학년 때부터 그 출판사 책을 안 사고는 못 배기게 되어 있었다.

"출판사 영업부에게 목매달고 살다 보니 별의별 걸 다 알게 되드라. 네가 안 나서면 나라도 때려 부술 작정이다. 참 치사한 자식들 많더라. 교수라는 작자들도 그렇고."

"뭔데 그래? 말해 봐."

나는 갑자기 구미가 당겨지는 기분이었다.

"그쪽에 친해진 녀석이 생겨서 우연히 알게 된 건데……. 희한하더라."

두수는 여간해서 흥분하는 법이 없던 애였다. 나이도 다른 애들보다 많았고 삼수생이었기 때문에 그런지 퍽 점잖은 편에 속했다.

"말해 봐. 답답해 이 자식아. 끙끙대지 말고."

내가 채근하자 녀석은 주절주절 늘어놓았다.

"채택료라는 거 아냐?"

"그게 뭔데?"

"우리가 대학교재를 비싸게 살 수밖에 없는 이유를 알았다 이거야. 예를 들어 우리 교수가 칠천 원짜리 교재를 사라고 하면 그 교수는 최저 천 원에서 이천오백 원까지 먹는 거 말이다."

"임마, 우리가 책을 샀는지 안 샀는지 어떻게 알아?"

"학교 앞 책방에서 없어지는 부수대로 봉투가 건너가게 되어 있어."

"네가 봤냐?"

"봉투를 돌리러 다니는 놈하고 같이 다녔으니까 확실한 거야."

나는 고개를 자꾸 흔들고 싶었다. 두수 녀석이 흥분하는 이유가 명백해졌다. 대학교에 등록금 내는 것도 억울해 죽겠는데 책값으로 바가지 쓰는 건 견딜 수 없다는 뜻이었다.

"그래서 더럽게도 책값이 비싼 이유를 알았다. 그뿐인 줄 아냐? 방학 때만 되면 영업부 직원들이 돌아다니며 교수들에게 향응을 베푸는데 보통으로 대접하는 게 아니라는 거야. 몫이 큰 친구라면 여자도 붙여주고 그러는 모양이드라."

"좋은 꼴만 보구 다녔구나. 너처럼 썩은 동태눈깔엔 그런 것 밖에 안 보이는 거겠지만."

"임마, 넌 졸업하니까 책을 더 살 필요 없겠지만 나는 죽겠다. 생각해 봐라. 대학생들이 무슨 밥이냐? 교수의 채택료와 향응료까지 부담하고 책을 사는 게 대학생이냐 말이다. 이거 더러워서 참고 견디겠냐?"

"안 참으면 어쩔래?"

"씨팔, 너도 별수 없는 놈이구나."

두수는 꽤 드센 녀석 중에 하나였다. 비록 학점이 모자라 졸업을 한 학기나 연기할 수밖에 없는 녀석이었지만 의식만은 대학생다운 데가 있었다.

"네가 증거를 만들어줄 수 있겠지? 영업부 친구하고 향응과 채택료 장부를 찾아내야 돼. 대상 교수 명단도 말이다."

내가 적극적인 자세를 보이자 녀석의 눈빛은 빛나기 시작했다.

"한 놈만 잡으면 나오겠지."

두수는 확실히 흥분해 있었다. H출판사 영업부에서 오 년간이나 있었다는 사내의 신상명세를 좌악 펼쳐놓았다.

"쉽게 나불거리진 않을 거다."

"조지란 말이냐?"

내가 반문했다.

"수단껏 해봐야지. 내가 그걸 알면 이 지랄하겠니?"

"이게 내 졸업축하 선물이니?"

"그렇게 생각해라. 모든 대학생들 주머니를 위하여……."

"너 같은 녀석은 대학교 일 년만 다니고 졸업시켜 버려야 하는 건데."

"나도 그렇게 생각한다."

우리는 게걸스럽게 술을 마시며 그런 출판사와 그런 채택료를 받아먹는 교수들 욕을 직사하게 했다.

몇 년 전엔가 교과서 부정 사건이 터졌던 기억이 새로웠다.

어린 학생들을 상대로 교과서를 팔아먹던 출판사가 어마어마한 부정을 저질러 학부모들을 깜짝 놀라게 한 적이 있었다. 그것들은 이 땅의 문화풍토와 출판사 보호라는 명목으로 아직까지도 살아서 꿈틀거리고 있다.

어린 학생들을 농락하면 마땅히 죄를 크게 받는 게 상식인 것이다. 그것은 마치 유해식품을 배우는 학생들에게 먹인 공해식품 생산업자와 다를 바 없는 것이다.

교과서 생산업체는 일반 출판사들보다 재무구조도 좋았고 먹고살기도 윤택했다. 욕심이 지나쳐서 그런 끔찍한 사건을 야기하고도 재벌들이 부정 사건을 저지르고 꿈쩍 않듯 아직도 문화를 창조하고 정신문화를 꽃피운다는 입심 좋은 소리를 지껄이고 있다.

용서해 주고 관용을 베풀 일이 따로 있는 것이다. 어린 학생을 농락하거나 제자의 호주머니를 노리는 교수들의 작태는 마땅히 놀부가 곤장 맞듯 치도곤을 내야 하는 것이다. 교과서 부정 사건의 장본인들은 세금 몇 푼씩 추징당하는 정도로 용서를 받았다.

진정으로 뉘우쳤다면 그중에 한 개 출판사쯤은 자멸을 선언했어야 했다. 하기야 그럴 양심이 있었다면 사람의 탈을 쓰고 그런 짓을 할 수야 없었겠지.

하느님. 그때 하느님은 잠자코 있었습니다. 배우는 학생들을 등쳐먹거나 십수 년이 넘게 대학생들의 호주머니를 등쳐먹은 출판사와 대학교수들을 두고 보기만 했습니다.

그게 하느님의 관용이란 말입니까?

하느님. 생각해 보세요. 지난 교과서 부정을 저지른 출판사 사장들은 똥 친 막대기처럼 취급되었다 치고 지금도 대학사회 안에 제자의 호주머니를 털어먹는 교수가 있다는 걸 용서하실 참입니까?

차라리 소매치기 기술을 배워서 제자들의 지갑을 털어다 쓰라고 하세요. 그 편이 훨씬 떳떳할 겁니다.

인격체이며 최고의 지성인을 가르치는 교수니까 쉬쉬 하란 말입니까? 그래서 도대체 무엇을 노리는 겁니까? 그들이 죽은 뒤에 지옥에 데려다가 혼쭐을 빼놓을 계획이란 말씀입니까?

하느님. 정신 좀 차리세요. 눈을 크게 뜨고 그런 식으로 책값을 비싸게 책정한 뒤에 교수를 매수하고 대학생을 우롱하는 얄팍한 출판사들을 그냥 두시렵니까?

남보다 여유가 있어 대학에 들어갔으니 조금 뜯어먹는 건 죄가 안 된다 이 말입니까?

에이, 여보슈.

며칠 동안 두수와 나는 자료가 될 만한 것을 찾으러 돌아다녔다. 대학교재가 보통 책보다 비쌀 수밖에 없는 요인을 여러 곳에서 발견할 수 있었다.

양심적인 대학교재 출판사도 적지 않았다. 그러나 H출판사 등 몇 개의 전통 깊은 대학교재 출판업자들은 본전과 이득을 충분히 본 뒤에도 악착같이 책값을 올려 교수들에게 줄 채택료와 향응비를 그 교재값 속에 첨부시킨다는 윤곽을 잡을 수 있었다.

두수가 데리고 온 H출판사 영업부의 서 과장은 비쩍 마른 체질에 심한 곱슬머리여서 첫눈에도 퍽 날카롭게 보였다.

"내 손으로 고발할 순 없지요. 오 년간이나 이 출판사에서 밥 먹은 놈입니다. 장 형 소문은 들었습니다. 두수 씨가 장 형

얘길 하길래 그렇다면 얘기를 해줄 수는 있다고 했습니다."

"고맙습니다. 그런 생각하기 어려운 세상에 말입니다."

나는 서 과장의 정의감이 부럽도록 고마웠다.

"몇 년 동안 이 짓을 하면서 내가 계속 이런 짓을 해야 하는가를 생각했습니다. 내가 뭐 정의감이 투철해서라거나 사람 놈 되려고 그러는 건 아니었고……. 일선에서 뛰다보니 정말 구역질 나서 못 봐주겠더군요. 책 팔아달라고 교수들 계집질 시켜주고 술 처먹여야 하는 게 내 팔자인가도 생각해 봤죠. 내가 대학교 다닐 때 이런 짓이나 해서 밥 먹자고 공부했나 싶기도 하고 말입니다."

"그러셨겠네요. 그러나 보통 사람은 그 정도의 의식도 없이 살잖습니까. 어쨌든 고맙습니다."

나는 갑자기 이 사내가 좋아졌다. 이런 사내들만 있다면 세상 살맛이 날 것 같았다. 다니던 회사의 경리부정을 폭로하겠다고 위협해서 돈이나 알겨내는 그런 얼간이들과는 질적으로 다른 사내였다.

"나도 대학교 다닐 때 교재를 사면서 더럽게 비싸다는 생각을 했습니다. 물론 다른 책보다 비쌀 수밖에 없는 요인은 많습니다. 기본 제작비나 판촉비가 많고 항상 잘 팔린다는 보장은 없으니까요. 그러나 일부 대학교재 출판사들은 내가 생각해도 지나칩니다. 제자를 우롱해서 돈을 챙기고 그 책으로 공부 가르치는 교수들 상판대기에 침을 뱉어주고 싶은 때가 한두 번이 아닙니다."

"아는 데까지 상세하게 얘길 해주시죠. 저도 힘이 얼마나 닿을지는 모릅니다만, 모르면 몰라도 이왕 알았는데 그냥 둘 순 없습니다. 서 과장님은 모르는 걸로 하겠습니다. 저만 알고 한 번 들쑤셔보겠습니다. 저도 아직 졸업장을 받지 않았으니 대학생이나 마찬가집니다. 이건 우리들 자신의 문제라는 생각이 듭니다."

"아는 데까진 다 얘길 하겠습니다. 충분하진 않지만 자료도 있습니다."

"그럼 서 과장님은 앞으로 어쩌실 겁니까?"

"글쎄요. 아직 장가도 안 갔으니 먹고사는 거야 어떻게 안 되겠습니까."

"제가 주선해도 괜찮겠습니까?"

"걱정하지 마세요. 나는 이런 핑계로 취직 걱정까진 끼쳐드리고 싶지 않습니다."

사내다웠다. 그만한 배짱 없이 살 사람 같지는 않았다.

"그것과 이건 별개의 것입니다. 제가 꼭 신세를 져야 할 데가 있어서 그럽니다. 서 과장님 같은 분이라면 내가 형처럼 사귀고 싶어서 그럽니다."

"나중에라면 몰라도……."

"신경 쓸 거 없습니다. 이것도 인연이라고 생각하세요. 이 친구는 그런 친구가 아닙니다."

옆에서 두수가 거들었다. 서 과장은 고개를 끄덕였다.

"서 과장님 같은 분은 좀 더 큰물에 가서 놀아야 합니다."

나는 김갑산 회장의 기획실 생각을 했다. 내 부탁을 거절할 사람도 아니었지만 이 정도의 사내라면 기꺼이 받아주리라는 확신이 섰다.

"좀 더 파고 들어가보면 알지만 정말 존경할 만한 교수들도 많습니다. 채택료 갖다 주면 따귀 때리는 분도 있고 그렇다면 그 교재 안 쓰겠다고 책을 팽개치는 분도 많습니다. 생각해 보세요. 그럴 때 얼마나 부끄러웠나를. 쥐구멍이 있으면 당장 들어가고 싶을 때가 한두 번이 아닙니다."

세상은 언제나 그런 것인지도 모른다. 서 과장이 당황할 정도로 향응을 거부하고 채택료 봉투를 내던지는 교수들과 자청해서 채택료를 올려주면 몇 권을 더 팔아주겠다거나 근사한 곳에 가서 술 사라고 떼쓰는 교수는 도대체 어떤 양심의 차이를 가졌을까?

"그런데 어떤 교수들은 출판사까지 찾아와서 채택료를 올려달라고 흥정하고는 선수금으로 받아가는 사람도 있습니다. 심하면 술대접할 때 호텔 안 잡아주거나 여자를 안 데려다준다고 채택을 거절하고 다른 회사 책을 채택하는 교수도 있습니다. 말도 안 나와요."

우리는 서 과장이 가져온 명단을 유심히 살펴보았다. 꽤 이름난 교수들 명단도 많았다. H출판사의 고객명단 속엔 놀랍게도 나를 가르친 교수의 명단도 버젓하게 들어 있었다.

제법 이름난 교수들만 찾아다니기로 결심했다. 채택료 받는 교수들을 다 찾아다닐 수는 없는 노릇이었다. 내가 찾아가 면박을 주어야 할 교수 명단만 빼놓고 나머지 교수들에겐 협박 편지 한 통씩을 부칠 생각이었다.

다음 신학기부터 채택료를 받으면 대학교 안에 소문을 내거나 사직당국에 고발장을 보내겠다는 엄포를 주어 다시는 그 따위로 제자를 우롱하지 못하도록 하고 싶었다.

신문의 기고나 방송에 나와서 철학이 어떻고 인생이 어떠며 사람답게 살라고 떠드는 철면피한 교수들 명단 위에 붉은 색 연필로 동그라미를 그렸다.

강의를 끝내고 돌아오는 강 교수를 붙잡았다.

"긴히 드릴 말씀이 있어서 왔습니다."

강 교수는 근엄한 얼굴로 잔디밭에 앉았다.

"우리 학교 학생인가?"

"아닙니다. 이런 좋은 대학 다닐 주제가 못 됩니다. 선생님같이 훌륭한 교수 밑에서 저 같은 게 어떻게 배울 수가 있겠습니까?"

"어허, 이 사람이……."

갑자기 난처한 얼굴이 되었다.

"선생님, 혹시 H출판사 아시나요?"

나는 강 교수의 표정을 면밀히 살피며 조심스럽게 물었다.

"그건 왜 묻나?"

"설마 선생님도 채택료 받고 외판원 노릇해 주신 건 아니시겠죠? 이렇게 고매한 인격자가 그러실 순 없을 테니까요."

강 교수가 나를 노려보고 옷을 털며 일어섰다. 나는 재빨리 허리를 잡아 앉혔다.

"말 안 끝났습니다. 나는 목청이 본래 큰 놈입니다."

워낙 다부지게 당기니까 꼼짝 못하고 주저앉았다.

"설마 그런 교재로 학생들을 가르치시진 않으시겠죠?"

"학생, 도대체 무슨 소리 하는 건가? 감히 어디라고."

"어디긴 어딥니까. H출판사한테 여자 향응까지 받고 학생들 호주머니 털어낸 고매하신 인격자 앞이죠."

"어허, 이 사람 이거 큰일 내겠네."

"그러지 않아도 큰일 내려고 왔습니다. 정신 번쩍 나게 귀싸대기라도 갈기러 왔습니다. 어때요, 학생들이 많은 여기서 맞아보실랍니까? 아니면 연구실에 가서 무릎 꿇고 조용히 맞을 겁니까? 빨리 결정하십쇼."

강 교수는 어쩔 줄 몰라 두리번거렸다.

"채택료 받았습니까?"

"이봐, 학생. 나하고 얘기 좀 하세. 도대체 어디서 그런 헛소문을 듣고 이러나? 말이나 되는 소리를 해야 거 아닌가."

"여기서 낱낱이 밝히란 말입니까? 좋아요. 웅변 연습할 곳이 없던 참인데 잘됐군요."

내가 벌떡 일어서자 강 교수가 내 어깨를 잡았다.

"내 방으로 가서 얘기하세."

"진작 그렇게 나오실 일이지."

나는 주춤거리는 강 교수를 따라 강 교수의 교수 연구실로 들어갔다. 조교를 내보내고 난 강 교수가 돌아서서 흰 사각봉투에 돈을 넣는 게 보였다.

"제발 웃기지 마슈. 교수 체면 좀 지키슈."

나는 멱살을 잡아 시멘트 바닥에 팽개쳤다.

"방송에 나가서 옳게 살라고 떠들지나 마실 일이지. 나를 또 돈 가지고 해결하려고 하슈? 에이, 썩어빠진 양반아. 무슨 할 짓이 없어서 그따위로 먹고사슈. 차라리 동냥질 해다 먹고사슈. 그러고도 양심적으로 살라고 아가리 놀려대다니……."

"여봐, 학생."

강 교수는 내 팔목을 잡았다. 나는 그를 뿌리쳤다.

"다시 채택료 받고 향응받고 그럴 거요?"

"아닐세, 다시는……."

"마누라 속곳 내다 팔더라도 제자 벗겨먹지 좀 마슈."

"알았네, 그러니 제발……."

"그럼 각서 한 장 쓰슈. 내가 부르는 대로 쓰고 도장 팍 찍으슈."

강 교수가 엉거주춤 앉아서 내가 부르는 대로 받아썼다.

"내가 공갈친 거요? 사실이 아니라면 찢으슈."

강 교수는 도장을 힘주어 찍었다. 나는 각서를 받아 주머니에 넣고 강 교수의 정강이를 걷어찼다. 강 교수가 털썩 주저앉아 죽는 시늉을 했다.

"며칠 절룩거리며 다녀보슈. 당신 제자들을 더 이상 우롱하거나 출판사 장난에 놀아나면 그땐 국물도 없습니다. 그럼 명심하십쇼."

나는 연구실 문을 소리 나게 닫고 내려왔다. 잔디밭 쪽으로 걸어가다 말고 연구실을 올려다보았다. 강 교수가 얼른 비켜서는 게 보였다. 나는 가볍게 손을 흔들어주었다.

H출판사에서 찾아갈 테니 기다려달라는 전화를 하고 박 교수를 찾아갔다.

나는 얌전하게 앉아서 흰 봉투를 내밀었다. 그 속엔 현금이 들어 있지 않았다. 박 교수가 봉투를 빼보았다.

낯색깔이 변했다.

"내 얘기가 틀렸습니까?"

"당신, 누구요?"

"학생입니다."

"……."

고개를 떨어뜨린 채 담배를 피워 물었다.

"사실대로요. 어떻게 하겠소?"

생각보다 대범하게 나왔다.

"몇 대 맞아주셔야겠습니다. 그리고 다시는 그런 짓 않겠다는 각서를 쓰셔야 하겠습니다."

"그러지요. 입이 열 개라도 할 말이 없소. 맘대로 하쇼."

박 교수는 눈을 질끈 감고 소파에 앉았다. 나는 주먹을 들었다. 차마 칠 수가 없었다. 비굴하지 않고 떳떳한 사내에게 손이 올라갈 만큼 내가 좀스럽긴 싫었다.

"눈 뜨세요."

박 교수는 눈을 떴다. 꽉 다문 입술이 고집깨나 있게 보였다.

"각서는 어떻게 쓰면 되는 거요?"

거칠 게 없는 말투였다.

"선생님 같은 분이라면 안 써도 됩니다. 가겠습니다."

나는 일어서서 공손하게 인사를 했다. 박 교수가 내 손을 잡았다.

"다시는 그런 일 없을 거요. 변명이나 듣고 가쇼."

나는 주저앉았다. 밉던 마음이 싹 가셔버렸다. 적어도 사내로 태어났다면 이 정도의 여유는 있어야 한다는 게 내 생각이었다. 강 교수 같은 무리와는 너무 대조적이었다.

"듣겠습니다."

"난 학생이 누군지 모릅니다. 그러나 난 제자들에게 학생처럼 굴라고 가르쳤습니다. 아무리 내가 옹졸하기로서니 내가 가르친 대로 하는 학생을 욕하진 않아요."

"그러실 것 같애서 저도 그냥 가려는 거였습니다."

"부득이 받지 않을 수 없는 경우가 있다는 걸 알아주었으면 좋겠소. 내 제자가 그 회사에 취직해서 우리 학교 담당자가 됐다고 생각해 보시오. 그 제자가 그 회사에 붙어 있게 도와주는 방법 가운데 하나가 채택료를 군소리 없이 받는 겁니다. 내 제자가 직접 들고 온 돈 봉투를 말입니다. 내 제자에게 차라리 내가 보통 사내라는 걸 확인시켜줄 수밖에 없을 때도 있소. 물론 이건 변명이오."

박 교수는 몇 가지 재미있는 사례를 설명해 주기도 했다. 출판사의 판매작전이 얼마나 무서운 것인지를 알게 되었다.

박 교수 방을 나오며 나는 차라리 귀중한 경험을 했다고 생각했다. 그 길로 내가 점찍었던 교수들을 찾아다니며 비굴한 교수는 더 비굴하게, 떳떳하게 잘못을 시인하는 교수에겐 인생공부를 하며 돌아다녔다.

오후 늦게 H출판사에 들어갔다. H출판사 건물은 웬만한 중소기업체의 건물보다 크고 잘 꾸며져 있었다.

H출판사 고객 교수의 심부름인 것처럼 꾸미고 사장실로 들어섰다. 늙은 신사가 회전의자에 앉았다가 소파로 내려왔다.

"어느 교수님이 보냈소?"

"채택료 받으러 왔습니다. 전국 대학교수의 이름으로 말입니다."

"뭐라구?"

나는 다짜고짜 책상을 둘러엎었다. 사람들이 뛰어 들어왔다. 사장이 나를 경찰서에 잡아넣으라고 큰소리를 쳤다.

"빨리 신고해!"

사장의 격앙된 목소리였다.

"신고하시지요. 이만한 증거면 당신이 감옥에 가서 재미있는 향응을 받으실 겁니다."

나는 복사한 자료를 어지러진 방바닥에 던졌다. 만약 내가 터무니없는 짓을 했다면 젊은 애들이 달려들어 한참 난장판을 만들었을 것이다.

"그걸 경찰서에 넘기기 전에 해결하려면 나를 보다 융숭하게 대접하는 게 나을 거 같소."

소파에 깊숙하게 기대앉아 건방지게 담배를 꼬나 물었다.

"담뱃불 좀 붙이슈."

사장은 직원들을 모두 나가라고 한 뒤에 담뱃불을 붙여주었다.

"뭘로 흥정하시겠소? 이 출판사는 여자 잘 대주고 돈봉투 부지런히 준답디다. 그래서 한 건 하러 왔소."

"말씀해 보쇼."

퉁명스러운 대꾸였다.

"책 팔아먹듯 고분고분할 수 없소? 내가 너무 젊은 놈이라서 울화통이 터져서 그런 거요? 이 양반아, 나도 이 담에 교수 될지 모른다구. 사람 팔자 모르는 거 아뇨. 그때 가서 알랑방귀 뀌지 말고 지금부터 연습해 보슈."

"뭘 어떻게 원하는 거요?"

"진작 그렇게 나오실 일이지. 난 한번 말하면 한 치의 양보도 없는 놈이오. 시작합시다."

나는 뜸 들이지 않고 시작했다.

"여자가 삼백육십오 명 필요합니다. 일 년치요. 그리고 한 달에 일억 원씩 내 통장에 넣어주쇼. 이게 내 요구 조건올시다."

"이봐요, 얘길 하려면 되게 해얄 거 아니오. 그러니 차근차근 합시다."

"난 성질이 급해요. 번갯불에 콩 구워 먹는 놈이오. 내 요구가 너무 작아서 이럽니까?"

"그게 아니고……."

"그러면 계약서 씁시다."

"이봐요, 일이 되게 하자는 거 아뇨. 현실적으로 말요."

"그럼 어떻게 하자는 거요?"

"내 성의껏 하리다. 섭섭하지 않게 말이오."

"얼마나 낼 수 있소?"

"다시 찾아오거나 뒤탈 없게 한다면 천만 원에 얘길 끝냅시다."

"웃기시네."

"그 이상이라면 맘대로 하쇼. 경찰서에 가겠소. 요즘 법이 바뀌어서 회사 부정을 폭로하는 공갈단은 신고하면 처벌을 않기로 한 걸 아쇼."

"가볍게 한단 말은 들었소. 그럼 경찰서로 갑시다."

"이거 왜 이래요. 얘기를 해보자니까."

사장이 한사코 나를 잡고 놔주지 않았다. 나는 사장의 멱살을 잡아 엎어진 책상 위에 내던졌다.

"이 더러운 영감탱이야. 내가 돈 처먹는 공갈단인 줄 알아! 교수 꼬드겨서 대학생들 울궈먹는 당신 수법을 그냥 눈감고 볼 놈인 줄 알아? 벌어 처먹어도 더럽게는 벌어 처먹지 말아야 할 거 아냐."

골병이 들 만큼 다부지게 다루었다. 사장은 못 견디고 회사의 비밀장부를 내놓았다.

"당신, 출판사 더 해 처먹고 싶거든 책값 내리고 채택료 없애슈. 향응이고 나발이고도 없애고. 만약 단 한 건이라도 채택료를 주거나 향응을 베풀면 그땐 끝장인 줄 아쇼. 이 서류를 몽땅 경찰에 제공하겠소. 여기 각서 쓰쇼."

사장은 엎드려 간신히 각서를 썼다.

"교수가 찾아와서 채택료 달라거든 귀싸대기를 때릴 수 있는 자세로 책을 만드슈. 책을 개떡같이 만드니까 채택료 들고 추접스럽게 향응 베푸는 거란 말요. 책만 알차게 만들어보슈. 채택료도 필요 없고 향응도 필요 없소. 안 사고는 못 배기게 만들 궁리나 하쇼. 내 말 명심하슈."

"알겠소."

"당신, 내가 이 자료만 터뜨리면 생매장된다는 걸 아슈?"

"알지요, 알구말구요."

"그럼 알아서 기쇼."

"명심하겠소."

나는 서류 뭉치를 들고 돌아섰다. 사장이 쫓아나오며 굽신 굽신 절을 했다.

"난 독종요. 한번 물고 들어가면 끝장 보지 않곤 못 배겨요. 교수들한테 채택료 받으면 명단을 공개하겠다는 편지를 보낼 거요. 이게 그 사본이니까 당신도 읽어보슈. 다시는 채택료 주고 싶어도 받을 만큼 뱃심 좋은 친구는 없을 거요."

나는 교수들에게 보낼 편지의 사본 한 장을 내밀었다. 황송한 듯 두 손으로 받아 쥐고 또 꾸벅꾸벅 절을 했다.

H출판사 건물을 나섰다. 어두워진 시내의 불빛들이 강렬했다. H출판사 나무간판을 떼어 발길질로 부수어버렸다. 산산조각이 나버렸다.

이층에서 사장이 내 행동을 내려다보고 있었다.

나는 씨익 웃고 손을 흔들어주었다.

밤늦게 집에 돌아오자 은주 누나는 걱정스러운 얼굴로 쪽지 한 장을 내밀었다.

"형사가 다녀갔다. 너 무슨 일 있는 거 아냐?"

"나만큼만 무슨 일 없게 살라고 해."

나는 꼬치꼬치 캐묻는 누나의 말을 피해 내 방으로 건너갔다. 쪽지 속에는 형사의 연락처와 이름이 적혀 있었다.

무슨 일인지 궁금했지만 이렇게 늦은 밤에 연락해 봤자 서로 불편할 것 같았다. 특별한 일이라면 밤늦게라도 기다렸을 것이기 때문이었다. 형사가 나를 찾을 만한 일은 없었다. 도치 일은 엊그제 밤의 일이었고 다른 일로 형사가 나를 만나야 할 것은 없을 것 같았다.

왠지 꺼림칙했다. 자꾸 마음에 걸렸다. 뒤를 돌아다보면서 내 행동을 조심스럽게 짚어보았다. 왜 찾을까? 궁금증은 가시지 않았다.

욕망의 그늘

푼수 없이 경찰서에 들어가려다가 주민등록증을 양복 호주머니에 놓고 나온 것을 알았다. 나는 공중전화로 박 형사를 찾았다. 전혀 기억에 없는 형사였기 때문에 궁금해서 견딜 수가 없었다.

박 형사는 자리에 없었다. 나는 내 이름을 메모해 달라고 부탁했다. 내가 다녀갔다는 흔적이나 남겨두고 싶었다.

집에 돌아오자마자 박 형사가 경찰서에서 기다린다는 전화를 받았다. 나는 은근히 부아가 돋았다. 경찰서라면 괜히 기웃거리기조차 싫은 곳이었다. 그것이 내 가슴속에서 자생한 알레르기인지 다른 사람이 그러니까 따라 하는 것인지는 몰라도 경찰서 근처에만 가도 구두끈이 풀어졌는지 머리가 헝클어졌는지 살펴보게 되었다.

경찰관과 얘기해 본 것도 오래된 것 같았다.

대학교 1학년 때였다. 낮술을 얼큰하게 들이켜고는 시청 앞 육교 밑에서 지나다니는 여자들 속곳 구경을 했다. 술 취한 녀석들과 얼크러져서 지나가는 여자들 아랫도리를 구경하는 재미도 보통 재미는 아니었다.

우리가 낄낄거리는 걸 모르고 올라가는 여자들은 별 문제가 아니었지만 눈치 빠른 여자들은 치맛단을 움켜쥐고 울상을 지으며 올라가고 있었다. 우리는 더 짓궂어져서 여름옷 사이로 노출되는 여자들의 살점에 점수를 먹이기까지 했다.

"저건 90점이다."

"너 똑똑히 본 거야?"

"여자 속살은 무조건 90점 주는 거야, 임마."

"맞다. 여자 속살은 모두 A학점 주는 게 신사의 태도인 거라구."

"바람 좀 불어야 할 거 아냐. 모처럼 눈운동 좀 하겠다는 거 말릴 놈 있음 나와봐."

"앙큼하게 속으로만 보고 싶어 하는 사내새끼들보다야 우리가 양심적이구말구."

우리들은 되나 안 되나 떠들고 있었다. 신사들이 수없이 지나다녔지만 아무도 말 한마디 하지 않았다. 그것은 서울의 무관심이었다. 서울사람다우려면 그 정도는 눈 딱 감고 걸어가는 재주가 있어야만 하는 것이었다.

어떤 사내가 계집애와 팔짱을 끼고 가다가 우리 전체를 향해 무섭게 눈을 떠보였다.

"이봐, 남자 사람. 눈깔 똘똘하게 굴려. 우리 쌀밥 먹고 나온 놈들야."

"우린 뭐든 질겅질겅 밟는 데 소질이 있을 거야."

"이쁜 기집애 끼고 다니는 놈들 보면 창자가 소릴 질러서 난 더 못 봐줘."

우리들은 이런 식으로 한마디씩 떠들었다. 그 사내가 눈을 내리깔고 걸어갔다. 우리는 낄낄거리며 웃었다.

육교 계단 양쪽에 눌어붙어 있는 우리들 때문에 여자들은 통행을 제대로 하지 못하고 있었다.

"먹고살 거 없으면 속옷 만들어서 입에 풀칠하려고 그런다. 치마를 사뿐히 들고 걸어가라."

내가 악쓰듯이 소리 질렀다. 그래도 멀쩡한 남자들은 모른 체했다.

"이 의리 없는 사내새끼들아. 속으로 끙끙거리지 말고 쫓아와서 다리몽둥이를 분지르든지 해얄 거 아냐? 호랑말코 같은 새끼들아."

사람들은 더 조용하게 걸었다. 저쪽에서 경찰관이 성큼성큼 걸어오고 있었다. 한 녀석이 내 옆구리를 찔렀다.

"순사 아찌다. 튀자."

나는 돌아서서 성큼성큼 걸어오는 순경을 향해 거수경례를 했다.

"튀자니까. 어서!"

녀석은 두어 발짝쯤 떼어놓고 안타까워했다.

"사내란 튀는 법이 아냐 임마. 책임질 건 책임지고 깨질 건 깨지고 그러는 거여. 맘 약한 놈은 튀라구."

내 이 한마디가 약이었다. 아무도 도망갈 생각을 하지 않았다. 나는 순경에게 천천히 다가갔다.

"뭣들 하는 거야?"

늠름하게 서서 순경은 물었다. 나는 그 앞에 버티고 서서 말했다.

"한잔했지요. 기분도 짜하고 해서, 여자들 속옷 구경한 지도 오래고 해서, 저 원수 같은 놈의 육교 밑에서 구경 좀 했습니다. 몇 개 보지도 못하고 이 꼴이 됐습니다."

당당한 내 꼴을 노려보던 순경의 입가에 웃음기가 돌았다.

"남대문 옷가게 가면 쌔고 쌘 걸 뭐러 여기서 보려고 하나?"

"그거하고 질적으로 다르다는 걸 형님도 아시잖아요. 젊은 놈들 기분 좀 내본 걸 가지고 끌고 가는 불상사가 나서야 되겠습니까? 형님도 우리만 할 때 그렇고 그랬잖습니까."

순경은 잠시 행인들과 우리들을 번갈아 보았다. 행인들 눈동자 속에는 우리를 잡아가라는 묵시적 동의가 들어 있었다.

"빨리 가라. 어서!"

순경이 돌아섰다. 우리는 길바닥에서 거수경례를 붙이고 어깨동무를 하고 뛰기 시작했다.

"우린 경찰관 아저씨를 사랑한다. 우리는 경찰관 아저씨를 사랑한다."

우리는 그런 구호를 외치며 뛰었다. 그 뒤로는 한 번도 아름답게 경찰관을 만난 적은 없었다.

경찰서 앞 다방에서 나는 박 형사를 만났다. 좀 매섭게 생기고 모질게 생겼을 거라는 내 추측이 빗나간 용모였다. 남대문 시장 바닥에서 떨이로 옷장사 하는 아저씨 같기도 했고 리어카에 무 싣고 다니다 온 것 같기도 한 그런 모습이었다. 텔레비전에서 보던 말끔한 신사복의 형사만 생각해서 그랬는지 모르겠다.

나는 비교적 운이 좋았던 사내였었다. 주먹질깨나 하고 살아왔지만 정통으로 폭력범이 되거나 감옥에 끌려 들어간 적은 한 번도 없었다.

"용건부터 말합시다. 피차 피곤할 테니까 말입니다."

"죄 없이 왔습니다만 형사님이 친절하니까 괜히 가슴이 죄는데요."

"그럴 건 없구요. 지난 4일 밤이죠. 통행금지 없어지던 날이니까 기억하기 좋을 겁니다. 그날 오후 여섯 시부터 5일 날 아침까지 어디서 무엇을 했는지 상세하게 얘기해 줄 수 있겠지요?"

"못할 건 없지만 왜 그러시는지 모르겠는데요?"

"그만한 이유가 있으니까 이러는 거 아닙니까. 그러니 서로 피곤하지 말고 그날 얘기를 합시다."

"무슨 일인지 알고 얘길 하든 말든 할 거 아닙니까."

"다 설명할 순 없고……. 그날 사건이 있었어요. 학생은 혐의가 가는 사람 가운데 한 사람이지요."

"제가요?"

"그래요. 나 바쁜 사람입니다. 급하게 해결할 일이기 때문에 이러는 거니까 협조 좀 해주쇼."

"까짓 거 못할 거야 없지요. 그러나 기분은 좋지 않은데요. 괜히 뒤가 구려지기도 하고 말입니다."

박 형사는 수첩을 펴놓고 피곤한 모습으로 나를 쳐다보았다. 아까보다는 매서운 눈빛을 하고 있었다.

"저도 이 모양 이 꼴이지만 애인은 하나 있습니다. 통금도 풀린다고 하고 기분도 그렇지 않고 해서 초저녁부터 쏴 다녔습니다."

나는 그날 있었던 일과 돌아다닌 곳을 비교적 자세하게 얘기해 주었다. 박 형사는 아무 말 없이 내 조리 있는 말을 메모해 나갔다.

"그 아가씨 집에 데려다 준 게 0시 30분이었고 집에 도착한 시간이 1시 좀 못 됐다 이거죠? 그리고 집에서 자고 아침에 9시쯤 일어났다는 얘기죠?"

의심하는 눈초리로 이렇게 물었다. 나는 확인해 보면 금방 알 거라고 말했다. 박 형사는 몇 가지 더 묻고는 악수를 해주었다.

"이제 무슨 사건인지 좀 알려주십쇼. 궁금해 죽겠습니다."

"협조해 줘서 고맙소. 나중에 알게 될 거요. 고맙소."

박 형사는 찻값을 내고는 휘적휘적 계단을 내려갔다. 나는 등 굽은 박 형사의 뒷모습을 쳐다보고는 뒤따라 내려왔다.

무슨 사건 때문에 나까지 조사를 하는지 짐작조차 할 수 없었다. 비밀을 지킬 수밖에 없는 사건인 것만은 확실해 보였다. 비밀을 지켜야 할 사건이라면 작은 일은 아닌 것 같았다. 그렇다면 멀쩡한 내가 왜 조사를 받고 혐의자 대상에 올라 있어야 하는지 알 수 없었다.

하느님. 혹시 내가 미우니까 옭아 넣어서 고생 좀 시키려고 이러는 건 아니겠죠. 하느님도 알다시피 나는 아무 죄도 없는 사람입니다.

그동안 내 뒤를 쫓아다녔으니까 죄다 알 거 아닙니까. 나쁜 녀석들 혼내주고 못돼먹은 친구들 버릇 좀 고친 게 뭐 잘못된 겁니까? 혹시 내가 손본 녀석 가운데 큰 사고가 생겼기 때문에 저러는 게 아닙니까?

이런 때 귀띔 좀 하세요. 입 다물고 있어봤자 알아주는 사람 하나도 없어요. 하느님은 사람을 너무 무시하는 경향이 있어요.

만약에 이 세상에 사람이 없다고 생각해 보세요. 하느님을 누가 믿을 것이며 하느님을 누가 섬길 것인가를 말입니다.

돼지요? 개나 말이오? 아니면 여우와 늑대 들이 섬길 것 같습니까? 어림도 없는 얘깁니다.

하느님은 오직 사람이 존재하기 때문에, 그리고 사람이 알아주기 때문에 존재한다는 걸 잊지 마세요. 사람 편 좀 들어주세요. 사람들을 종이나 가축처럼 생각하지 마세요.

하느님. 만약에 내가 잡혀가면 하느님이 보증 좀 서주세요. 하느님이 보증 선다면 나를 잡아갈 사람은 아무도 없을 겁니다. 죄 없는 사람을 위해 보증서를 써주는 것도 하느님의 엄연한 임무 가운데 하나잖아요.

그렇게 궁금한 가운데 며칠이 흘러갔다. 나는 매일 한 번씩 불려가서 조사를 받았다. 술 취한 사람처럼 물어본 걸 또 물어보고 한 얘기를 또 하곤 했다. 나는 어렴풋이 이번 혐의가 젊은 녀석들과 얽혀 있는 것이 아니라 김갑산 회장네 식구들과의 묘한 사건에 내가 말려들었다는 것을 알았다.

다혜도 두 번이나 불려가서 내가 첫날 진술한 알리바이가 확실하다는 것을 꼬치꼬치 조사받는 곤욕을 치렀다. 다혜는 노골적으로 싫은 눈치를 했다. 사건의 내막도 모르면서 조사를 받는다는 건 견디기 어려운 고통이었다.

다혜는 나를 의심하고 있었다. 내가 몰래 무슨 큰 사건을 저

지른 게 확실하다는 생각을 하고 있었다.

그것은 그녀의 확신이었다. 내 행동이나 성격으로 미루어봐서 충분히 큰 사건을 저지르고 완전범죄를 꾸며냈을 거라고 믿는 것 같았다.

설명할 길이 없었다. 사건의 내용을 안다면 논리적으로나 상황증거를 가지고 해명을 할 수 있지만 현재 상태로는 사건 그 자체를 알 수가 없었다.

더구나 경찰서 안에서 조사를 하지 않는 게 더 이상한 일이었다. 웬만한 조사라면 귀찮게 밖으로 불러내서 하지는 않을 것 같았다.

어느 날 아침이었다. 신문을 펼쳐 들고 나는 깜짝 놀랐다. 상상조차 할 수 없었던 사건에 내가 연루되어 있었다는 걸 알았다.

박명호 군 유괴사건이 바로 그것이었다. 초등학교 5학년짜리의 유괴사건이 이렇게 큰 충격을 준 것은 그 소년의 외할아버지가 대재벌인 김갑산 영감이란 사실이었다.

그것은 정말 충격이었다. 박명호 소년의 아버지는 김갑산 영감의 사위이자 내가 치도곤을 냈던 비서실장이었다. 나는 사건의 윤곽을 대번에 짚을 수 있었다. 내가 혐의자 명단에 버젓하게 올라간 이유도 알 수 있었다.

사건은 공개수사로 확대되어 명호가 유괴되던 당시의 상황과 그 뒤에 날아온 협박 편지와 전화내용이 상세하게 공개되었다.

명호는 전교 수석을 하는 수재형의 소년이었다. 그의 아버지가 대재벌 그룹 비서실장이란 사실만 가지고도, 그리고 그 소년 외할아버지가 김갑산이란 사실만 가지고도 이 유괴사건의 배경은 돈이었다.

명호는 저녁식사를 한 뒤에 아파트 공원에서 검정색 자가용차로 납치되었다. 협박 편지엔 현금 일억 원을 요구하는 내용과 비밀이 지켜지지 않을 때는 살해하겠다는 내용이 씌어 있었다. 악필이긴 하지만 의도적으로 그렇게 쓴 글씨 같아 보였다.

사건이 공개수사로 바뀌면서 김갑산 영감은 역사상 최고액수의 현상금을 내놓았다. 내가 몇 번이나 김갑산 영감과 접촉하려고 시도해 보았지만 만날 수가 없었다.

어쩌면 김갑산 영감도 나를 의심하고 있을지 모르는 일이었다. 나는 공개수사가 진행되는 동안 두 번이나 경찰서로 끌려가 반복되는 조사를 받았다. 박 실장을 구타한 사건과 박 실장의 비밀금고를 털어낸 일 때문에 쉽게 혐의가 풀리지 않았다.

생각할수록 괘씸했다. 그렇다고 가슴을 열어보여서 내가 범인이 아니라는 증거를 보여줄 재간은 없었다.

수사가 진행되는 대로 따라가는 수밖에 없었다.

"내가 명호를 유괴했다는 겁니까?"

하도 귀찮아서 이렇게 뻗대보았다. 박 형사는 지친 표정으로 혐의가 짙게 가는 사람이 별로 없기 때문이라는 대답만 했다.

"도대체 어떤 놈이 날 의심하는 겁니까? 이거 생사람 잡지 말고 얘기 좀 해주십쇼."

"생각해 봐 이 사람아. 최근에 박 실장하고 감정 산 사람이 자네밖에 없잖은가 말야. 박 실장 입으로도 자네밖에 원한 살 사람이 없다는 거야. 그리고 자네 행동을 조사해 봐도 능히 그런 일을 할 수 있기 때문에 이러는 거라구. 자네가 뭐 잘났다고 남의 집안 일에 뛰어들어 감 놔라 배 놔라 그랬느냐 말야. 까마귀 날자 배 떨어진다고 집안 사람들이 모두 자넬 의심하니까 우리도 자네가 정말 범인인지 아닌지를 가려내서 우리도 좀 편해져야 할 거 아닌가 말일세."

"김갑산 영감도 날 의심합니까?"

"그 영감은 자넬 믿더구만."

"그럼 누가 의심한다는 겁니까?"

"얘기했잖아. 박 실장과 박 실장 마누라가 자네밖에 의심할 데가 없다는 거야. 박 실장은 자네한테 맞아서 아직도 몸이 성칠 못해."

"걸려도 되게 걸렸네. 내가 범인이 아니라는 게 밝혀지기만 하면 그 새끼 코뼈를 작신 부러뜨릴 겁니다. 이거 사람 환장하고 펄쩍 뛰겠네."

박 형사는 나를 노려보았다. 내 말투가 싫었던 모양이었다.

"지금 내 심정 돼보십쇼. 그 새낄 그냥 두고 싶은지."

"그건 알아. 그러나 자식 잃은 부모의 안타까운 거 생각해 봐."

"멀쩡한 자식 이런 꼴 당하는 걸 우리 어머니가 알아보쇼. 아마 박 형사님을 물어뜯어서 그냥 두지 않을 겁니다. 조사해 봤으니까 알 거 아닙니까. 내게 분명한 혐의가 있습니까?"

"없으니까 캐는 거 아냐."

"캐봤자 별수 없습니다. 난 범인이 아니니까. 그리고 애나 유괴하는 그런 치사한 놈은 아닙니다. 돈 없으면 혀 깨물고 죽으면 죽었지 그런 치사한 짓은 않는다구요. 소매치길 하든지 남의 집 담을 넘어가도 나는 먹고사는 놈예요. 지금이라도 김갑산 영감한테 가면 몇백쯤은 얻어다 쓸 수 있는 놈이라구요."

박 형사는 나를 노려보았다. 눈동자 속에 원망의 그림자가 스쳐가고 있었다.

"그래서 넌 탈야 임마. 보통으로 살았으면 벌써 나갔을 거 아냐."

"내 참, 내 성질대로도 못 살 바엔 칵 죽고 말지요. 눈 뜨고 못 볼 거 많은데 어떻게 그냥 살란 말입니까."

"나도 모르겠다."

우리들의 입씨름은 매일 그런 식이었다. 진짜 범인이 나 여기 있소 하고 손들고 나오기 전엔 꼼짝없이 당할 판이었다.

하느님 정말 이러실 겁니까?

다른 범죄는 신문의 사회면을 심심찮게 만들거나 사람 사는 땅에 양념이거니 생각하고 봐주실 수도 있지만 어린애를 유괴해 가는 이 더럽고 치졸한 범죄만은 하느님의 힘으로 어떻게 처치해 주십쇼.

다른 건 몰라도 유괴범만은 씨를 말려달라구요. 그런 녀석들은 데려다가 지옥에 있는 제일 독한 마귀한테 손 좀 보게 해주세요.

세상의 기록 가운데 가장 무서운 고문은 중국 사람들이 써먹던 대나무 형벌이랍니다. 발가벗긴 뒤에 대나무 쪼갠 것을 맨살 위에 대고 꽁꽁 묶은 뒤에 대나무 한 개를 쑥 잡아 빼면 살점이 묻어 나온답니다. 다시 죄어 잡고 한 개를 빼고 또 죄고 한 개를 빼는 형벌을 하느님은 아시겠죠. 유괴범들은 지옥에 끌고 가서 하느님이 만들 수 있는 최고의 고문을 해버리시라구요.

독할 땐 독해야 돼요, 하느님. 맘 독하게 먹고 근절시켜 주세요. 하느님 좀 한번 믿어보게 말입니다.

의심이 갈 만한 사람들의 알리바이는 정확해서 더 이상 조사방향을 고정시킬 수 없게 되었다. 나는 경찰서를 나서며 박 형사에게 슬쩍 물어보았다.

"내가 진짜 범인처럼 보였습니까?"

박 형사는 내 손을 움켜쥔 채 뒷머리를 긁적였다.

"학생이 젤 의심 가게 생겼더군. 하는 일도 그렇고 전력도 화려해서 말야. 거기다 전과가 없다는 게 지독한 지능범처럼 보이더라 이 말야. 애 잃은 부모도 학생을 제일 의심하고 있어."

"굶어 죽으면 죽었지 유괴 따위는 생각조차 해본 적이 없습니다. 박 실장한테 아직도 감정이 없는 건 아닙니다. 장인을 없애서 재산을 가로채려는 사내니까 말입니다."

"이해하게나. 자네, 정초에 액땜했다 생각해. 살다 보면 별의별 꼴 다 보는 거야."

박 형사는 내 등을 밀었다. 나는 경찰서 마당에 늘어서 있는 신문사와 방송국 차들을 보면서 피식 웃었다. 만약 유괴된 애가 이름 없는 집 애였다고 해도 저렇게 시끌시끌할까?

애를 유괴당했을 때의 부모 마음은 없는 집 애나 있는 집 애나 마찬가지일 것 같다. 그런데 사회에서 보는 눈은 그렇지 않았다.

집으로 온 지 하루 만에 김갑산 영감의 전화를 받았다.

"걱정이 크시겠습니다. 저도 엊저녁에 나왔습니다. 연락할 길도 없고 해서 전화도 못 드렸습니다."

김갑산 영감은 풀 죽은 목소리로 말했다. 사위와 자식한테 당할 때도 정정하던 늙은이였다.

"이리 좀 오게. 할 애기가 있네."

김갑산 영감은 아무도 모르게 나 혼자만 오라고 했다. 나는 주섬주섬 옷을 챙겨 입고 김갑산 영감이 오라는 곳으로 갔다.

초췌한 모습이었다. 상속을 끝내고 돌아설 때의 모습과 또 달랐다.

"자넬 귀찮게 해서 미안하네만 나를 좀 도와줘야겠네."

"말씀만 하세요. 제가 할 수 있는 일이면 무엇이든지 하겠습니다."

"고마우이. 자네라면 믿을 것 같아서 불렀네. 처음엔 나도 자넬 의심했지."

"그러실 줄 알았습니다."

"미안하네. 경찰에서 자네가 죄 없다는 걸 얘기하길래 안심이 되더구만. 내가 다급한 마음에 자네까지 의심한 게 미안하기도 하고……. 또 긴히 자네한테 할 얘기도 있었네."

"마음 놓고 하세요. 어리지만 저를 믿어보시는 게 좋으실 겁니다."

김갑산 영감은 담배를 빼어 물고 내 눈을 조용하게 응시했다.

"자네도 한 대 태우지."

"괜찮습니다."

"가리지 말게. 나한텐 괜찮아."

나는 담배를 받아 불을 붙였다. 김갑산 영감이 길게 연기를 뿜었다.

"자네가 이번 일을 어떻게 보는지 알고 싶네."

"말씀드리지요. 신문에 난 얘기하고 조사받으며 느낀 대로라면 이번 명호 군 유괴사건은 엉성하기 이를 데 없는 유괴 같습니다. 그리고 집안 사정을 너무나 잘 아는 사람의 소행이거나 수사기관에 오래 근무해서 앞뒤를 기가 막히게 잘 잰 사람 소행이거나 둘 중에 하나라고 생각했습니다."

"그리고 또."

"밝혀지지 않았지만 가정이 좀 복잡하지 않느냐 그런 생각입니다. 이건 순전히 제 느낌입니다."

"또 다른 건 없나?"

"감히 말씀드린다면 가족 내에 범인이 있을 수도 있다는 생각을 했습니다."

김갑산 영감은 고개를 끄덕이며 내 얘기를 듣고 있었다.

"따님이 의심스럽다는 생각도 했습니다. 터무니없는 상상일 수도 있지만……."

괴로운 표정의 김갑산 영감의 얼굴을 쳐다보며 집안 사정이 퍽 복잡하다는 생각이 들었다.

"자네가 역시 예리하군. 꼭 맞는 건 아니지만 내 집안 문제라 부끄러운 얘기들뿐일세."

"말씀해 주시죠."

내 호기심이 발끈 일어서기 시작했다.

"경찰도 다 아는 사실이네. 그쪽도 조사를 철저히 한 모양인데 아무 단서도 잡을 수 없다 뿐이지."

"무슨 일인데요?"

"내가 돈 버는 일에 눈이 어두워서 자식 간수를 잘못한 죄지만……. 두 애 사이가 안 좋아. 서로 내 주장이고 별거했다가 만나고 해서 내 속깨나 썩인 애들이지."

"그건 알고 있습니다. 지난번에 조사할 때 알았던 거지요."

"문제는 거기에 있지 않나 해서 얘길세. 저렇게 내버려뒀다가 막상 해결됐을 때 이 늙은이가 또 창피당하게 될까 봐 그러네. 이걸 어쩌면 좋은가 이 말일세."

"그렇게 생각하시는 이유라도 있으신가요?"

"없네. 그저 느낌일세."

"제게 어떤 일을 시키려고 그러세요? 부르셨을 땐 그만한 생각이 있으셨을 텐데요."

"으음."

신음하듯 했다. 그도 이제야 돈 가지고 안 되는 일이 있다는 걸 뒤늦게 깨닫는 것 같았다.

돈 가지고 안 되는 게 별로 없는 건 사실일 것이다. 적어도 그가 대재벌 그룹의 총수로 군림할 때부터 몇 푼의 돈을 뿌려서 그가 필요로 하는 건 무엇이든지 손에 쥐는 법을 배웠을 것이다. 돈이면 사람도 사들일 수도 있고 돈이면 빼어난 미모의 여자들도 긁어모을 수 있었을 것이다.

그러나 공인으로서의 김갑산은 역사를 인식하지 않았다. 돈벌레로 그의 일생이 기록되리라곤 생각하지 않았다. 늙으면 자식들에게 자리를 물려주고 자서전이나 회고록을 쓸 생각이었을 것이다. 그 기록에다 글쟁이를 돈으로 우려내고 그의 일생을 지켜본 사람들의 듣기 좋은 소리만 삽입해서 스스로 아름다운 삶을 살았다고 자찬할 생각이었을 것이다.

아무리 구럭같이 살아온 사람이라도 뒤를 돌아다보고 정리를 할 때면 최선을 다해, 비겁하지 않게 무엇인가를 해냈다고 착각하게 되는 것이다.

자서전을 한 번이라도 써봤거나 쓰려고 별렀던 사람은 남들이 남긴 자서전이 얼마나 사기술에 능한 가짜 인생기록인지 알 수 있을 것이다.

하느님. 제 말이 틀렸습니까?

자서전입네 회고록입네 쓸 때 제 양심을 기만한 저 기라성 같은 사람들에게 어떤 심판을 내리실 건가요.

곤장 백 대요.

맘 독하게 자시라니까 왜 자꾸 이래요. 지옥에 가면 마귀들이 갈겨놓은 똥통이 있을 거예요. 그 자식들 처먹은 게 빤해서 되게 빽적지근한 똥을 싸댔을 겁니다.

거기에다 거꾸로 처박아버리세요.

하느님. 제발 그런 땐 독종이 되시란 말입니다.

버르장머리 없는 왜놈들만 똥통에 튀길 게 아니라니까 왜 자꾸 그러세요. 히틀러, 나폴레옹, 종교전쟁의 주역들, 이란과 이라크의 전쟁놀이를 즐기는 녀석들, 좌우간 싸움질 잘하고 총 잘 쏘고 뒤통수 잘 치는 사내들 몽땅 몰아다가 거꾸로 박아버리세요.

우린 용감한 하느님만 믿습니다.

"자네가 뒷조사 좀 해주겠나. 내 손자 좀 구해주게."

탄식 섞인 소리였다.

"만약에 사위나 따님이 얽혀 있다면 어쩌시겠습니까? 지난 번처럼 묻어두라실 겁니까? 그렇다면 아예 얼씬거리지도 않을 겁니다."

"내 자식들이 그렇게 밉나?"

"회장님 자제분들이라 미운 게 아니고 저보다 잘살고 잘나고 아버지 잘 만나서 미운 게 아닙니다. 미운 짓 하는 게 미운 겁니다. 회장님 아녔으면 그때 허리를 못 쓰게 했을지도 모릅니다. 사람의 탈을 쓰고 그럴 수 있습니까? 회장님도 똑같은 겁니다. 돈 가지고 안 되는 게 있다는 걸 회장님도 아셔야 합니다. 그리고 회장님은 솔직하게 회고록을 쓰시든가 그렇지 않으면 다른 노인네 흉내 내지 마시고 그냥 돌아가시길 바랍니다."

"사람두 참……."

김갑산 영감은 혀를 끌끌 찼다.

"경찰이 조사하고 있는데 함부로 뛰어들 순 없잖습니까?"

"그래서 편법을 생각한 걸세. 자네가 내 개인비서 노릇을 해주는 형식으로 해서 나도 할애비니까 나대로 알아본다 이거지."

"어떤 식으로요?"

"활동할 수 있는 돈은 충분히 주겠네. 넙치 형하고 같이 나서보게."

"따님이나 사위를 다 잡아 앉힐 순 없잖겠습니까? 자식 잃은 부모의 슬픔을 생각해서라도 말입니다."

"그야 그렇지. 그러나 자네라면 경찰조사를 방해하거나 월권행위를 하지 않고도 경찰과 다른 각도에서 접근해 볼 수 있을 걸세."

"저를 그렇게 믿으십니까?"

"할 수 없지 않은가. 믿기 싫어도 이럴 땐 믿는 수밖에."

"너무 솔직하신데요."

"자네가 솔직하랬잖는가."

나는 잠시 생각했다. 머릿속에 떠오르는 건 없었지만 손을 대보고 싶은 생각이 들었다. 내 느낌대로 그리고 김갑산 영감의 걱정대로 한 구멍을 파보고 싶은 생각이 들었다.

어쩌면 이것은 그들에 대한 미움이 아직도 가시지 않았다는 내 증오심의 표현인지도 모르겠다.

"해보겠습니다. 대신 제가 좀 지나친 짓을 하더라도 용서해 주시고 중간중간 짚이는 일이 있으시면 얘기해 주십시오."

"그러겠네. 내 손자를 곱게 찾아주게. 그놈이 되게 보고 싶네."

김갑산 영감의 얼굴은 노여움과 걱정이 같이 하고 있었다. 그의 눈동자 속엔 물기가 서려지고 있었다. 그가 아무리 우리나라 돈을 주물럭거렸던 재벌이었다고 해도 그런 일엔 별수 없는 늙은이에 불과했다. 재벌이라고 해서 불로장생할 수야 없겠지. 남보다 조금 오래 사는 거야 모르지만.

"넙치 형, 이번 일도 꼭 좀 도와줘야겠어요."

내가 찾아가 앞뒤 사정을 다 얘기한 뒤에 이렇게 말했다.

"도와주곤 싶다만 뭐가 보여야 돕든 말든 할 거 아니냐?"

넙치 형은 내가 딱하다는 듯이 말했다. 아직도 나이가 어려서 하고 다니는 것이 경솔하다는 뜻 같았다.

"형, 이건 내가 당한 거라구요. 며칠 고생한 게 억울한 것이 아니라 내가 그런 의심을 받았다는 것이 억울해서 그냥 두고 볼 일이 아네요."

"무슨 말인가 안다. 나보고 뭘 어떻게 도와달라는 거야?"

"여자애들 가운데 발 빠르고 의리 있는 애들을 좀 찾아줘요."

"그거야 네가 더 잘 알잖아."

"그때 애들은 다 시집가서 잘 살고 있어요. 팔팔한 애들 좀 얘기해 줘요."

"얘가 절에 와서 고기 내놓으라고 떼쓰네."

"형, 발랑까진 애들 싫어서 그래요. 내가 아는 데란 빤하잖아요."

"너한테 못 당하겠다."

넙치 형은 할 수 없다는 표정으로 나를 데리고 나갔다.

"얘가 은숙이다. 여기 사범이니까 함부로 눈 흘기지 마라. 괜히 코피 난다."

은숙이는 전혀 운동하는 여자 같지 않게 곱상하고 늘씬하게 생긴 여자였다. 중국인에게 십팔본을 정통으로 전수받은 여자라고 했다. 흔히 십팔계라고 하는 것은 우리나라에서 쓰는 말이고 중국 쪽에선 십팔본으로 쓴다고 했다.

"내가 다 얘기했으니까 너희들끼리 짝 맞춰라."

넙치 형은 은숙이를 소개해 준 뒤에 훌쩍 가버렸다.

"이렇게 이쁜 여자도 운동하는 겁니까?"

내가 농담조로 물었다.

"총찬 씨 같은 미남이 운동을 하니까 그렇겠죠."

여유 있는 대답이었다. 그녀의 몸과 눈동자는 예민한 신경조직을 느끼게 했다. 어디다 내놓아도 미인임에는 틀림이 없어 보였다.

"하필 운동을 하게 된 이유라도 있나요. 이쁜 여자가 시집이나 가잖고."

"오빠가 얘기하지 않던가요?"

"아뇨. 전혀 들은 말이 없어요."

"우린 화교예요."

"아하!"

나는 그녀의 가문을 대충 짐작할 수 있었다. 넙치 형이 그녀를 소개해 준 것도 다 뜻이 있었던 것 같았다. 함부로 보통 여자를 소개할 수 없었기 때문에 무술가의 가문에서 자란 은숙이를 소개한 것이었다. 그런 대국적 기질의 가문에서 자란 여자라면 나중에라도 말이 새어 나가지 않을뿐더러 철저하게 의리를 지킬 여자라는 생각이 들었다.

"넙치 형한테 자세한 얘긴 들으셨겠지만 이번 일은 어린 생명을 구하는 일입니다. 어렵더라도 각오를 단단히 해야 돼요."

"알아요. 우리 중국에서도 유괴사건이 나면 지방사람 전부가 수색대가 됐었다는 얘길 들었어요. 지금 상황하고야 다르겠지만 말예요. 시키는 대로 고분고분할게요."

"고마워요."

"일 끝나면 한 수 가르쳐줘요. 넙치 오빠 얘기론 오빠보다 한 수 위라던데요? 옛날 중국 같으면 천하를 호령했을 거라구요."

"내가 옛날 중국에서 태어났었다면…… 글쎄, 벌써 칼바람에 흙이 됐거나 중국 천하를 삼켰거나 그랬을 것도 같은데……."

"농담 말아요. 총찬 씨가 생각하듯 그렇게 간단한 나라가 아녜요. 세 살 때부터 산속에 데리고 가서 마흔 살이 넘어서야 겨우 사람 구경시키던 무가들이 수두룩했어요. 그 초인적 실력은 정말 신기였어요. 정말 철저한 도였어요."

"우리나라 불가에도 그런 도인들이 계셨지요."

"그건 동양만이 갖는 유일한 득도잖아요?"

"우리가 짝은 잘 맞췄습니다."

우리는 세밀한 작전을 짜나가기 시작했다. 경찰활동에 월권

행위를 하지 않는 범위와 김갑산 영감 외에는 전혀 눈치채지 않게 가족들과 그 주변 사람들을 주의 깊게 살펴봐야만 하기 때문이었다.

"우선 우리는 먼 데서부터 훑죠. 은숙 씨가 필요했던 건 바로 이거예요."

나는 사인펜으로 대충대충 그린 김갑산 영감네 족보와 주변 인물에 대한 관계를 적은 종이를 내밀었다.

"은숙 씨는 명호 어머니 쪽을 맡아요. 친구들과 동창모임이나 계모임 따위에서부터 거꾸로 들어가야 돼요. 눈치채지 않게, 조심해서 진행해요. 매일매일 보고를 해서 그때그때 새로운 작전을 짭시다."

"김 회장님도 딸을 의심하나 보죠?"

"구체적인 말을 하진 않지만 무슨 얘깃거리가 있나 봐요. 겉으로야 손자를 찾고 싶지만 속으론 손자도 찾아야겠고 딸이나 사위도 구해야 되겠는 모양예요. 이건 김갑산 영감이 시킨 일이니까 큰 걱정은 안 해도 돼요."

"돈이 많다는 건 그렇게 복잡한 모양이죠?"

"부자 되기도 어렵지만 부자가 된 뒤엔 더 어려운 거예요."

"부자 돼봤어요?"

"앞으로 돼볼까 생각 중예요."

"그땐 나 모른 체하겠죠?"

"물론이죠. 나도 얼치기 떼부자 흉내 좀 내봐야 할 거 아네요."

"그때 가서 존경할게요."

"꼭 존경해 주쇼."

우리는 깔깔거리며 웃었다.

"서너 명이면 될까요?"

"은숙 씨 같은 여자라면 남을 거예요."

"농담 그만하세요. 안 속아요."

"좀 속아줘요. 총각 설움은 처녀가 아는 거 아녜요."

"애인 있다던데요 멀."

"누가 그래요?"

"넙치 오빠요."

"그 형은 쓸데없는 소리까지 하구 그래."

"내가 물어봤어요. 하두 소문이 자자해서 말예요."

"요새 애인 하나 가진 사람 봤어요?"

"엉큼 떨지 마세요."

"난 씨가 토종이라서 토종 여자한테 장가갈 거니까 염려는 콱 붙들어 매도 돼요."

"자유는 착각이라고 누가 그러대요."

"중국서 건너온 얘기겠죠."

"우리 그만해요. 이러다가 시작부터 싸우겠어요. 앞으로 계속 친해져야 할 사람끼린데."

"듣던 중 반가운 소립니다."

우리는 치밀하게 작전계획을 세우고 헤어졌다. 사뿐사뿐 걸어가는 그녀의 뒷모습을 쳐다보며 그녀를 훔치고 싶다는 생각을 했다. 이놈의 욕망이란 놈의 버릇을 고칠 길은 없을까?

김갑산 회장의 큰딸 김 여사의 행실에 문제가 있다는 직감이 생겼다. 그렇지 않고서는 김갑산 회장이 그렇게 조심스럽게 내게 사건을 부탁하지 않았을 것 같았다. 김 여사는 미모의 사십대 주부였다. 있는 집 여자처럼 가꾸고 다듬어서 그런지 사십대 여자로 보기엔 너무 젊어 보였다. 또 한 가지 의심은 그의 사위 박 실장에게도 있었다. 지난번 조사할 때 그의 여성편력을 대충 짐작할 수 있었기 때문이었다.

은숙이에게 넘겨준 명단은 대부분 여자들 이름이었다. 김여사 주변의 여자들과 박 실장 주변의 여자들 명단이었다.

은숙이는 내 말뜻을 쉽게 알아듣는 것 같았다.

은숙이는 바로 미행하는 일에 착수했고 나는 발 빠른 애들을 풀어 정보수집에 들어갔다. 박 실장 주변인물과 원한 관계, 사업상 대적관계 따위를 파고 들어갈 생각이었다.

김갑산 영감이 넘겨준 자료는 피상적인 것들이었다. 그러나 김갑산 영감이 그렇게 심증을 굳히고 있다는 것만은 무시할 수 없었다. 다른 방법으로는 도저히 사건의 깊이를 뚫고 들어갈 방법이 없을 것 같았다.

은숙이에게서 온 첫 번째 소식은 예상보다 빠른 진전을 엿보이게 하는 것이었다.

김 여사와 가장 친한 친구인 서 여사가 점심때쯤 직접 차를 몰고 나가서 시장을 본 뒤에 어떤 술집으로 들어갔다는 사실이었다.

"밤엔 술집하고 낮엔 주간 카바레를 하는 곳이래요. 따라 들어가기도 그렇고 해서 연락하는 거예요."

"알았어요. 금방 갈게요."

나는 그곳 약도를 대충 전화로 메모한 뒤에 춤솜씨를 자랑하는 녀석을 태우고 달려갔다.

"주간 카바레가 뭐하는 데냐?"

녀석은 재미있다는 듯이 싱글거리고 있었다.

"빤하죠. 통행금지 없어지곤 장사가 더 안 되니까 변태 영업하는 거예요. 낮장사는 외상도 없고 주로 여자들 상대니까 시끄럽지 않게 돈 벌 수 있거든요."

"주간 카바레가 많잖아?"

"불법이죠. 본래 낮엔 할 수 없어요."

"그럼 낮엔 주부들 상대로 열어놓는 거냐?"

"그런 셈이죠. 낮 두 시부터 시작해서 여섯 시나 일곱 시면 끝나요. 춤추고 싶어 몸이 달아오르는 여자들이 잠깐씩 다녀가는 거죠. 시장 보러 가는 시간이고 남편 회사 있는 시간이니까 안성맞춤이죠."

"사내들은 밤에, 여자들은 낮에…… 거 공평해서 좋다."

"거기에 문제가 있어요. 가보면 알아요. 너무 공평해서 문제가 생기는 거죠."

"그럼 여자들도 그 모양이란 말이냐?"

"한술 더 뜰걸요. 형도 이 담에 장가가면 형수씨 감시 잘해야 돼요. 춤바람 난 여잘 믿느니 차라리 바람난 암캐를 믿는 게 낫죠."

"너 춤추러 다닌다더니 그 재미로 다니는 모양이구나."

"용돈 타 쓰고 재미보고 사랑받고 그런 거죠, 머."

"그거 알조구나."

"바람난 여잔 못 말리게 돼 있어요."

나는 피식 웃었다. 그런 여자가 몇 명이나 될라구. 대개의 주부들은 사는 일에 바빠서 그런 게 있는 것조차도 모를 것이기 때문이었다. 여유 있는 여편네들의 바람기야 어제 오늘의 일도 아니었다.

하긴 동물 가운데 절정의 쾌감을 아는 건 여자뿐이라는 말도 있긴 있었다. 한번 그런 쾌락의 늪 속에 빠지면 빠져나올 수 없는 게 여자의 육체적 구조인지도 모른다.

은숙이는 어두컴컴한 홀 안으로 나를 데리고 들어갔다. 젊은이들이 모이는 곳처럼 시끄럽거나 소란한 곳은 아니었다. 부드러운 음악, 감미로운 음률, 차분하지만 음란해 보이는 쌍쌍, 어딘지 음습하고 끈적끈적해서 음란서적을 보는 기분이었다.

"저 여자예요. 실크 원피스 입고 팔찌 낀 여자 있죠. 곱슬머리하고 춤추는 여자 말예요."

"우리 은숙 씨도 한바퀴 도시지 그래요. 감미로운 음악에 맞춰서."

"사람 잡지 마세요."

우리는 무대로 나가지 않은 채 서 여사의 거동만 살피고 있었다. 서 여사와 곱슬머리는 흐느적거리며 돌고 있었다. 색소폰 소리가 귀와 심장 근처까지 간드러지게 했다.

"선생님, 저분이 한번 추시자는데요."

나비넥타이 맨 사내가 한 여자를 가리키며 내게 말했다. 나는 고개를 흔들다 말고 그녀와 눈이 마주쳤다. 그녀는 웃고 있었다. 술이 취했는지 손바닥을 펴서 키스하는 시늉을 했다.

"형, 한번 춰봐요. 이런 곳 생리를 알려면 부딪치는 게 최고죠."

내 호기심이 슬금슬금 일어서기 시작했다.

"장총찬 사람이 되게 겁내네요."

은숙이가 아까의 복수전을 펴고 있었다. 넥타이 사내가 내 팔을 잡고 사정했다.

나는 일어났다. 은숙이가 박수를 쳤다. 불빛은 어두웠다. 검붉은 조명 속의 여자는 삼십대 중반인 듯싶었다. 그녀는 내 손을 잡고 무대로 나섰다. 음악은 여전히 색소폰 소리가 많이 섞인 흐느적거리는 것이었다.

"처음에 왜 싫다고 했죠?"

여자가 물었다. 손바닥 감촉이 보드라웠다. 물빨래나 하고 설거지나 하는 주부는 아닌 것 같았다. 몸매나 차림새가 여유 있어 보였다.

"그냥 그래봤어요."

"숙맥은 아닌 것 같은데. 몸도 좋아 보이고. 여러 여자 울렸겠어."

여자의 허벅지는 부드럽지만 악착같이 내 허벅지 사이로 밀고 들어왔다. 아랫도리가 팽창하는 걸 느꼈다. 그녀에게선 향수냄새가 났다. 가슴의 볼륨은 내 가슴 끝에서 더 출렁이고 있었다. 내 어깨를 움켜쥔 손이 잠시도 쉬지 않고 들까불고 있었다.

"아줌마를 울려도 돼요?"

나는 능청스럽게 말했다. 여자가 내게 더 밀착하면서 귓가에 뜨거운 입김을 쏟아부었다.

"벌써 뜨거워지면 어떻게 해. 너무 건방지다."

그건 내 아랫도리의 촉감을 두고 하는 말이었다. 나는 조금 부끄러운 생각이 들었다.

"아저씨한테 걸리면 뼈도 못 추리는 거 아닌지 모르겠네요."

"출장 갔어. 내 세상이지."

"난 아직 장가도 안 갔어요."

"싱싱한 게 좋잖아."

"그래도 쬐끔 죄스러운데요."

"어차피 죽으면 썩을 몸. 이 재미라도 있어야지. 안 그래?"

"첨이라 좀 두려워요."

"걱정 마, 내가 가르쳐줄게."

그녀는 흐느적거리고 있었다. 몇 곡을 쉬지 않고 추었지만 자리로 돌아갈 생각조차 하지 않았다. 그녀의 행동은 점점 대담해져서 내가 못 견딜 정도였다.

"이러지 마세요. 못 견디겠어요."

"다 알면서 왜 이래. 그럼 나갈까?"

"어딜요?"

"요 앞에 따끈따끈한 방 있어. 애들보구 잡아놓으라면 돼."

그녀는 노골적으로 나왔다. 내 귓불을 잘근잘근 깨물기도 했고 허리에 힘을 주며 매달리기도 했다.

"대낮에 어딜 가요."

"난 낮에 더 뜨거워. 나한테 한번 빠지면 나 없이 못 살걸."

"하필 왜 나를 골랐어요?"

"네가 제일 젊어서."

"젊은 사람들 많잖아요."

"우린 닳고 닳은 사낸 싫어해. 너같은 애송이가 좋거든."

나는 고개를 끄덕이기만 했다. 너무 대담하게 나오기 때문에 더 할 말이 없었다. 나는 그녀의 손가락 놀림으로 흐느적거리고 있었다.

이놈의 욕망이란 게 도대체 무엇이란 말인가.

내 욕망은 치솟기 시작했다. 그녀를 따라가고 싶었다. 완숙한 육체의 잔치를 지켜보고 싶었다. 이런 여자들의 쾌락 극치점은 어디에 있는지 알고 싶었다. 아니 나도 그녀처럼 아무 거리낌없이 즐기며 살고 싶었다.

다혜도 결혼하면 이 여자처럼 변할까? 이렇게 몸부림치는 완숙한 육체를 갖게 될까?

하느님. 이래도 되는 겁니까? 이 여자를 따라가서 즐기고 싶습니다. 내가 아니더라도 이 여자는 어떤 사내든 필요로 하고 있습니다.

하느님. 간음한 여자에게 한 말이 있죠. 죄 없는 자가 있으면 그녀에게 돌을 던지라고 말입니다.

참 해외토픽을 보니까 예수님이 막달라 마리아와 결혼해서 그의 자손들이 지금도 유럽지역의 귀족으로 행세하고 있다고 어떤 사람이 떠들고 있더군요.

물론 헛소리겠지만 그걸 읽었을 때 느낌은 사람이란 할 수 없겠구나 싶대요.

하느님. 저 여잘 어떻게 해야 옳습니까. 그냥 둘 수는 없잖아요. 바람난 여자를 믿느니 차라리 바람난 암캐를 믿으라더군요.

주간 카바레라는 곳을 눈여겨보세요. 낮엔 남자가 기생 노릇 하며 여자가 남자를 데리고 놀지요. 밤엔 남자 손님이 여자를 데리고 노는 곳이고 말입니다. 춤이란 건 사교의 한 종목인데 우리나라에선 춤을 배웠다 하면 어찌 그리도 음습하고 음란해지는 건지 모르겠습니다. 통행금지 풀리면 젊은 사람들 난장판 벌이고 여관이 꽉꽉 들어찰 거라고 믿으셨겠죠. 그런데 보신 소감이 어떠셨나요? 놀랐을 겁니다.

하느님. 어쨌든 저 여자는 내가 해결해 주는 수밖에 없겠지요. 눈 흘기지 마시고 봐주세요. 나도 사내란 말입니다. 욕망도 있고 쾌락도 알고 즐기는 게 얼마나 좋다는 것쯤은 안단 말입니다.

여자는 술값을 치르고 일어섰다. 나는 은숙에게 눈짓을 보내 서 여사를 잘 지켜보라는 시늉을 했다. 옆에 앉아 있어야 할 녀석은 벌써 다른 여자를 끼고 돌아가고 있었다. 은숙이가 입술을 삐쭉 내밀었다.

"잠깐 화장실에 갔다 올게."

그녀는 핸드백을 아무렇게나 걸친 채 화장실 쪽으로 걸어갔다. 밝은 곳에서 봐도 세련된 용모와 맵시였다. 다만 그녀의 몸 전체에서 풍겨 나오는 음습한 요기는 부정할 수 없었다.

나는 천천히 화장실로 들어갔다. 작고 아담한 화장실이었다. 문고리를 안으로 잠근 나는 여자 칸을 노크했다. 안에서 여자의 소리가 들렸다.

잠깐 서 있었다. 거울 속의 내 얼굴은 장난기가 서려 있었다.

그녀가 문을 열고 나왔다. 밝은 불빛에 비친 그녀 얼굴은 귀부인 냄새가 났다.

"왜 따라왔어, 귀여워죽겠네. 그렇게 급해?"

그녀는 내 볼을 어루만졌다. 내가 아무 말 않고 그녀를 뚫어져라 쳐다봤다.

"내가 많이많이 이뻐해 줄게."

그녀는 용감하고도 용감하게 내 바지를 만졌다.

나는 그녀를 화장실 안으로 끌고 들어갔다. 그녀의 눈이 갑자기 커졌다. 나는 그녀를 변기 위에 앉혔다. 뭐라고 말할 틈을 주지 않고 따귀를 올려붙였다.

"왜? 왜, 왜 이래?"

다급한 목소리였다. 입을 막았다. 그녀는 꿈틀거렸다.

"잘 들어. 소리 지르면 변기 속에다 거꾸로 처박을 테니까."

"그, 그럴게. 왜 이러는 거야?"

작은 목소리 속엔 공포로 떠는 숨소리가 들어 있었다.

"네 이름 뭐야?"

"저, 이거 봐요. 우리 말로 해요. 이것 좀 놔줘요. 살려줘요."

"이게 어디서 사람 놀리고 이래. 핸드백 열어봐."

그녀는 핸드백을 열었다. 집주소나 이름 따위를 알 수 있는 것은 아무것도 없었다.

"이름, 주소, 남편 전화번호 빨리빨리 대. 그렇지 않으면 처박아버릴 테니까."

그녀는 더듬거리고 있었다. 나는 변기 속에다 그녀를 거꾸로 처박았다. 그녀는 물을 들이켠 뒤에 무릎을 털썩 꿇었다. 그녀의 손엔 수표 석 장이 들려 있었다.

"이것밖에 없어요. 용서해 주세요. 다시는 이런 짓 않을게요."

물을 뒤집어쓴 그녀의 얼굴은 참담해 보였다.

"이년이, 이게 어따 대고……. 집어넣지 못해? 내가 제비족인 줄 알아? 이년아."

"제발, 아저씨 제발."

그녀는 부들부들 떨고 있었다. 나는 그녀의 따귀를 사정없이 올려붙였다.

"다시 이런 데 나다녔다간 진짜 맛을 뵈줄 거다. 우리 애들이 쫘악 깔려 있으니까 알아서 해. 네 남편이고 나발이고 죄다 불어댈 테니까."

"다신 안 그래요. 정말예요."

물 묻은 손으로 싹싹 빌고 있었다. 나는 준비해 가지고 다니던 소형 카메라를 꺼내 그녀의 얼굴을 찍었다. 그녀는 체념한 듯이 눈을 감았다.

"정신 차려. 남편이 목에서 피가 나도록 벌어들이는 돈 가지고 이 지랄 더 했다간 그땐 국물도 없어. 알아?"

"예예, 정말 다신 안 그래요."

나는 문을 열어주었다. 그녀는 수돗물을 틀었다. 나는 수건을 벗겨내어 그녀의 등에 걸쳐주고 나왔다.

하느님, 좀 지나쳤나요?

저런 여자들이 많아요. 하느님도 그냥 눈감고 모른 체 좀 하지 마세요. 중동지역에 돈 벌러 간 남편은 사우나탕의 열탕 같은 속에서 악다구니 써가며 돈을 벌고 있어요. 그리고 더 많은 남편들은 직장에서 상사 눈치 봐가며 마누라 눈치 살펴가며 돈 버느라고 허리가 휘어가고 있어요.

저런 여자는 물론 소수겠죠. 저런 게 남녀평등은 아니잖아요. 사내들은 편리하게 여자 사냥하는데 여자라고 남자 사냥하는 거 말릴 면목이 없다 이겁니까?

그럼 사내들 재미 보는 걸 막아버리면 되잖아요. 창녀촌 없애고 여자 있는 술집 없애고 마사지 걸이나 여관집에 불려가는 여자들을 모조리 없애버리면 되잖아요.

그렇게 되면 사내들이 강간, 겁탈죄를 저질러서 사회가 더 요지경이 된다 이 말인가요?

방법이 없다고 발뺌할 배짱뿐이겠죠. 참 좋은 배짱 가지셨습니다.

자리로 돌아오자 은숙이가 나를 흘겨보았다.

"벌써 해치우셨나 부죠? 그 솜씨 좋은 실력으로."

나는 껄끄럽게 웃어주었다. 그리고 소곤거려가며 조금 있다가 화장실에서 나오는 여자가 어떻게 물벼락을 맞았는지 설명해 주었다.

"그래도 그건 지나쳤네요. 연약한 여잔데. 남자 제비족들은 가만 놔두면서 말예요. 여자증오병에라도 걸렸나 부죠."

"그랬나 봐요."

아직도 서 여사는 나갈 생각이 없었는지 곱슬머리와 맥주 잔을 기울여가며 조잘대고 있었다.

"남편은 아니겠죠?"

"웬일로 갑자기 순진해지셨을까? 저렇게 요염하게 구는 아내와 저렇게 공개적으로 음란한 남편이 어디 있어요."

"난 장가를 안 가봐서 몰라요."

은숙이는 입을 막고 웃었다.

"저 여자를 보세요."

은숙이가 서 여사를 가리켰다. 나비넥타이 맨 사내에게 귀엣말을 주고받는 게 보였다.

"내가 나가볼게요. 잘 지키고 있어요. 저 녀석 믿지 말고."

나는 나비넥타이의 사내 뒤를 따라갔다. 카운터에 가더니 전화를 걸어 조용한 방이 있는지 확인하고 있었다.

서 여사가 술값을 내고 밖으로 나갔다. 은숙이가 서 여사 뒤를 따라갔다. 나는 택시 잡는 사람처럼 길거리에서 서성거렸다. 십 분쯤 뒤에 곱슬머리가 나왔다. 여자가 걸어간 방향으로 어슬렁거리며 걸어가고 있었다.

"저거 제비처럼 생겼는데요. 한 방 먹일까요?"

"냅둬라."

우리는 사내를 따라갔다. 골목길을 끼고 걷던 사내가 약방에 들어가 피로회복제를 한 병 마시고 나왔다.

제일여관이란 간판이 붙은 집으로 거침없이 들어갔다. 담뱃집에 숨어 있던 은숙이가 손가락으로 여관을 가리켰다. 나는 뒤따라 들어갔다. 주인인 듯한 여자가 반갑게 맞아주었다.

만 원짜리 한 장을 내밀었다. 영문도 모르고 서 있는 여자에게 귀엣말로 말했다.

"금방 들어온 곱슬머리 어느 방요?"

"어디서 나오셨는지요?"

"그건 알 거 없소. 어서요."

"그래도 어디서 오셨는지……."

"척 보면 몰라요? 이거 왜 이래요. 당신 손해 보지 말라고 돈까지 주는 거요."

"저쪽 끝 방……."

그녀는 3호실을 가리켰다. 나는 조심스럽게 방문 앞에 섰다. 안에서 신음 소리가 들려오고 있었다. 남자 소리는 이런 경우에 들리지 않는 게 이상했다.

김갑산 회장이 넘겨준 정보에 의하면 서 여사 남편은 박 실장 내외와도 사업적인 연관이 있는 사람이었다. 박 실장과 한때 하청업체를 인수하여 사업을 같이 해나간 사람이었다. 그 뒤에 박 실장과 손을 끊고, 독립으로 사업체를 꾸려나가 지금은 T실업 사장으로 탄탄한 재력을 갖고 있었다.

여자 혼자 병고에 시달리는 것처럼 여자 목소리만 새어 나왔다. 나는 더 이상 참고 서 있을 수가 없었다.

똑똑똑.

문소리가 크게 울렸다. 안에서는 아무 소리도 들리지 않았다.

똑똑똑.

다시 문을 두드렸다. 그래도 아무 말이 없었다. 여자의 신음 소리도 들리지 않았다.

똑똑똑.

그때서야 안에서 굵고 낮은 목소리가 들려왔다.

"누구야?"

화가 난 목소리였다.

"밖에 손님이 찾아오셨어요."

나는 일부러 감정 없이 말했다.

"누굴 찾는데 그래? 누가?"

된소리였다.

"모르겠어요. 어떤 손님이 곱슬머리 찾으며 급한 일이래요."

"뭐라구?"

사내의 목소리가 거칠어졌다.

"인상이 험악해요. 조심하세요."

"잠깐만 기다려라. 너 잠깐 서 있어."

사내는 부스럭거리며 옷을 입는 것 같았다. 여자가 뭐라고 두런거리고 있었다.

문을 열고 나선 고수머리가 내게 이렇게 말했다.

"이 방에 있는 여자 좀 저쪽 어디로 감춰줘. 어서."

고수머리는 천 원짜리 두 장을 주었다. 나는 고개를 끄덕이고 받았다. 여자는 겉옷만 추스려 입은 채 속옷들과 핸드백과 스타킹을 들고 나를 따라왔다. 풀어 헤쳐진 머리칼과 열꽃이 가라앉지 않은 얼굴이 몹시 선정적이었다.

여자는 열에 들뜨면 미울 수가 없었다. 정사를 벌이다 들킨 여자들을 추악하게 생각할 수가 없을 것 같았다. 어쩌면 가장 아름다운 순간인지도 모르겠다.

그녀에게서 강렬한 여자 냄새가 났다.

"그거 이리 줘요. 이쪽에 숨기는 게 안전해요."

여자는 엉겁결에 들고 있던 것들을 내주었다. 나는 그녀를 구석방으로 보내고 재빨리 밖으로 나왔다.

고수머리가 식식거리며 들어오고 있었다. 그는 내 손에 들려진 서 여사의 물건들을 쳐다보고 눈을 크게 떴다.

"어디 갔어? 어떤 놈이 찾았어?"

나는 살며시 웃었다. 그리고 말했다.

"선생이 곱슬곱슬한 사내요?"

"이 자식이."

어이가 없다는 투였다.

"내가 선생 자식은 아니잖소. 고수머리도 아니고."

"어허!"

눈을 부라리는 건 허세였다. 나는 고수머리의 어깨를 쳤다.

고수머리가 바닥에 자빠졌다.

"너, 유부녀 간통죄로 고생 좀 해야 쓰것다."

"이 새끼가."

그는 날렵하게 몸을 피하며 허리춤에서 칼을 꺼냈다.

"다 큰 놈이 귀엽게 노는구나."

"너 죽인다. 움직이지 마!"

"임마, 여기가 카바레인 줄 알아? 칼춤도 카바레에서 추냐?"

"움직이면 찍는다."

고수머리는 칼을 휘둘렀다. 칼솜씨가 무디었다. 칼 차고 다니는 사내치고 너무 성급하게 칼을 휘두르고 있었다.

"형씨, 그래 가지고 고기 한 근이나 썰겠소? 칼 이리 내놓으시지. 괜히 손가락 베지 말고."

"이게 죽인다. 정말!"

고수머리가 칼을 드는 순간 나는 옆구리를 걷어찼다. 사내가 대굴대굴 굴러갔다.

멱살을 끌고 침대 있는 방으로 들어갔다. 기죽은 사내가 내게 빌었다.

"한 번만 봐줘요. 잘못했습니다."

"너 제비족이지?"

"아닙니다. 놀러 왔다가 그냥……. 저 여자가 하두 사정하길래……."

"저 여자 알아?"

"잘은 모릅니다. 서 여사라는 것밖에."

"몇 번이나 이 짓거리 했어?"

"두 달밖에 안 됐어요. 정말입니다. 물어보세요."

"너 하루 얼마씩이나 받나?"

"뭐, 대중없어요."

나는 다시 한 번 고수머리의 어깻죽지를 후려갈겼다. 고수머리가 침대 밑으로 기어 들어갔다.

"얼마 받느냐고 물었다."

"이만 원도 받고 삼만 원도 받고 대중없어요."

"침대 밑에서 안 나올 거냐?"

"네, 나갑니다."

녀석은 엉금엉금 기어 나왔다.

"몇 살 처먹었냐?"

"서른다섯입니다."

"처자식은?"

"네, 우리 마누라하고 애들 셋입니다."

"네 마누라야 우리 마누라야?"

"아, 네에…… 내 마누라요."

"다른 직업 있어 없어?"

"지금은 놀고 있습니다."

"저 여자가 뭐하는 여자냐?"

"잘 모릅니다. 남의 부인이란 건 알지만."

겁먹은 목소리였다.

"너 뭐 먹고 살아?"

"그냥저냥 그렇습니다."

"솔직하게 말 않으면 다시는 춤 못 추게 해주지."

내가 고수머리의 발목을 잡아 주먹으로 한 대 쳤다. 고수머리는 침대에 모로 자빠져 발버둥질을 했다.

"어떤 여자한테 돈 울궈먹고 있는지 바른대로 대!"

고수머리가 고통스러운 듯이 소리를 질렀다. 발목의 혈을 쥐어 내던졌다. 고수머리가 방바닥에 길게 누워서 가쁘게 숨을 쉬었다.

"하겠습니다. 할게요. 이것 좀 풀어줘요. 할게요."

"얘기하면 풀어주마."

"송 여사요, 저 청계천에서 A상사 사장하는 P사장 부인요."

"또."

"임 여사라고 남대문 H상가 주인여자요."

"빨리빨리 말해."

"풀어줘요. 너무 아파서 그래요. 죄다 말할게요. 제발요."

나는 녀석의 혈을 풀어주었다. 그리고 볼펜 한 자루와 종이 한 장을 내밀었다.

"여기다 명단을 다 써라. 네 주소와 이름, 주민등록번호도."

고수머리는 체념한 듯이 울상을 지으며 내가 시키는 대로 써 내려갔다.

"주민등록증 내놔봐."

고수머리는 주민등록증을 내밀었다. 녀석이 쓴 것과 대조해 보았다. 틀림없이 제대로 써 있었다.

"어쩐지 너무 순순하게 불어대는 게 네가 생각해도 이상하지 않느냐?"

"감출 것도 없잖아요. 제가 잘못했으니까요."

"주민등록 이리 내봐."

나는 주민등록을 찬찬히 살펴보았다. 녀석이 재빨리 방문을 걷어차고 나갔다. 내가 뒤따라 뛰었다. 녀석은 복도를 가로질러 계단에서 아래층으로 껑충 뛰었다.

은숙이가 주먹을 흔들어 보였다. 나는 소리 없이 웃었다. 은숙이 옆에 서 있던 녀석이 한 발짝 앞으로 나갔다. 고수머리가 은숙이 쪽으로 뛰었다.

녀석은 쓰러졌다. 은숙이가 한 방 내려쳤기 때문이었다.

"끌고 들어오슈."

은숙이가 고수머리의 뒷덜미를 잡고 올라왔다.

"이 주민등록증 가짜지?"

나는 사진 자리를 교묘하게 떼어내고 사진만 바꿔 붙인 것을 내 보이며 물었다. 고수머리는 고개를 끄덕였다.

"이번엔 진짜 네 뿌리를 뽑아주마."

내가 이렇게 말하고 녀석을 침대에 눕혔다. 양말 속에서 칼이 한 자루 더 나왔다.

"너 본전 생각나게 해줄 테니까 비명이나 맘 놓고 질러라."

나는 녀석의 발과 허리를 잔뜩 휘어 침대 모서리와 벽 쪽으로 밀어붙였다. 녀석은 비명 소리도 지르지 못한 채 두 손으로 싹싹 빌었다.

"바른대로 쓸 테냐?"

"네, 쓰겠습니다. 정말입니다. 믿어주세요. 두 번 다시 속이면 맘대로 하세요."

고수머리는 종이를 받아들고 다시 쓰기 시작했다.

"앞으로 이 여자를 계속 울궈먹을 거냐?"

"아닙니다. 다시는 연락도 않고 이런 데 나오지도 않겠습니다."

"서 여사도 갖다 바치는 여자지?"

"아닙니다. 어디 사는 여잔지 아직 못 알아냈습니다."

"왜?"

"너무 용의주도해서 그랬습니다. 택시 타고 정신없이 돌다가 바꿔 타고 그러니까 도저히 알아낼 수 없었어요."

"다른 여자들은?"

"비교적 쉽게 넘어가던데요."

"너 콩밥 좀 먹을래, 아니면 발 딱 끊고 그런 짓 그만둘래?"

"다신 이 짓 않겠습니다."

"그걸 뭘로 믿어, 임마."

"정말 믿어주세요."

"발 딱 끊는다는 조건으로 네 발목 좀 손보자."

"제발 봐주세요. 정말 다시는……."

"엎드려 자식아. 네가 고통을 준 여자들 생각 좀 해봐."

나는 고수머리의 발목뼈를 비틀어 이완시켰다.

"두어 달 동안은 춤추고 싶어도 안 될 거다. 그 뒤에 우리 애들 눈에 띄었다간 아예 서서 다닐 생각 말아라."

나는 녀석의 상판대기를 필름에 담았다. 훤칠하고 깔끔하게 생긴 용모였다. 고수머리만 아니라면 텔레비전에 출연하는 배우 정도는 찜 쪄 먹게 생겼다.

"명심하겠습니다."

나는 녀석의 엉덩이를 차서 내쫓았다. 녀석은 절룩거리며 나갔다.

"임마, 침 맞을 값은 받아가야 할 거 아냐."

"괜찮습니다."

나는 녀석의 주머니에 만 원짜리 몇 장과 아까 내게 내민 천 원짜리 두 장을 내주었다.

옆방으로 가서 문을 열었다. 아무도 없었다. 서 여사가 이상한 낌새를 눈치채고 뒷문으로 도망간 것 같았다.

"내가 놓쳤으면 난리쳤겠죠?"

은숙이가 물었다.

"일부러 놓친 거니까 신경 쓸 거 없어요."

"일부러라뇨?"

"여잔 악 받치면 혀 깨물고 죽는 한이 있어도 입을 안 열어요. 점잖게 차리고 귀부인 대접해 가며 고상한 자리에서 만나야 열게 돼 있어요."

"이젠 어쩔 셈인데요."

"전화 걸어서 핸드백하고 속옷 찾아가라고 하는 거죠."

"그래서요."

"호텔 커피숍에서 만나는 거죠. 그러면 죄 털어놓게 돼 있어요."

"수사관을 하시지 그랬나 봐요."

"나같이 성질 급한 놈은 안 돼요. 순리로 할 수 없으니까요. 이렇게 뒷덜미를 치는 건 자격이 없는 거죠."

우리는 밖으로 나왔다. 어둠이 내려 깔리고 있는 거리였다. 은숙이는 배가 고프다고 했다.

"땅콩, 야채, 오징어 막 먹어치웠잖아요."

"그거야 주전부리죠."

"갑시다. 까짓 거."

우리는 골목길을 걸어 나왔다. 은숙이가 포장마차를 가리켰다.

"요조한 숙녀께서 드실 게 마땅찮을 텐데요."

"이 땅에서 가장 품위 있고 인정 있는 집이 포장마차 아네요. 난 학교 다닐 때도 포장마차집에 들어가 점심 먹고 그랬어요. 밥 먹는 것까지 폼 잡는 사람 보면 우습던데요."

"그 말에 적극 찬동하는 바입니다."

우리는 포장마차집으로 들어갔다. 국수와 꼼장어와 오징어를 시켰다. 서글서글한 주인 아주머니가 소주 한 병을 따서 내 앞에 내밀었다.

"은숙 씨도 하죠?"

"대여섯 병쯤은 하죠."

"놀래라. 배갈인가 화학주인가 하는 술로 단련된 여자하곤 상종도 말라고 우리 아들한테 유언해야겠는걸요."

"그걸 가지고 뭘 놀래요. 맘만 다부지게 먹으면 열댓 병도 하는걸요."

"그거 진짜요?"

"진짜죠."

"그럼 실컷 드슈."

"못할 거야 없죠."

나는 입을 딱 벌리고 술을 따라주었다.

"사랑하는 술인데, 좀 드슈."

"우린 페니실린 병으로만 마셔요."

"졌다."

나는 그렇게 말했다. 주인 아주머니와 심부름하는 꼬마도 웃었다.

"내일 졸업식인데 어쩌죠?"

"은숙 씨가 좀 맡아줘요. 식 끝나고 어머니 내려가시는 거 보구 하려면 빠듯할 것 같아요."

"나도 축하하러 갈까 그랬는데요."

"다른 때 같으면 오라고 하겠는데 이번만은 안 되겠어요. 애를 빨리 찾아야죠. 연일 신문에서 떠들어대는데 범인이 급하면 애를 해칠지 몰라요. 계획대로 내일도 애들을 좀 많이 풀어요. 우리 애들도 내일부터 총력전입니다. 돈은 얼마든지 써도 좋아요. 애가 무사하게 구출되는 일이라면 좀 무리한 짓을 해도 돼요. 특별한 사항이 있으면 김갑산 영감한테 직접 해도 돼요."

"정말 그 가족 가운데 범인이 있다고 생각해요?"

"꼭 그렇다기보다 가족과 연관된 사건 같아서 그래요. 김갑산 영감이 말은 못하는데 그런 암시를 줬어요. 다른 팀에서 좀 더 많은 걸 알아내게 되겠죠. 우리 말고 몇 팀이 더 있으니까요."

"경찰조사와 엇갈리게 될지 모르잖아요. 왜 자꾸 그 영감이 서두를까요."

"손자도 찾아내야겠고 자식들도 보호해야겠고 그래서 그럴 거예요."

주인 아주머니가 양념 그릇을 챙기다 말고 말참견을 시작했다.

"그러게 돈 가지고 사는 게 아니라우. 그 어린 걸 왜 유괴하는지 모르겠수. 천벌을 받지, 아암 천벌을 받고말고. 그런 부잣집에서 아쉬울 게 뭐가 있겠수. 너무 돈만 밝히니까 원수지는 사람이 생기는 거지. 그런 거 보면 우리 팔자가 상팔자요."

우리는 주인 아주머니와 엉클어져 유괴범 욕만 실컷 하고 나왔다. 은숙이는 계획된 일을 추진하기 위해 먼저 들어갔다. 나는 공중전화기 앞에 서서 동전을 주입구에 떨어뜨렸다. 전화 요금이 오 원 하던 때가 엊그제 같았는데……. 이렇게 100퍼센트씩 뛰어오르다가는 금방 백 원짜리 동전 집어넣고 전화 거는 비극적 시대가 올 것 같았다.

꼬마들한테 백 원짜리 동전 한 개만 줘도 펄떡펄떡 뛰던 때가 그리웠다. 요즘엔 백 원짜리 한 개 줬다간 파출소에다 간첩 신고할지도 모른다. 그런 어리석은 사람이 이 나라엔 없다고 생각할 테니까 말이다.

"서 여사세요. 저는 서 여사의 핸드백과 속옷과 스타킹을 보관하고 있는 사람입니다. 어려우시더라도 좀 만나주시죠."

나는 퍽 정중하고 차분하게 말했다. 서 여사는 놀란 말처럼 뛰었다.

"뭐라구요? 댁은 누구세요."

"길게 설명하면 피차 괴롭잖겠습니까. 지금 좀 나오시죠."

"여보세요. 제발……. 왜 이러십니까. 누구신데 이러세요."

"남편 회사로 부치란 말요?"

"여보세요. 왜 이래요."

우리는 전화로 한참 동안 입씨름을 했다. 처음엔 버티다가 나중에는 애원도 했다. 그래도 안 되니까 사정을 했다.

"오늘은 정말 안 돼요. 우리 아들이 미국 가기 때문에 그래요. 밤 비행기예요. 그러니 내일 만나요."

나는 할 수 없이 양보할 수밖에 없었다. 자식을 미국에 보내는 마당에 억지로 불러낼 배짱이 없었다.

밤늦게 집으로 왔다. 내일은 졸업식이었다. 우리 어머니를 즐겁게 해줄 수 있는 공작을 완료하고 들어갔다.

어머니는 아랫목에 누워 있다가 벌떡 일어나 내 손을 잡았다.

"이눔아. 그래 이눔아. 장하다. 아암 장하고말고. 가르친 보람이 있으니 이 에미가 살맛이 난다. 느이 누나한테 다 들었다."

은주 누나가 눈을 찡긋해 보였다. 은주 누나를 친딸처럼 생각하는 어머니였다. 그만큼 은주 누나가 눈 안에 든 것이었다. 나도 은주 누나가 여러 가지로 도와줘서 졸업식에서 총장상을 받게 됐다고 너스레를 떨어두었었다.

어머니는 밤새 잠들 것 같지 않았다. 너무 기뻐서 그런 것이었다. 나 하나 믿고 사는 어머니의 심정을 알 것 같았다.

하느님. 어머니를 위해서 한 짓이니 용서해 주시겠죠. 내일 어떤 일이 일어나도 말입니다.

희대의 장난

어머니는 새벽부터 일어나서 부산을 떨었다. 졸업식은 오전 열한 시부터니까 집에서 열 시께에 나가도 충분했다.

"미리 가자. 차라도 막히면 어쩌냐? 지하철인가 뭔가 땜에 길이 막힌다더라. 어서 가자."

"아침 드시고 천천히 가도 돼요. 제가 모시고 갈 거니까 걱정 마세요."

은주 누나도 덩달아 새벽바람을 쐬어야 했다. 머리 손질이며 옷 입는 것까지 간섭하고 나섰다.

"저는 먼저 가야 돼요. 상 받는 사람들은 예행연습 해야 하니까요."

"그려, 너 먼저 가야지. 어서 나가라."

"밥 먹고 가야죠."

"일찍 가는 게 좋다. 이거 갖고 가서, 학교 앞에 가서 고기를 잔뜩 먹고 들어가거라."

어머니는 돈을 꺼내놓았다. 자식이 졸업식장에서 큰 상을 받는다니까 정신 못 차리는 것 같았다.

"쟬 어떻게 키운 줄 알아? 승질 급한 쟤 애빈 일찍 가버렸지, 가진 재산은 없지. 쟤 애비 살아 있어봤자 내 속만 드글드글 썩혀서 지레 죽었을지 모르지만……. 그 영감태기 살아 있으면 이럴 때 좋으련만. 다 그놈의 승질 급한 사주팔자지. 저거 하나 믿고, 아들이라고 달랑 하난 걸 다른 거 믿을 거나 있어야지. 대학교라고 보내놓고는 기차만 지나가면 우리 아들 있는 서울 가는 기차구나 싶어서 눈물이 앞을 가리고, 기차가 아랫역으로 내려가면 이놈이 왔나 부다 싶어서 버선발로 역전으로 뛰고, 행여나 눈 뜨고 있어도 코 베간다는 서울에서 제 애비처럼 몹쓸 년들 만나 허리 부러진 거 아닌가 싶어 할미만신 데려다가 우리 대주 보살피사 하느라고 없는 뒤주 퍼내고 했지."

아버지가 서울 색시 때문에 허리 다친 일이 있어서 걸핏하면 서울 계집애들 잘못 만나면 허리 부러지는 거라고 엄포를 놓곤 했었다.

"내 속으로 난 자식이라서가 아니라 저눔은 속 한번 안 썩였지. 다른 집 자식들 쌈질하고 쌀 퍼내고 지랄발광할 때도 저눔은 에미 불쌍타고 물 길어오고 걸레질하던 애였지. 다른 집 자식 열이면 뭐혀? 우리 아들 하나가 그런 자식들 열 배는 나은걸. 동네서 자자했어. 효자 났다구. 지금까지 속 한번 썩은 적이 없으니까. 내 속으로 난 자식 자랑하는 거 아니라지만…… 사실이 그러니까 그런 거지. 이날 이때껏 에미 거역하는 걸 봤나, 남의 새끼들처럼 계집애 끼고 풍증 든 사람처럼 덜덜거리고 다니길 했나. 재가 여태 계집애 하나 없어. 즈이 애비 같으면 난창이 나도 백 번은 더 났겠지만, 우리 가문이 즈이 애비네 하군 상대도 안 되지. 그러게 핏줄은 못 속인다잖아. 외가쪽 피를 받아서 재가 저렇게 얌전하지."

어머니는 아침 일찍부터 은주 누나에게 거짓말을 늘어놓고 있었다. 천하에 나처럼 속 썩인 자식을 두고 동네에서 효자 났다고 소문났다니. 그리고 아무리 어머니지만 쌈질하는 것 한 번 본 적이 없다는 건 전혀 납득하기 어려운 부분이었다.

싸움질이라면 머리가 터지게 했었잖는가. 그것도 어머니의 극성스런 독려를 받으려 닥치는 대로 동네 꼬마들을 휘어잡지 않았는가. 가출한 횟수를 어머니는 단 한 번도 잊어본 적이 없었다. 내겐 걸핏하면 가출한 횟수를 가지고 나무라곤 했었다.

그런 어머니가 지금 은주 누나에게 썩 세련된 거짓말을 하고 있었다. 은주 누나는 어머니 말에 맞장구를 치고 있었다. 속이 빤히 보이는 짓들이었다.

"같이 있어봐서 저도 알아요. 요새 학생 같질 않아요. 늦게 들어오는 경우는 한 번도 못 봤어요. 들어오면 제 방에 틀어박혀서 그저 공부예요. 몸 상할까 봐 제발 쉬었다 하래도 고생하시는 어머니를 위해 꼭 성공해야 된다며 밤새기 일쑤라니까요. 정말 효자지요. 저런 애가 성공하지 않고 누가 하겠어요. 재네 학교 교수님이 찾아와서 훌륭한 아드님 두신 어머니가 어떤 분인지 큰절을 하고 싶대잖아요."

"그럴 거란 걸 나두 알고말고. 재가 어떤 앤데. 재 가질 때 용꿈을 꿨는데, 우리 뒤뜰에 있는 큰 대추나무 가지에다 여의주를 물어다놓고 갔잖아. 시어머니가 어찌나 극성스럽던지 꿈에서마저 그걸 가져가려고 해서 내가 악착같이 물고 늘어져서 뺏었다니까 그래."

어머니의 말은 언제 끝날지 모르게 계속 되었다. 나는 얼굴이 간지러워서 더 들을 수가 없었다. 그래서 은주 누나에게 슬쩍 다혜 얘기를 꺼내라는 눈치를 보냈다.

"아주머니 이젠 총찬이도 장가갈 나이가 됐잖아요."

"옛날 같으면 호패 찰 나이지. 보내야지. 난 며느리 시집살이 시키지 않을 거니까. 시어머니한테 지긋지긋하게 시집살이를 해서 며느리 얻으면 절대 안 시킨다고 결심했지."

"그래서 제가 중신을 설까 하구요."

"아이구 고맙기도 해라. 이렇게 얌전한 색시가 한다면야 백 번이라도 믿지. 그게 누군데."

"총찬네 집안이 어떤데 함부로 하겠어요."

"그럼 그래야지. 말이야 바른 말이지, 재네 집안도 우리만은 못해도 보통 집안은 아니라구."

어머니는 대번에 열을 받았다.

"참한 색시감이 있어요. 집안도 좋고요, 인물도 괜찮은 데다 교육자 집안이라서 교육 잘 받은 규수지요. 간호대학을 나와서 어머님 모시기도 편할 것 같고, 그래서 총찬이한테 한번 보자니까 머리를 살래살래 흔들어요. 어머니가 승낙하지 않으면 싫다는 거예요. 요즘도 저런 남자애가 있나 싶대요."

"어려서부터 그렇게 착했다니까."

"그래서 아예 어머님 올라오신 김에 만나자고 했어요. 졸업식장으로 오라고 했으니까 이따 보시죠."

"잘됐네, 잘됐어."

은주 누나는 내게 윙크를 했다. 나는 웃기만 했다.

"저눔이 장가 보낸다니까 좋기는 좋은 모양이네."

나는 부끄러운 척했다. 어머니를 편하게 해주고 싶었다.

하느님. 우리 어머니를 용서하세요. 공갈치는 거 아니라구요. 자식을 너무 사랑하다 보면 과거지사를 잊어버리는 수도 종종 있는 거예요.

어머니 눈엔 자식 하나 있는 거 착해 보이기도 할 거구요.

오늘 일어나는 사태는 전적으로 내 잘못입니다. 그러나 고생한 우리 어머니를 편하고 행복하게 해드리기 위해서 만든 거니까 이해하셔야 합니다.

학교 앞에서 녀석들을 만났다. 준비가 잘되었는지 싱글거리고 있었다.

"준비 완료다. 총감독 말대로 움직이기만 하면 돼. 주임교수더러 느이 어머니한테 큰절 한 번 해달랬지. 네가 시키더냐길래 그렇다고 했더니 식식거리더라. 그 영감, 제자 잘 둬서 잔디밭에서 큰절 한 번 하게 생겼다."

"이름 부를 때 무조건 일어설 테니까 그때를 놓치지 말고 사진 박아대라. 우리 어머니한테 저게 나라는 걸 분명히 밝히고."

"상장하고 상패, 트로피는 끝나고 주래? 눈치챘다간 신문 가십란에 네 이름이 대문짝만하게 날지 몰라."

"좌우간 총감독 지시대로만 움직여라. 은주 누나하고 사인이 안 맞았다간 난리 치른다."

"준비 완료다. 걱정 마라. 너 같은 효자 열 명만 생겼다간 이놈의 학교 졸업식이 난장판이 되겠다."

"오늘만 봐주라."

"끝나면 한잔 빽적지근하게 사는 거나 잊지 마라."

오늘, 나는 터무니없이 총장상을 받게 돼 있었다. 정식으로 대학교측에서 받는 것이야 꿈을 꾸어본 적도 없었다. 내가 내 돈 들여서 상장과 상패 그리고 권투선수들이 받는 것 같은 트로피를 받기로 결정이 나 있었다.

이 엄청난 작전을 위해 동원된 사람은 무려 백삼십 명이 넘었다. 나는 마이크로 버스 한 대와 꽃다발 열 개와 어머니 드릴 한복감 따위를 마련하느라고 김갑산 영감이 준 돈에서 상당한 액수를 차용하고 있었다.

총장상 한 개를 받으며 훌륭한 자식을 키워줬다고 해서 부모님께 드리는 금반지 닷 돈짜리까지 있었다.

졸업식이 시작되었다.

은주 누나와 내 친구 녀석들은 어머니를 되도록 뒤켠으로 모시고 갔다. 내 작전을 성공시키려면 되도록 어머니가 멀리 앉아 있어야만 했다.

상 받는 시간이 되었다. 연단 위에서 제일 먼저 총장상 받는 사람의 명단이 발표되었다.

나는 무조건 벌떡 일어났다.

애들이 키득거리며 웃었다. 나는 그 순간에 염치라는 걸 생각하게 되었다. 염치가 밥 먹여주나. 속으로 염치없는 짓을 하느니 이렇게 내놓고 염치없는 게 나쁠 것도 없다.

곁눈질로 어머니를 쳐다보았다. 친구 녀석들이 망원경을 어머니에게 대주고 있었다. 일은 순조롭게 진행되는 것 같았다.

대표자 한 녀석이 상을 받으러 연단으로 나갔고 총장은 상장을 들고 서 있었다. 옆에서 상장 내용을 읽어주는 사람은 느리터분하게 상장을 읽어 내려갔다. 퍽 지리한 시간이었다.

"어, 장총찬도 총장상 받네."

한 녀석이 야유가 섞인 말을 했다.

"임마, 받을 만하니까 받는 거야."

내가 능청을 떨었다.

대표가 상장을 받고 내려왔다. 나는 자리에 앉았다. 친구 녀석들이 각본대로 설명을 하고 있을 게 빤했다.

사각모와 가운을 입은 채 어머니가 앉아 있는 곳으로 갔다. 어머니는 울고 있었다.

상장을 꼭 껴안은 어머니는 내 등짝을 때리며 소리 내어 울었다.

"총찬이 아부지요, 이거 보셨소? 내가 장하게도 키웠지유…… 장하게도 키웠지유."

상패와 상장을 안고 트로피를 앞에 세워놓고 우리는 기념촬영을 했다. 동원된 사진기만도 열 대가 넘었다. 어머니와 나는 번갈아가며 상패와 트로피를 안고 사진을 찍었다. 어떤 때는 은주 누나가 들러리를 섰고, 어떤 때는 떼거리로 사진을 찍기도 했다.

"저쪽 잔디밭으로 가요."

우리 일행은 잔디밭 쪽으로 자리를 옮겼다. 다른 사람들은 열 개가 넘는 꽃다발과 대형 트로피를 앞세우고 걷는 우리들을 이상한 눈으로 쳐다보고 있었다.

그러나 알 만한 사람들은 내 장난기라는 걸 대번에 알 수가 있었다. 한복을 입고 팔자걸음으로 걷고 있는 어머니 모습은 마치 여장부 같았다. 어머니의 목엔 꽃다발이 너무 많이 걸려 있어서 앞을 잘 못 볼 정도였다.

그런 모습을 친구 녀석들은 계속 찍어대고 있었다.

잔디밭엔 주임교수와 다혜가 서성거리고 있었다.

"제 어머님이십니다."

내가 이렇게 말하고 한쪽 눈을 찡긋거렸다.

주임교수 얼굴이 굳어 있었다. 그 크로마뇽인처럼 생긴 모습 때문인지 어머니가 먼저 절을 할 것 같았다.

주임교수가 어머니에게 큰절을 했다. 어머니가 맞절을 하며 어쩔 줄을 몰라 했다.

"이런 훌륭한 아드님을 두셔서 얼마나 기쁘십니까."

"고맙습니다. 고맙습니다. 그저 고맙습니다. 고맙구말구요."

어머니는 좀 주책스러울 만큼 허리를 숙인 채 울었다. 다혜가 한복 치마를 여미고 큰절을 했다. 어머니가 정색을 하고 앉아서 다혜의 모습을 뚫어지게 쳐다보았다.

"말 많이 들었네. 이렇게 참하게 생긴 샥시였구먼."

어머니는 주임교수와 인사하는 것도 건성으로 한 채 다혜만을 쏘아보고 있었다. 다혜가 눈길을 어디로 둘 줄을 몰라 당황스런 표정을 짓고 있었다. 내가 눈짓으로 어머니를 노려보라고 시켰다.

"우리 아들 맘에 들우?"

어머니의 짓궂은 시험이었다. 다혜가 다소곳하게 앉아서 고개를 끄덕였다.

"어머니, 오늘처럼 기쁜 날 여기만 있을 수 없잖아요. 어디 가서 점심식사두 하셔야 하고."

어머니는 마지못한 듯 일어섰다. 우리 일행은 교문 밖까지 어머니를 에워싼 채 행진하듯 당당하게 나갔다.

"어머니, 이건 어머니 드리라고 총장님이 주신 거예요."

닷 돈짜리 반지와 한복감을 내밀었다. 어머니는 내 가슴에 기댄 채 엉엉 소리 내어 울었다.

마이크로 버스에 올라탄 우리 일행은 예약해 둔 집으로 달려갔다.

음식점에서도 어머니의 관심사는 다혜, 아니면 우는 것뿐이었다. 은주 누나가 눈치 있게 어머니를 모시고 있었다. 어머니는 눈물이 너무 흔했다. 울지 않아도 될 일을 우는 것으로 전부 해결하려고 들었다.

아마 어머니는 울기 위해서 상경했는지도 모른다. 한이 많은 여자는 언제든 울기 좋은 계기만 되면 아낌없이, 그동안 아껴 두었던 눈물샘이 마를 때까지 울고 싶은 것인지 모른다.

"난 이제 죽어도 원이 없다. 정말 이제 죽어도 좋다."

어머니의 넋두리는 끝날 것 같지 않았다. 장난기로 시작한 이번 일을 지켜본 친구 녀석들도 숙연해지기 시작했다.

음식점에서 나오자 마이크로 버스는 마치 카 퍼레이드를 벌이기 위해 마련한 꽃차 같았다. 버스 앞면에는 졸업 축하 현수

막이 걸려 있었고 좌우에는 꽃다발이 이어져 있었다.

우리는 번화가로만 카퍼레이드를 벌이며 한 시간이 넘게 돌아다녔다. 어머니는 시종 울거나 웃는 얼굴로 행복에 겨운 표정이었다.

어머니를 은주 누나 집에 내려드린 뒤에 우리는 밖으로 나왔다. 다른 녀석들은 눈치 빠르게 다혜만 남겨놓고 도망가버렸다.

"무슨 졸업식이 그래? 사상 유래 없이 많은 축하객이 몰렸던 졸업식 같았어."

다혜 말은 사실이었다. 백삼십 명이나 동원했던 결혼식이라도 그렇게 푸짐하지는 않았을 것 같았다. 어머니를 기쁘게 해드릴 기회란 이때뿐이라고 생각했기 때문에 무모한 짓을 벌인 것이다. 그리고 또 하나는 다혜를 그 와중에서 점수를 줄 수 있게 만들었다.

"하여튼 희대의 장난 구경 한번 잘했어. 앞으로 큰사람 되는 걸 의심하지 않아도 되겠더구만."

다혜도 그런 대단한 동원력을 처음 대하는 것 같았다. 동원한 사람만 백삼십 명이었지 그 와중에 끼어든 사람까지 합하면 족히 이백 명은 넘은 것 같았다. 그 이백 명이 학교 안, 그 정신없이 시끌시끌한 길을 휘저으며 다녔으니 사람들이 이상한 눈으로 쳐다볼 수밖에 없었다.

더구나 한복 입은 늙은 여자를 앞세우고, 그 가슴에 얼토당토 않게 180센티미터나 되는 권투선수들도 그런 걸 받으면 양

손으로 들 수밖에 없는 무게의 대형 트로피를 안고 걷게 했으니 사람들 눈이 커질 수밖에 없었을 것이다.

선물도 꽤 많이 들어왔다. 그냥 오기가 쑥스러웠던 모양이었다. 나는 그것을 모두 어머니께 드렸다. 어머니는 복에 겨운 모습으로 어쩔 줄 몰라서 울기만 했다.

"넌 선물 안 주니?"

"줬잖아."

"적어도 너한테만은 가장 큰 선물을 받고 싶었어."

"구체적으로 말씀하시지그래. 얼버무리지 말고."

"바로…… 널 몽땅 갖는 거."

철썩!

다혜는 내 따귀를 때렸다. 물론 힘껏 때린 건 아니었다. 그것은 오랜만에 보는 귀여운 투정이었다.

"사실 난 널 오늘 꼭 갖게 될 거라고 생각했어."

"천연색 꿈 꾸고 있네."

"사랑하면 뭐든 아낌없이 주는 거 아니냐? 그렇게 독하게 나올 건 없잖아."

"첫날밤 아니면 봐주는 거 없을걸."

"되게 빼시네. 뭐 대단한 거라고."

"잔말 말고 가봐. 어머니 모시고 나가야 되잖아."

"같이 갈래?"

"난 무서워서 못 가겠어."

"그럼 역에 나갔다가 다시 만나자."

"밤에 만나는 거 사절하겠어. 난 늑대하고 같이 다닐 배짱까진 없으니까."

다혜는 한복자락을 날리며 잔걸음으로 걸어갔다. 그렇게 뒷모습이 아름다울 수가 없었다. 그녀를 훔치고 싶었다. 내 아랫도리가 이상스럽게 용솟음치는 걸 느꼈다.

갑자기 장가가고 싶은 생각이 들었다.

어머니는 한시도 입을 가만두지 않았다. 은주 누나와 나는 어머니의 그 기쁨을 오래 지속시켜 주기 위해 연신 말대꾸를 해야만 했다.

"나, 이제 죽어도 원이 없다."

어머니는 또 울기 시작했다. 내 콧날이 시큰해졌다.

"땅속에다 길 내갔고 기차 댕기면 위험하지 않냐?"

어머니는 길바닥마다 파헤치고 있는 것이 지하철 공사 때문에 그렇다는 걸 알고 이렇게 말했다.

"괜찮아요. 어머니."

자식 걱정 때문에 하는 말이라는 걸 알기 때문에 이렇게 대답했다.

"무너지면 그 안에 있는 사람 다 죽는 거 아녀."

"누가 무너지게 만드나요?"

"못 믿는 겨. 믿을 게 따로 있지. 아예 그런 거 탈 생각 말고 다리 아프더라도 걸어 댕겨라. 널 어떻게 키운 자식인데."

"그럴게요."

나는 편하게 대답했다. 말대꾸를 잘못하게 되면 구차한 변명거리밖에 안 되었다. 어머니 말이 전혀 거짓말은 아닐 거라는 생각도 문득 들었다.

다른 나라 지하철은 지하 200미터까지 파 들어간다고 했다. 그런데 서울 거리의 지하철 깊이는 너무나 속이 빤히 보이는 깊이였다. 지하철에서 화장실이 급했던 사람들은 기억도 끔찍하겠지만, 지하철 속에 화장실이 없으니 한심한 노릇이 아닐 수 없었다.

그래 놓고 더러 실례를 하는 사람이 생기면 질서니 비신사니 해가며 공박할 것이다. 천하 없는 신사고 요조숙녀라도 급하면 어쩌란 말인가? 공중도덕도 지키게 해놓고 지켜주기를 바라는 게 상식일 것 같았다. 지하철 설계한 사람들은 오줌 똥 안 싸며 사는 사람들인지도 모르겠다. 겁나게 훌륭한 사람들인 모양이었다.

원래 성인군자와 위인과 유명한 사람들은 오줌 똥 안 싸고 살았다는 걸 우리는 알고 있다. 위인전이나 자서전 어느 구석에도 그런 얘기는 한마디도 없는 법이었다.

하긴 지하철뿐이 아니었다. 애써 도로 확장하고 아스팔트 깔아놓은 뒤에 며칠 안 가서 다시 파헤치고는 무슨 선을 묻는다, 무슨 관을 묻는다고 난도질을 해놓는 판에 지하철 속에 화장실 안 만드는 것쯤이야 그네들 상식이겠지. 그게 국민들 세금을 악착같이 받아서 돈 장난질이나 하라고 그 자리에 앉혀준 건 아닐 텐데……. 저러다가 지하철을 증설할 때 어쩌려고 그러는지 알다가도 모르겠다. 네가 와서 한번 지하철 공사해봐라. 누가 나한테 이렇게 큰소리치면 당장 뛰어가서 화장실부터 근사하게 지어놓고 시작하겠다.

그래서 아랫도리 붙잡고 인상 쓰는 사람들한테 이 담에 한 표 부탁해서 진짜로 그 자리 버티고 앉아볼 생각이다. 지하철에다가 오줌 똥 싸는 사람은 판사 앞에 가서도 할 말이 많은 것이다.

비닐봉지 들고 다니며 볼썽사납게 해결할 순 없잖소? 이 대갈통 나쁜 친구들아.

하긴 지하철 만든 사람들이야 지하철을 타고 다닐 필요가 없는 사람들이겠지.

우리 늙은 어머니 말씀 좀 잊지 말아주쇼. 우리가 낸 세금을 좀 짭짤하게 써주쇼. 허리 휘도록 벌어서 잘 먹고 잘 살자고 낸 거요. 돈 쓸데 없어서 낸 거 아니란 말요.

"창문에 구멍 꼭 내고 자거라."

어머니가 이렇게 당부했다. 연탄 때는 집인 줄 아는 모양이었다.

"기름보일러라 그런 걱정 않으셔도 돼요."

"그거 잘 터진다드라."

“그 근처에도 안 갈게요.”

“공부 너무 하지 말거라. 눈 나빠져서 안경 쓰고 다니면 위험한 겨.”

“알았어요.”

“나 앉아서 구만리 보는 거 너도 알 겨. 취직해서 돈 번다고 샥시 치마꼬리 잡고 앉아서 퍼질러댔다간 이 에미 칵 죽고 만다. 너 하나 믿고 이 모진 목숨 못 끊고 이날 이때껏 살아온 겨, 알지?”

“그럼요.”

“저눔 대답 시원찮은 거 보니까 그 샥시하고 벌써 눈 붙은 거 아녀?”

다혜를 두고 하는 말이었다. 눈치는 있어서 다혜 얘기를 미루고 있는 것 같았다. 기차가 떠날 시간이 아직도 한 시간 가량이나 남아 있어서 내가 겪는 고통이 더 커가고 있었다. 어머니한테 붙들리기만 하면 듣는 잔소리였다. 좀 싱둥싱둥 들었다간 느이 에미가 어떻고, 느이 핏줄이 어떻고, 젊어서 느이 집으로 시집이라고 와가지고 이날 이때껏 호강을 한번 해봤냐, 입성(옷)을 제대로 해 입었냐, 건건이(반찬)를 제대로 해서 밥을 먹었냐며 넋두리를 늘어놓게 마련이었다.

“아까 그 색시 어떠셨어요? 참하고 이쁘죠? 요새 그만한 색시 없어요. 순종 잘하게 생겼죠?”

은주 누나가 본격적으로 내 편을 들기 시작했다.

"이쁘기는 하더만. 만신이 그러는데 동갑내기는 사내를 아삭아삭 파먹는 거라누만."

둘러붙일 만한 걸 찾는 모양이었다.

"그게 무슨 상관예요, 어머니. 요즘은 그런 거 안 따져요."

은주 누나가 치고 들어갔다.

"역성들 게 따로 있는 겨."

매서운 한마디였다.

"재 하나 믿고 사는데…… 동갑내기 들어앉혀서 사내를 아삭아삭 파먹으면 청승과부 며느리 끼고 살란 말여?"

어머니는 논리적이었다. 어머니 위주의 타당성이었지만 거역할 수 없게 단호했다.

"어머니, 그런 거 요즘은 안 따져요. 사람만 괜찮다면 한번 더 생각해 봐요."

내가 은근하게 거들고 나섰다.

"샥시는 그만하면 참해 뵈더라. 그런데 너무 말랐어. 내가 어디 아프냐고 물었더니 아픈 데는 없대지?"

은주 누나에게 확인하듯 물었다.

"네."

마지못한 듯 은주 누나가 대답했다.

"엉덩짝이 작으면 새끼 못 나. 삼신할미가 들어앉을 자리도 없게 용하게 생겼더만. 그저 우리 집 며느리는 복스럽고 부모 섬길 줄 알고 튼실해야 돼. 재 하나뿐인걸. 내 자식이 둘만 돼도 날창날창한 며느리 얻지. 돼지도 미자바리 생긴 거 보구 산다구, 며느린 그저 뚱하고 말 없는 샥시라야지, 그렇게 곱살스럽게 이쁘면 집안에 귀신 씌우는 거랴."

마치 남의 말 하듯 했다.

"어머니, 그래서 싫으시다 이 말씀예요. 자식 하나 있는 거 장가는 안 보내실 거예요?"

"왜 안 보내? 누가 안 보낸대? 이 에미가 더 급해 이눔아."

"그럼 그 색시 그대로 정하고 내려가요."

"내 눈에 흙이 들어가면 니눔 맘대로 해라."

잘라 말하고 오렌지 주스를 훌쩍훌쩍 마셨다. 저러다 통곡이라도 할지 모른다는 생각이 들었다.

"색시가 이뻐야 어머니 손자들도 이쁘잖아요?"

내가 장난삼아 말을 던졌다.

"내 새끼면 다 이쁜 겨, 이눔아."

"그게 아니고 본바탕 말하는 거예요."

"이쁜 년 끝 좋은 거 봤냐? 넌 신문도 테레비도 안 보냐? 이쁜 년들 테레비에 나와서 만날 허구한 날 울기만 하는 것도 못 봤냐?"

"그건 연속극이잖아요."

"신문두 마찬가지여 이눔아."

이눔이란 욕을 자꾸 하는 것이 아까까지의 그 좋은 기분이 아닌 것 같았다. 어머니는 기분이 좀 상하면 그 욕을 입에 매달고 있었다.

"이쁜 년들 껌뻑하면 나 죽었네 하고 신문 나더라. 느이 누나 봐라. 저렇게 수더분하게 생겼으니까 잘 사는 겨, 이눔아."

은주 누나가 멋쩍게 웃었다. 은주 누나를 못생겼다고 간접적으로 표현하는 어머니의 용기는 도대체 어디서 생기는 것인지 모르겠다.

"이눔아, 그런 여수(여우) 같은 지지배들 똥구녁도 별수 없는 겨. 징상하게 홀라당 벗구 서 있는 년들 사진 봐라. 활동사진 봐두 그렇구. 느이 애비 꼴 보구두 그래? 반반한 년을 쫓아다니다간 피 토하고 인내장(저승)에 콩 팔러(죽음) 가는 겨. 애비는 닮지 마야지 이눔아."

은주 누나가 그만두라고 내게 눈을 찡긋거렸다. 나는 잠자코 있었다. 어머니가 쉽사리 양보할 사람은 아니었다.

어머니 표현이 틀린 건 아니었다. 텔레비전의 연속극 속에는 정말 어머니 표현대로 이쁜 년들만 울게 만들어져 있었다.

개성 있는 연기자보다는 얼굴 잘생긴 연기자만 대접받는 풍토가 어머니 입으로 반증이 되는 것이었다. 텔레비전 연속극의 한계는 빤히 드러난 셈이었다. 개성 있는 연기자가 늘어나지 않는 한 연속극은 몇십 년이 가도 그 모양 그 꼴일 게 빤했다.

하긴 신문도 이쁜 여자나 부잣집 여자들이 죽으면 철 만난 고기 장수처럼 떠벌리지만 보잘것없는 여자가 죽으면 그렁저렁 지나가고 마는 것 같았다.

"이눔아. 눈 딱 감고 에미가 시키는 대로만 하고 있어. 방죽골 이장 딸내미를 한번 보자고 했으니까 허튼수작하지 말고 움쩍도 말아. 에미가 어련히 알아서 고를까."

큰일은 났다 싶었다. 어머니가 저렇게 구체적인 사례를 들고 나오면 이미 사건이 생긴 거나 다름이 없는 일이었다.

"어머니."

내 말에 어머니는 눈을 감았다. 눈물이 쭈르르 흘렀다. 눈물 쏟아내는 데엔 당할 사람이 없을 것이다. 은주 누나가 내 팔뚝을 꼬집었다. 아무 말도 하지 말라는 시늉을 했다.

"나 죽는 꼴 볼 텨?"

그 한마디가 약이었다. 그 말에 당할 재간이 없었다. 언제나 그랬다. 어머니의 마지막 무기는 언제나 폭폭한 울음과 나 죽는 꼴 볼 텨였다. 어머니의 눈물과 엄포에 단련이 될 만큼 된 나였지만 언제고 내 여린 가슴을 통렬하게 때리곤 했다. 거역하기 힘든 어머니의 무기였다.

"취직이나 하고 차차 생각해 보죠."

나는 이렇게 타협안을 제시했다.

"나는 이눔아, 평생 소원이 손자 업고 마실 다니는 거였어, 이눔아."

어머니는 눈물이 괸 눈으로 코를 훌쩍이며 일어났다. 보따리를 옆에 끼고 은주 누나의 손을 꼭 쥐었다.

"저 어린 걸 맡겨놓고 내 그냥 가네. 어렵더라도 저눔 잘 좀 보살펴줘야 돼. 내, 저눔 하나 믿고 사니까."

"알아요 어머니. 제가 알아서 잘하니까 걱정 마세요. 착하니까 신경 쓸 게 하나도 없어요."

"그래두 저눔이 빽하면 버선발로 뛰어가도, 즈이 애빌 닮아서 그런지 애간장 다 녹는 거 모르고 도망가는 때가 있었지. 핏줄이 야속할 때도 있었지만, 저눔 끝 보려고 내 못 죽고 산다우."

"걱정 마세요. 제가 잘 데리고 있을게요."

은주 누나가 어머니 팔을 잡고 앞서 걸었다. 마치 모녀 같았다.

"우리 딸 하세."

어머니가 감격스러운 목소리로 말했다.

"네, 저도 외로워서 어머니처럼 모시려고 그랬어요."

"저눔을 친동생처럼 살펴줘. 나 정말 저눔 없으면 안 살았어."

"알아요 어머니."

"저눔 바람 들거든 벽장부터 조심해. 금붙이 같은 건 깊게 숨겨두고. 성한 게 없어. 벽장 다 뜯어내고 장롱 죄 뒤져서 즈이 핏줄 아니랄까 봐서 냅다 튀면, 그러고 나면 허탕이니까. 말릴 장사 없어."

아까까지만 해도 나처럼 착한 아들이 없다고 거짓말을 늘어놓던 어머니였다. 다혜 문제가 나온 뒤부터는 속이 상했는지 내 흠을 하나씩 뜯어내고 있었다. 내가 가출할 때마다 금붙이나 벽장 속의 돈을 챙겨가지고 나갔기 때문에 은주 누나에게 미리 내 못된 성깔을 알려주려는 것 같았다.

사실은 나를 보호하기 위해서 은주 누나를 딸 삼자고 제안한 것이고, 벽장 조심하라는 것도 은주 누나의 재산 피해보다는 내가 도망가서 옛날처럼 싸움질이나 하고 사고나 저지르는 걸 미연에 방지하자는 속셈이었다.

기차가 소리를 숨 가쁘게 내질렀다. 벨이 울리고 기차는 한 발짝씩 걸어 나갔다. 어머니는 차창에 기대어 울고 있었다. 달싹거리는 입술 모양으로 보아, 난 앉아서 구만리 본다, 여수 같은 지지배 조심혀라, 은주 누나 말 잘 듣고 편지 자주하는 거 잊지 마라, 방죽골 이장 딸내미가 토실토실하니 부잣집 맏며느릿감이라고 하는 것 같았다.

기차가 멀어졌다. 어머니 모습은 보이지 않았다. 은주 누나와 나는 돌아서서 걸었다.

은주 누나의 눈시울이 붉어져 있었다.

"넌 행복한 녀석야."

"당해봐서 알잖아. 보통 지겨운 게 아냐."

"나도 저런 어머니가 계셨으면 한이 없겠다."

"그렇게 되면 죽어도 원이 없겠어?"

내가 어머니 흉내를 내자 은주 누나는 피식 웃었다. 부모 사랑을 제대로 받지 못하고 큰 누나의 가슴속에 우리 어머니의 극성스러운 사랑이 짜릿하게 남아 있는 모양이었다.

"누나, 나 요즘 바람 들었어. 장롱하고 벽장 조심해야 될 거야."

"그나저나 다혜 일이 걱정이다."

"장가는 내가 가는 거지, 우리 어머니가 가는 게 아냐. 걱정할 거 없어. 강제로야 못 보낼 테니까."

"어머니 하는 걸로 봐선 쉽지 않겠다."

"다 양보하더라도 그것만은 양보할 수 없잖아. 정 안 되면 어머니가 데리고 사는 며느리 하나, 내가 데리고 사는 마누라 하나씩 따로따로 얻는 수밖에 없지."

"얘가, 태평도 하겠다."

"자꾸 생각해 봐야 골 때린다니까. 잊어버려. 더 생각해 봤자 우리 어머니 일은 언제나 묘책이 없으니까."

"다혜한테 뭐라고 하니?"

나는 그런 은주 누나의 허리를 끼고 걸었다. 은주 누나가 내 팔짱을 끼며 수줍게 웃었다.

"내가 어려서 얘기했듯이 평생 이렇게 누나 옆에서 살까?"

"논다."

"노는 게 아니고 우리 어머니가 너무 저러니까 정 떨어져서 아예 내 한평생 총각으로 여생을 마칠까 해서 하는 소리야."

"다혜한테 내가 얘기 다 해줄게."

"괜히 왜 이래? 걔 심장 긁지 마. 그러지 않아도 내 심장 박박 긁는 앤데."

"그럼 뭐라고 하래?"

"어머니가 반승낙했다고 해줘."

"다혜가 눈치 빠른 애다."

"별수 없잖아."

우리는 플랫폼을 빠져나왔다. 옛날 같으면 담치기를 해서 입장료 같은 건 사지 않고 들랑거렸을 일이었다. 그러고 보니 나도 엄청나게 얌전해진 편이었다.

언젠가 경복궁엘 간 적이 있었다. 다들 표를 사가지고 들어가는데 나는 표를 사고 싶지 않았다.

그래서 그냥 쑥 들어섰다.

"여봐, 표 내야지."

문을 지키는 아저씨가 나를 불렀다. 나는 못 들은 척하고 그냥 걸었다.

"여봐, 표 내야지."

나는 뒤를 돌아다보고 거칠고 의젓하게 그리고 인상을 험하게 지어 보이며 말했다.

"나 장총찬요."

표 받는 아저씨가 의아한 듯이 나를 쳐다봤다.

"나 장총찬이란 말요, 몰라요? 이 양반이 취했나. 똑똑히 서계슈."

목청껏 소리를 질렀다. 그리고 뒤도 안 돌아다보고 걸어 들어갔다. 그 아저씨가 머리를 두어 번 흔들고는 자꾸 내 뒤통수를 쳐다보았다.

또 한때는 시청 앞 분수대에다 오줌을 갈기고는 쫓아오는 교통순경과 골목길에서 뜀박질 시합하는 걸 취미로 삼은 적도 있었다.

이젠 그런 치기가 사라져버렸다. 나도 별수 없이 보통 시민이 되어가거나 길들여져 가고 있는지 모르겠다.

"누나 먼저 가. 난 오늘 밤에 집에 못 들어갈지도 몰라."

"네가 유괴범을 어떻게 잡는다고 그러니? 경찰도 못 잡는걸."

"하느님이 내 뒤를 봐주잖아."

"얼씨구. 그래서 오늘 졸업식에서 그 난리를 치렀니? 부끄러워서 혼났다. 세상에 그런 엉터리 졸업식이 어디 있니? 보통 뻔뻔한 게 아니더라."

"나도 우리 어머니 없으면 더는 못 사는 놈이거든."

은주 누나가 깔깔거리며 웃었다.

택시를 타고 달렸다. 어젯밤부터 오늘 저녁까지 어떻게 일이 추진되고 있는지 궁금했다. 은숙이가 잘 알아서 처리는 했겠지만 뒷일이 궁금했다. 서 여사와 만나기로 한 시간도 거의 다 돼가고 있었다.

은숙이는 자리에 없었다. 엊저녁부터 전화만 걸려왔지 사무실에 들르지는 않았다고 했다.

메모판을 훑어보았다. 상당한 진전이 엿보이는 메모들이었다. 김 여사 주변의 인물들을 거의 동시에 추적하고 있는 것 같았다. 나는 대충 정리해 놓고 H호텔로 달려갔다.

서 여사가 어떤 표정으로 기다릴까?

유괴사건

넓은 커피숍을 훑어보았다. 그만한 또래의 여자들이 많아서 엊그제 본 서 여사가 누구인지 분간할 것 같지 않았다.

도대체 이런 시간에 부인들이 호텔 커피숍에 앉아 조잘거리는 이유를 모를 것 같았다. 남편이 퇴근할 무렵인데도 마냥 앉아 있는 것 같았다. 특별한 볼일이 있는 부인들도 물론 있겠지만 그렇지 않은 여자들이 많아 보였다.

그렇게 생각하는 내가 음흉한 것일까? 그 많은 부인들이 과부는 아닐 것이다. 차림새나 치장으로 보아 틀림없이 여유 있는 집 여자들이었다.

호텔 커피 한 잔이면 쌀 한 되가 분명히 넘는 액수였다. 백 원어치 콩나물 사며 승강이 하는 부인네들은 엉덩이가 뜨끈거려서 앉아 있기조차 곤란한 자리였다. 나는 할 수 없이 종업원에게 부탁해서 작은 칠판에 서 여사라고 쓴 뒤에 작은 종을 치며 돌게 했다.

한쪽 구석자리에서 손을 드는 여자가 있었다. 곱게 차려입은 여자였다. 엊그제 춤추며 고수머리와 추태를 부리던 여자가 아니라, 정숙한 주부였다. 여자는 이렇게 여러 개의 얼굴을 갖는 것인지 모르겠다.

"이거 돌려 드립니다."

나는 서 여사 무릎 위에 포장지로 싼 서 여사의 속옷을 내밀었다. 서 여사는 표정이 굳어졌다.

"이게 뭐죠?"

"엊그제 저한테 맡기고 도망가셨잖아요."

"예?"

"그 얘긴 되돌려주는 걸로 끝났습니다. 다른 얘기가 진짜죠."

"좋아요. 뭘 원하죠?"

서 여사는 다가앉으며 작은 소리로 물었다. 그녀의 표정은 엄숙했다.

"여기서 해도 됩니까?"

"올라가요."

그녀는 일어섰다. 예쁘게 걸어가서 계산을 하고 엘리베이터를 탔다. 나는 그녀의 아름다운 곡선을 감상하며 따라갔다. 엘

리베이터가 십삼 층에 섰다. 그녀가 또박거리며 걸어가 문을 열었다. 나는 그녀의 주도면밀한 계획에 혀를 찼다.

"내가 이런 방으로 가자고 할 걸 미리 알았나요?"

나는 궁금해서 물었다.

"단도직입적으로 말해요. 사내답게 말예요. 원하는 게 있으면 깨끗하게 말해요. 난 어차피 죽기 아니면 살기로 나온 여자니까요."

꽤 세게 나왔다. 웬만한 공갈배쯤은 기가 죽을지도 모르는 배짱이었다.

"그럼 옷을 벗으시겠어요?"

"그게 전부예요?"

"벗어보시면 알지 않겠습니까."

그녀는 나를 노려보더니 돌아서서 옷을 벗었다. 부잣집 여자들은 겨울에도 옷을 껴입거나 두껍게 입지 않는 법이었다. 겉옷을 한 꺼풀 벗으니까 바로 슈미즈 바람이었다. 나이 사십 가까운 여자치곤 너무나 빼어난 곡선미를 유지하고 있었다.

"그만, 돌아서요."

여자는 돌아섰다. 나는 천천히 걸어가서 그녀의 따귀를 올려붙였다. 서 여사는 침대 위로 발랑 자빠졌다.

"똑똑히 들어요. 난 그런 사내들과 질적으로 틀려요. 지금부터 묻는 말에 단 한마디라도 거짓말을 하면 당신은 끝장이 날 거요. 난 두 번은 묻는 성미가 아닙니다. 살고 싶고 소문이 두려우면 바로 대답해요. 긴 설명 않겠습니다. 나는 급한 놈이오."

여자를 해치우고 나서도 얼마든지 따질 수 있었다. 마음속에선 그놈의 욕망이 나를 붙잡고 곤두박질하고 있었다. 그러나 난 비겁한 사내는 되기 싫었다. 서 여사가 체념한 듯 고개를 끄덕였다.

"김갑산 회장 따님 얘기요. 그 김 여사 남자관계와 가정 얘기를 아는 대로 해주시죠. 대충은 알고 왔습니다. 그 애가 어떻게 낳은 애인가도 알아요."

"그걸 어떻게요?"

서 여사는 눈을 크게 떴다. 주섬주섬 옷을 입으며 고개를 흔들었다.

"우리도 최근에야 알았어요. 김 여사가 그런 줄은. 박 실장하고 그 문제로 심각해졌었나 봐요. 김 회장님이 재산을 상속해준다는 조건으로 겨우 매듭지은 걸로 알아요."

"김 여사와 관계를 맺고 있는 남자는 누구예요?"

"지금은 미국에 가고 없어요. 대학 때부터 연애했던 남자예요."

"박 실장이 친자식이 아니라는 걸 안다 말이죠?"

"그래서 심각해졌던 거예요."

"김 여사하고 또 관계 있는 남자들은 누구누구예요."

"윤 비서밖에 몰라요. 다른 남자는 없어요. 정말예요."

"김 여사 입으로 얘기하던가요."

"우리끼리 모이면 서로 터놓고 얘기해요. 박 실장이 쳐다도 안 보고 다른 여자들과 놀아나니까 배차기로 그러는 거예요. 김 여사 불쌍해요."

"그만둬요."

서 여사는 내가 적의가 없다는 걸 알았는지, 그 순간부터 주절주절 늘어놓기 시작했다.

애초 김 여사와 박 실장의 결혼부터가 잘못된 일이었다. 좋아하던 가난뱅이 대학생과 강제로 헤어지게 된 김 여사는 김갑산 회장의 정략적인 술수에 말려들어 애정도 없이 한참 끗발 좋다는 정치가의 아들과 결혼을 했다.

결혼한 지 일 년 만에 그 끗발 좋은 영감은 부정 사건에 휘말려 들어가 관직에서 쫓겨나 감옥살이를 하다가 병보석으로 나와서 죽어버렸다. 그것이 비극을 불 지른 계기가 되었다.

발톱 잃은 고양이 신세인 박 실장은 김 여사에게서 노골적인 천대를 받기 시작했다. 김 여사는 대학생 때의 애인을 미국으로 유학을 보낼 정도로 바람을 피우며 돌아다녔다. 배경 잃은 박 실장은 더 못 참고 별거선언을 했다. 김 여사는 더 잘되었다면서 동서남북 가리지 않고 정열적으로 남편 아닌 남자를 따라다녔다.

낯이 뜨거워진 김 회장이 가문과 자신의 위신을 지키기 위해 박 실장에게 재산상속에서의 높은 비율을 문서로 약속하고 재결합시키는 일을 성사시켰다. 그러나 그것은 김 회장의 위신을 지키는 선에서 끝났다. 두 사람의 냉랭한 생활은 더 깊은 곳에서 생겼다.

김 여사가 낳은 아들이 박 실장의 애가 아니라는 게 명백해진 것이었다.

그들은 김 회장이 생존해 있는 동안만 형식적으로 부부 행세를 하는 것 이외에 부부 노릇을 할 수 없었다. 두 사람은 서로 은밀한 쾌락의 늪에 빠져서 간섭 없이 살아가고 있었다.

김 회장은 두 사람을 잘 알고 있었다. 그래서 나를 불러놓고도 차마 얘기를 못하고 더듬거렸던 것이었다.

"김 여사가 박 실장의 행동을 다 압니까?"

"알아요. 장난인지 모르지만 사람을 놓아서 죄 캐본 적이 있어요."

"그게 언제였습니까?"

"매달 흥신소에서 보고서를 보내줘요."

서 여사는 나한테 정통으로 걸린 여자였다. 두 사람은 보통 사이가 아니었다. 초등학교 때부터 대학까지 줄곧 어울려 다닌 사이였고, 한때 동성연애까지 한 사이였다고 실토했다.

서 여사는 살아나기 위해서 부끄러움까지도 버렸다. 여자가 독한 마음 먹으면 얼마나 무서워지는지 알 것 같았다.

"박 실장에 대해서 더 아는 거 없어요?"

"박 실장, 그 양반 애까지 낳아서 키우고 있었어요."

"호적상 유괴당한 애가 그다음 상속자가 되겠죠?"

"그런 거야 난 몰라요. 김 여사가 박 실장을 죽이겠다는 말을 한 적은 있어요. 그래서 사람을 사려고 미국에 있는 남자를 불러들인 적이 있어요."

"혹시 박 실장이 김 여사의 뒷조사를 한다는 얘긴 못 들었어요?"

"못 들었어요."

나는 그때부터 심증을 굳히며 질문을 했다. 서 여사는 끝까지 사실대로 얘기하는 것 같았다.

"아까 따귀 때린 거 미안했습니다. 너무 표 내고 다니시더군요. 고수머리 그 사람 소문난 제비족으로 여러 여자한테 공갈사기 쳐서 먹고사는 남자였어요. 고마운 줄 알아요."

"알고 있었어요. 걱정 없이 해결할 수 있었으니까 그런 거였어요."

"고맙습니다. 우린 결코 만난 적도 없고 아는 사이도 아닙니다. 이 문을 나서는 순간부터."

"고맙습니다."

그녀는 문을 열고 나갔다. 나는 뒤따라 내려와 택시를 탔다.

은숙이가 가져온 정보는 피상적이었지만 박 실장에게 혐의가 굳어지는 것들이 많았다.

놀라운 것은 김 여사의 친구들 가운데 반수 정도는 정숙한 주부의 탈을 쓰고 주간 카바레와 대낮의 여관이나 호텔에서 비밀스러운 남자관계를 맺고 있다는 충격적 사실이었다.

"내 낯이 뜨거워져요. 춤바람이 무섭다는 소리는 들었지만 그렇게 심각하고, 그렇게 같은 여자로서 치욕적일 수 없었어요."

은숙이가 허탈한 표정으로 말했다.

"박 실장 주변은 어땠어요. 그쪽도 개판 오 분 전일 텐데."

"나 시집갈 맘 싹 가셔졌어요. 그 책임은 총찬 씨가 져야 돼요. 한마디로 징그러운 동물들⋯⋯ 아니 아프리카 어디선가 산다는 뱀떼들 같았어요. 아예 내가 오입한다 하고 선포하며 다니더군요."

"정 시집 못 가게 생기면 내가 책임질게요."

"별수 있을라구요. 여유가 생기면 남자나 여자나, 하구 다니는 것 빤해졌어요. 동방예의지국 어쩌구 하는 사람들은 얼마 못 가서 코뚜레 해가지고 끌려다니게 생겼어요."

하느님, 귀 막아요. 저 여자 지금 헛것 본 거라구요. 우리나라 남자들 죄다 착해요. 그리고 우리나라 여자들 죄다 정숙하다구요.

진짜 부자들은 안 그럴 거예요. 떼부자들 있죠. 땅장사에다 목매달았거나 사기 쳐서, 또는 도둑질해서 부자 된 졸부 자식들과 그의 훌륭한 여편네들이 배때기에 든 기름 걷어내느라 그러는 걸 겁니다.

그런 무녀리들, 염라대왕이 알아서 공업용 미싱으로 드르륵 박아버릴 거고 마귀들도 알아서 쇠불이 달구어 배때기와 엉덩짝의 기름 긁어낼 테니까, 사는 동안 실컷 지랄발광하라고 냅두슈.

하느님 무서워하는 친구들 아닙니다. 잘 생각하셨다가 어느 날 갑자기 청계천 복개공사할 일 생길 때 그치들을 갖다가 박아놔요. 똥물에 튀기기도 아까운 인생들이니까요.

나는 대충 상황판단을 해가지고 김갑산 영감에게 쫓아갔다. 김 회장은 내가 나타나자 슬픈 목소리로 물었다.

"뭐 좀 알아냈나?"

"아직은 잘 모릅니다. 애들을 짜악 풀어놨으니까 곧 무슨 낌새를 알아낼 겁니다. 문제는 따님과 사위한테서 생길 수밖에 없겠던데요."

"으음."

김 회장은 신음하듯 대답하고 고개를 끄덕였다.

"경찰도 대충은 알고 있지 않겠습니까?"

"모르겠지. 어떻게 제 자식을 유괴했다고 생각하겠나. 내 딸년이 그런다는 걸 아는 사람도 없겠고. 이걸 어쩌면 좋은가? 그래서 자넬 부른 거지만 말일세."

"우린 친구 아닙니까."

김 회장은 나를 쳐다보고 피식 웃었다. 옛날 농담을 기억하고 있는 것이었다.

"경찰에다 이 정보를 주면 되잖아요."

"그건 안 돼. 절대 안 돼."

"이게 모두 김 회장님께서 욕심 부리다가 만든 겁니다. 이젠 그만 욕심 부리세요."

"말도 안 돼. 그러지 말고 나하고 작전을 짜세."

"이번에 박 실장이 제 손에 걸리면 뼈를 바술 겁니다. 그러니 경찰에다 정보를 주고 뒷수습이나 잘하죠. 그게 좋습니다. 그만 욕심 부리세요."

"안 돼. 절대로 안 돼. 나 좀 편히 죽게 해주게나."

늙은이가 편히 죽게 해달라는 데에는 할 말이 없었다. 김 회장은 손자도 살려내고 딸년의 추악한 과거와 사위 자식의 독기를 가라앉힐 궁리를 하고 있었다.

이미 김 회장도 딸년과 사위 자식에게 짙은 혐의를 두고 있었던 것이었다.

"다른 루트로 들어온 정보를 주겠네. 이건 꼭 비밀이 유지돼야 하네. 이 늙은이가 편히나 죽게 해주게나."

나는 맹세한다는 말을 했다. 김 회장이 내민 정보서류 속엔 엄청난 기록들이 담겨 있었다. 박 실장의 사생활이 내가 캐낸 정보보다 훨씬 적나라하게 기록되어 있었다. 그리고 김 여사에 얽힌 것들도 훨씬 상세하게 알 수 있었다.

"두 애를 한꺼번에 족쳐내야 되네."

"박 실장만 먼저 털어내면 되잖아요."

"아냐. 그 역으로 생각할 수도 있어. 내 딸년이 계획적으로 박 실장을 옭아 넣으려는 수작일 수도 있어."

"그럴 겁니다. 김 여사가 박 실장을 먼저 없애려고 했습니다. 그래서 청부업자와 접촉한 기록도 여기 있습니다. 김 회장님 조사철을 보니까 그 반증자료로 박 실장이 눈치채고 김 여사를 없앨 생각을 했거나 상속자인 애가 다른 핏줄이기 때문에 이런 교묘한 술수를 썼을 수도 있을 것 같습니다. 이 인상착의는 목격자가 확실하고 접촉하는 걸 확실하게 보았다면 제가 쉽게 찾을 수도 있을 것 같습니다."

나는 박 실장을 감시해 왔던 김 회장 편 사람들의 기록 속에서 순간적으로 청부업자를 추적해 보고 싶은 생각이 들었다.

"내가 데리고 있는 사람들은 전직 형사들야. 아주 베테랑이지. 정년퇴직한 원로 수사팀이지. 그 사람들이 알아서 경찰에 연락해서 뒷처리해 줄 거야."

"그럼 제가 시작하겠습니다."

"내 말 잊지 말게. 편히 죽게 해주는 거 잊지 말게."

"명심하겠습니다. 김 회장님은 그 수사팀에게 제가 뛰어들더라도 도와주라고 좀 해주세요."

"걱정 말게."

나는 그 길로 가물치 형님에게 달려갔다. 나를 몹시 못마땅하게 생각하는 거물이었지만 이런 경우엔 떼를 써보는 방법밖에 없었다. 춘삼이 형님 가지고 안 되는 것도 가물치 형님이라면 충분히 가능한 일이었다. 그는 명실상부한 왕초였다.

"형님, 부탁이 있어서 왔습니다."

가물치 형님은 내 눈을 뚫어지게 쳐다보았다. 내가 스스로 걸어와 이런 식으로라도 무릎을 꿇게 되리라곤 상상조차 않았을 것이다. 가물치 형님과 나의 눈싸움이 오 분 정도나 계속되었다.

너무 지리하고 힘든 싸움이었다. 차라리 맞아 죽더라도 한판 붙고 말지, 이렇게 고통스러운 싸움은 싫었다.

"말해라. 들어주마."

오 분 만에 가물치 형님은 내 등짝을 후려쳤다.

"조건 없이 들어주십쇼. 이런 친구를 찾습니다. 김갑산 회장네 손자 유괴사건입니다."

나는 전문가가 그린 몽타주를 내밀었다. 가물치 형님은 참모들에게 그 그림을 한 바퀴 돌렸다.

"형님네 식구 맞을 겁니다. 다른 거라면 말씀 안 드리겠습니다. 이건 비겁한 어린애 유괴사건입니다."

한참 말없이 앉아 있던 가물치 형님이 입을 열었다.

"내 오른팔이라도 어린애 유괴한 놈은 그냥 둘 내가 아니다. 넘겨줘라."

나도 약도를 받아가지고 나왔다. 가물치 형님이 한마디 덧붙였다.

"나한테 신세진 거 잊지 마라."

나는 대꾸 없이 나왔다. 발목을 잡힌 셈이지만 어린애만은 꼭 구하고 싶었다. 가물치 형님이 역시 거물은 거물이었다. 아무리 의리 하나로 밥 먹고 사는 사람이지만 유괴범만은 용서할 수 없다는 그 사람 됨됨이가 그 바닥에서 쉽게 생각할 문제는 아니었다.

나는 그 길로 은숙이 일행과 D동으로 달려갔다.

"은숙 씬 용주 친구를 꾀어내요. 우리 애들은 미리 잠복시킬게요. 그리고 적당한 시간에 눈치 봐서 용주를 꺾어 앉혀요. 김 회장이 경찰에 연락해서 사람들을 보내줄 겁니다. 막판엔 우리가 빠지는 거예요."

"그럼 우린 뭐예요?"

은숙이가 불만스럽게 말했다. 지금까지 고생하며 뛰어다닌 보람이 없다는 투였다. 그 말은 일리가 있었다. 그러나 김 회장이 시키는 일 이외의 짓은 할 수도 없었고, 해서도 안 되는 일이었다. 김 회장의 체면과 그 영감 말대로 편히 죽을 수 있게 하기 위해선 막판의 여러 가지 뒷수습할 것은 김회장에게 일임해야만 했다.

"길게 설명할 시간이 없어요. 용주 그 친구가 눈치채고 튈 수도 있어요."

은숙이는 불만스러운 표정을 풀지는 않았다.

"넌 지금 달려가서 상세하게 보고해라. 우리가 김 회장 지시 있을 때까지 대기하고 있겠다고."

발 빠른 녀석이 차를 몰고 내달렸다. 위치를 확인시키기 위해서 D동 현장 근처에 데리고 왔던 녀석이었다.

"자, 은숙 씨가 들어가요. 이건 비상시에 신호로 써요. 소리가 좀 요란할 겁니다. 위험하면 이걸 누르고 내던져요. 그럼, 내가 뛰어 들어갈 테니까요."

은숙이는 마른침을 꼴깍 삼키고 내가 가리키는 건물을 올려다보았다.

"살아오도록 노력할게요."

은숙이가 이렇게 말하고 천천히 걸어갔다.

여간해서는 긴장하지 않던 나도 은숙이의 투입은 조심스럽기만 했다. 어린아이의 유괴사건만 아니라면 은숙이 같은 여자를 절대 앞장세울 수가 없는 여린 가슴이란 걸 깨달았다.

"형, 그냥 덮치는 게 낫잖겠어요. 괜히 이쁜 기집애까지……."

"재수 없는 소리 집어치워 임마."

"걔들이 눈치채봐요."

"시끄러워. 따라붙기나 해."

"형, 그냥 덮쳐봐요."

"시끄럽대두."

나는 소리를 질렀다. 녀석은 움찔하더니 입을 다물었다. 은숙이가 대문 옆에 붙어 있는 초인종을 누르고는 손을 들어 보였다. 나는 반사적으로 손을 들어 염려 말라는 시늉을 했다.

"새총, 이리 와."

사내가 재빨리 뛰어왔다. 녀석의 손에는 미끈하게 깎은 고무줄 새총이 들려져 있었다. 재미있는 녀석이어서 특별하게 데리고 나온 녀석이었다. 고무줄 새총으로 종각 끝에 있는 십자가를 맞힐 수 있다는 녀석이었다. 표창 거리 이상에선 고무줄 총을 사용할 수밖에 없었다. 고무줄 총은 소리 나지 않게 100여 미터 거리의 목표를 겨냥할 수 있는 것이었다.

"새총, 너 자신 있어?"

내가 물었다.

"형님, 제 소문 못 들었쥬?"

"자신 있냐니까?"

"날아가는 참새 뒤통수를 갈겨놓으면 먹을 게 없을까 봐 발바닥을 작신 뿐질러버린다면 믿겠쥬?"

"이 자식 농담 따먹기 하는 거야 뭐야?"

"한번 보면 믿으시겠슈."

녀석은 고무줄 총을 들고 돌멩이를 가죽고리에 얹었다.

"백문이 불여일견이랑께."

느물거리며 고무줄을 당겼다. 나는 녀석의 고무줄 늘리는 솜씨를 보고는 믿을 만한 실력이란 생각을 했다. 나도 어려서 꽤 그 고무줄 총을 만져본 터수였다. 보기 싫은 선생의 담임반 유리창이나 예배당 유리창, 도둑극장 못 들어가게 하는 극장 유리창, 거들먹거리는 부잣집 유리창 따위를 들키지 않게 깨뜨리기 위해서 얼마나 열심히 연마했는지 모른다.

"눈깜땡깜으로 쏴대면 안 되겠쥬. 저기 전보상대 밑에 광고딱지 있쥬. 그걸 한 방 놓죠."

녀석이 힘껏 당겼다가 놓았다. 돌멩이가 정확하게 녀석이 꼬는 지점을 때렸다.

"노래에두 있지유. 믿어두 되나요 당신의 시력을……."

"너두 내 뒤에 붙어. 돌멩이는 한상 챙겨놓고."

"여부가 있남유."

나는 은숙이가 문을 열고 들어서는 것을 확인한 뒤에 애들을 데리고 현관 앞쪽으로 붙었다.

"너는 뒤로 붙고 너는 옆으로 붙어. 신호 떨어지기 전엔 절대 움직이지 마라. 어느 놈이든지 말 안 들으면 죽는다."

애들은 잽싸게 흩어졌다. 초조한 마음을 감출 수 없었다.

하느님, 유괴된 아이를 살려주십쇼. 아이에겐 아무 죄도 없습니다. 죄가 있다면 어른들 죄 아닙니까. 이 땅에서 어린애 유괴사건만은 영원히 추방시켜 주세요. 천진난만하게, 마음 내키는 대로 뛰어놀게 해주세요. 자동차 사고나 둠벙에 빠져 죽게 내버려둘 사람이 따로 있는 겁니다.

어린이들은 제발 그냥 놔두세요.

차라리 나 같은 골통을 유괴하게 하는 건 몰라도 저 어린애들이 무슨 죄가 있다고 이러십니까. 하느님도 그런 유괴사건의 고통을 아시잖습니까.

남의 집 어린애가 아닙니다. 모두 우리들의 아이이며 우리들의 이웃이며 바로 우리들 자신입니다.

하느님. 다른 범죄는 심심풀이로 있어도 좋을지 모르지만 제발 어린애 유괴만은 없애주세요.

내가 아무리 지저분한 사내라고 하더라도 이 기도만은 들어주세요.

"괜찮을까요? 너무 오래 끄는데요."

내 심정만큼이나 애들 심정도 착잡한 모양이었다.

"좀 더 기다려보자. 은숙이도 보통내기는 아니니까."

"제가 지붕으로 올라가볼까요?"

"위험해."

"시간이 너무 오래 걸려요. 이대로 있다간 무슨 일을 당할지 몰라요."

"기다려봐."

자꾸 판단력이 흐려졌다. 유괴된 아이와 은숙이의 안전을 보장할 수 없었기 때문이었다.

"무슨 소리가 들려요."

나는 머리카락이 곤두서는 기분이었다.

여자의 비명 소리였다.

"넌 물통을 타라. 너희들은 담을 넘고. 빠릿빠릿하게 굴어. 넌 여기서 망 봐."

애들이 일제히 뛰었다. 나는 담장을 뛰어넘어 현관 쪽으로 달렸다. 현관문이 벌컥 열렸다.

"움직이면 다 죽인다."

총구가 내 가슴을 겨냥하고 있었다. 애들이 그 자리에 꼼짝하지 않고 서 있었다.

"얌전하게 들어와."

우리는 말없이 들어갔다. 넓은 응접실 한가운데 떡 버티고 앉아 있는 사내는 땅딸막한 키에 다부진 눈매와 옹골찬 느낌을 주는 턱이었다.

"어디서 많이 본 친구 같구만."

내게 한 말이었다. 나는 선 채 총구를 내게 향한 사내를 곁눈질로 쳐다보았다.

"자네가 장총찬인가?"

여유 있는 자세였다. 듣던 대로 동요 없는 표정과 몸짓이었다. 이 친구가 어떻게 내 이름을 알고 있는지 그게 궁금했다. 설마 가물치 형님이 나를 이 기회에 없애기 위해서 꾸며낸 것인지도 모른다는 생각이 들었다.

"그렇다. 장총찬이다. 여자는 어디 있나?"

쉽게 빠져나가기 어렵다는 생각이 들었다. 총까지 준비해 놓을 정도라면 치밀한 작전에 말려든 것 같았다. 비굴하게 죽고 싶지는 않았다.

어쨌든 목숨에는 스페어가 없는 법. 장총찬이가 이대로 죽을 순 없지.

"소문대로 뼈다귀가 세구나. 제사 지낼 자식놈이나 뽑아놨는지 모르겠다."

"고아원에 가면 수두룩하다."

"함부로 표창 쓰다간 먼저 구멍 난다는 걸 알아라."

"주먹 두고 표창 쓸 장총찬이가 아니라는 것쯤은 알 텐데."

"어쭈, 제법 이빨이 세시군. 제사 지내주고 홍콩으로 뜨면 끝장야 임마. 목숨 아까운 것쯤도 알아야 주먹 썼다는 소리도 듣지."

"그나저나 여자 어디 있나?"

"죽는 놈이 위아래 가리는 걸 알 턱이 없겠지. 네 눈깔로 보구 싶겠지. 마지막으로 여자 나체가 어떤가나 보구 가라. 황천길이 먼데 그런 재미라두 있어야지."

총구는 여전히 내 가슴을 겨냥하고 있었다. 표창을 빼거나 손을 쓸 수가 없었다. 은숙이가 지금 무슨 꼴을 당하고 있을지 짐작이 갔다.

"죽을 때 죽더라도 얼굴이나 보자."

"허튼짓하면 다 죽는다. 따라와라."

애들을 남겨놓고 나는 지하실로 내려갔다. 등 뒤에 총구가 있어서 꼼짝할 수가 없었다.

계단을 밟고 내려가며 나는 지하실 바닥에 떨어진 단추 한 개를 보았다. 은숙이의 옷을 강제로 벗기다가 떨어뜨린 것 같았다. 나는 비틀거리다가 계단을 굴러떨어졌다. 재빨리 단추를 어금니 옆에 감추었다.

"장총찬이도 권총 앞에선 별수 없구나. 그렇게 떨리면 까불지나 말아야지."

사내가 음흉하게 웃었다.

"만약 살아나게 된다면 이 신세를 톡톡히 갚으마."

"그래라. 설마 귀신이 홍콩까지야 따라오겠느냐."

"어디 있나?"

"서두르지 마라. 아주 근사한 나체를 보여줄 테니까."

"죽어도 좋은데 한 가지 알고나 죽자."

"뭐냐?"

"유괴한 애는 어디 있나?"

"으흐흐흐…… 유괴 같은 소리하고 자빠졌네. 아무리 내가 버러지처럼 살았지만 어린앨 유괴할 만큼 치사하진 않아. 너, 사람 잘못 봤어."

"여기 있다는 확실한 정보가 있다."

"애가 여기 있을 수는 있지만 나는 유괴 따윈 않는다."

"애는 무사하냐?"

"네 혓바닥만큼 팔팔하다. 네 혓바닥이야 뽑아버릴 테니까 지금 실컷 지껄여라."

"누가 시켰냐?"

"내가 하고 싶어 했다."

"난 죽을 놈이다. 알고나 죽자."

"으흐흐흐…… 장총찬답구나. 얘는 내가 일억에 샀다."

"아버지냐, 어머니냐?"

"둘 다한테다."

"뭐라구?"

"꿩 먹고 알 먹고 하는 걸 모르는 모양이구나."

나는 사내의 말을 이해할 수가 없었다. 두 사람이 모두 음모를 꾸밀 수 있다는 것은 상식 밖의 일이었다.

"그만 묻고 이쪽으로 와서 근사한 그림 한 폭 봐라."

나는 지하실 속에 있는 또 다른 문을 열고 실오라기 하나 걸치지 않은 은숙이를 보았다. 기둥에 묶여 있는 은숙이는 눈부시게 희었다. 두 눈을 감고 있었지만 그녀의 앙다문 감정을 읽을 수 있었다.

"이럴 수가……."

나는 은숙이를 차마 더 쳐다볼 수 없었다. 입엔 재갈이 물려 있었고 발목서부터 목까지 굵은 줄로 묶여 있었다.

너무나 아름다운 나신이었다. 은숙이가 그렇게 아름다운 몸매의 소유자인지는 짐작조차 하지 않았었다. 무슨 말인가 할 듯했지만 눈을 뜨지 않았다. 묶여 있는 나신의 여자가 이렇게 예쁠 수 있다는 게 신기하게 느껴지기만 했다.

"풀어줘라."

"여긴 네가 명령한다고 들을 사람이 없는 곳이다. 어때? 저만하면 우리가 재미 좀 볼 수 있겠지. 마지막 밤을 즐기게 해 줘서 고맙다."

"더러운 새끼들."

"네 여자 즐겁게 해주려면 어차피 우린 목욕하게 돼."

나는 더 이상 참을 수가 없었다. 그렇다고 내 가슴을 겨냥한 총구를 피할 수는 없었다. 나는 천천히 돌아섰다. 총구는 여전히 나를 정통으로 겨냥하고 있었다.

"허튼짓하면 구멍 난다고 했다. 네 앞에서 네 계집을 즐겁게 해주는 게 우리들의 마지막 신사도겠지. 저 계집애를 좀 사랑해 줘라."

사내의 말이 떨어지자 한 사내가 근육질의 웃통을 드러냈다. 바지를 끌어내린 사내의 사타구니가 불룩했다.

나는 그 순간에 혀끝에 올려놓았던 단추를 내뱉었다.

툿!

단추는 권총 든 사내의 볼을 정통으로 때렸다. 나는 그 순간에 사내의 오른손을 걷어찼다. 권총이 지하실 바닥에 떨어졌다. 사내가 쭉 뻗었다. 나는 재빨리 권총을 집었다.

"어느 놈이든지 움직이면 대갈통을 빠개버린다!"

나는 사내들을 한곳에 몰아넣고 밧줄을 풀었다. 은숙이는 그 자리에 주저앉았다.

"빨리 옷 입어!"

은숙이는 돌아서서 주섬주섬 옷을 입었다. 은숙이는 고개를 들고 땅딸보 사내를 무섭게 노려보았다.

"내가 해치우겠어요."

매몰찬 한마디를 한 은숙이는 사내에게 다가갔다. 은숙이는 날렵한 동작으로 사내를 걷어찼다.

사내들은 차례로 뻗어 누웠다. 무서운 실력이었다. 그만한 실력이라면 웬만한 실력자들이라도 당할 수 없을 것 같았다.

"나가서 손 좀 봐줘."

은숙이가 계단을 뛰어 올라갔다. 땅딸보 사내만 끌고 나왔다. 응접실 바닥엔 땅딸보의 똘마니들이 길게 누워서 숨을 못 쉴 만큼 뻗어 있었다. 땅딸보가 꿈틀거렸다. 은숙이가 달려들었다.

"참아요. 이 자식은 살려둬야지."

나는 은숙이를 말렸다. 분이 풀리지 않았는지 식식거리고 있었다.

"유괴된 애는 어딨어?"

내가 다그쳐 물었지만 사내는 고개만 흔들었다. 쉽게 대답할 사내는 아니었다. 혈을 잡아도 사내는 고개를 흔들기만 했다.

바깥이 시끄러웠다. 새총이 비쩍 마른 사내와 어린애를 데리고 들어왔다. 새총의 손엔 권총 한 자루가 쥐어져 있었다.

"뭐냐?"

"이 자식이 권총 내밀길래 한 방 갈겨줬슈. 얘가 유괴된 앤가 봐유."

나는 새총의 손을 잡았다. 새총 녀석이 수줍은 듯이 웃었다. 사태를 짐작하고 튀는 녀석을 고무줄 총으로 갈겨 잡은 모양이었다. 비쩍 마른 사내의 한쪽 눈은 퉁퉁 부어 있었다.

"경찰에 넘겨야 하니까 더 때리진 마라."

애들이 땅딸보 똘마니들을 걷어차고 있었다. 나는 땅딸보의 목줄을 눌러 쥐고 다그쳤다. 사내는 그래도 입을 열지 않았다. 성질대로 하자면 어디든 못 쓰게 만들어버리고 싶었지만 꾹 참을 수밖에 없었다.

나는 땅딸보 사내 일행을 인계하자마자 김갑산 회장 별장으로 달려갔다. 거기엔 박 실장과 박 실장 마누라도 와 있었다. 유괴된 애를 인계한 경찰관이 김갑산 회장과 얘기하는 사이에 나는 박 실장 내외를 별장 뒤꼍으로 데리고 갔다.

"바른대로 대지 않으면 둘 다 모가지를 비틀어버리겠다."

"뭘 말하는 거요?"

박 실장이 대들었다. 지난번에 되게 당해서 함부로 말을 하진 않았다.

"박 실장, 당신이 유괴해 줄 것을 조건으로 일억을 내놨지?"

"무슨 얼토당토않는 소릴 하는 거요? 자식 잃었던 애비 심정……."

나는 말이 끝나기도 전에 걷어차버렸다. 박 실장이 코를 땅에다 박고 꿈틀거렸다.

"당신도 마찬가지야. 남편 죽여 달라고 일억 내놨지?"

"그게 무슨 말씀예요? 어따 대고 그런 소릴 함부로 해요?"

여자는 앙칼진 법이었다. 소리를 지르며 대들고 있었다.

"똑똑히 들어 이년아."

나는 김갑산 회장 딸의 머리채를 잡아 한 바퀴 돌렸다. 땅바닥에 나뒹군 김 여사는 하얀 속옷을 입고 있었다.

"네년이 먼저 남편을 없애달라고 부탁하니까 네 남편이 눈치채고 역으로 매수를 한 거야. 거기다 내가 끼어드니까 두 년놈이 합작해서 지난번의 복수로 나까지 없애라고 했어. 내 말이 틀렸냐?"

김 여사가 꿈틀거렸다. 나는 박 실장과 김 여사를 연못 속에 처박았다.

"바른대로 대!"

체념한 듯 두 사람은 고개를 끄덕이고 있었다. 연못에서 꺼내놓자 김 여사는 다시 내게 달려들었다.

나는 사정없이 걷어찼다. 박 실장은 아예 엉금엉금 기어서 꽃밭으로 숨었다. 나는 그런 박 실장의 엉덩이를 걷어찼다. 박 실장이 대굴대굴 굴렀다. 김 여사는 목쉰 소리로 지껄였다. 나는 그 순간에 김 여사를 홀딱 벗겨놓고 싶었다.

"여보게, 장 군."

뒤곁으로 나온 김갑산 회장이 나를 불렀다.

"그만두게."

"난 그만 못 둡니다."

"날 봐서 참게. 얘기 다 들었네. 내가 죽일 놈일세."

"이런 걸 살려두란 말입니까? 아무리 흉악무도하기로 제 자식을 미끼로 서로 파멸시킬 궁리를 하는 이 쳐죽일……."

"알아, 이리 오게."

"관두십쇼. 김 회장님도 똑같습니다. 저런 것들을 자식이라고 두둔하다니 말이나 됩니까? 있는 자식들이 자식을 저렇게 키우니까 말세 소리가 나오는 겁니다. 돈 없는 사람, 빽 없는 사람, 배고픈 사람, 취직 못해서 아등바등하는 사람들 좀 생각해 보세요. 내 자식만 자식입니까? 내 자식만 잘 처먹고 놀아나고 남의 자식은 내팽개치는 게 재벌의 할 짓입니까? 입이 있으면 말 좀 해봐요."

나는 빽빽 소리를 질렀다.

"입이 백 개라도 내가 무슨 말을 하겠는가. 내 죄가 크네."

나는 김 회장이 보는 자리에서 두 사람을 걷어찼다. 피투성이가 된 두 사람이 길게 뻗어 누웠다.

김갑산 회장은 말리지 않았다. 나는 그런 김갑산 회장에게 소릴 또 질렀다.

"이제부턴 남의 자식 좀 위해 사쇼!"

나는 저벅저벅 걸어 나왔다.

"약속함세. 정말 약속함세."

늙은이는 오열을 삼키듯 대답했다.

나는 은숙이를 끌어안았다. 은숙이는 눈물을 훔치고 수줍게 웃었다. 우리는 손을 잡고 큰길까지 걸어 나왔다. 날씨가 퍽 화창한 날이었다.

역사를 위하여

모처럼 다혜와 나는 한가한 시간을 가졌다. 대낮부터 어울려 다니며 어떻게 하루를 즐길 수 있을 것인지 생각해 보았다. 딱히 갈 곳도 마땅치 않았고 그렇다고 갈 만한 곳이 전혀 없는 것은 아니었다.

"신문을 모조리 사자."

나는 이렇게 말했다. 다혜가 지갑에서 잔돈을 한 주먹쯤 꺼내놓았다.

"난 거기에 투자하겠어."

다혜가 신문가판대 위에서 여섯 개의 중앙지를 집었다. 우리가 여섯 개의 신문을 뒤적거려서 찾아낸 것은 영화광고와 덕수궁에서 열리고 있는 피카소의 작품전과 서울 시내를 야간 관광하는 예정표를 겨우 쥐어짤 수 있었다.

"피카소 보고 영화 보고 야간 관광하면 오늘 하루 제대로 땜질하겠다."

"설마 오늘도 찬이가 몸으로 말하려고 하는 건 아니겠지?"

다혜는 금방 영화광고에서 본 광고문안을 써먹었다.

"나에게도 꿀이 묻어 있다구요."

"그대의 욕망 속엔 통금이 없으시구요."

"육체의 욕망 속엔 애당초 통금이 없는 거요, 다혜 씨."

"사랑 앞엔 우리 모두 전과자겠죠."

다혜는 한마디도 지지 않고 말대꾸를 했다. 영화광고의 문안은 독살스런 외설투성이였지만 아랫도리가 급한 젊은이들에겐 퍽 달콤한 유혹이었다.

"여자가 없다면 영화를 어떻게 만들었을 것 같애?"

다혜가 물었다. 영화선전은 거의 모두가 여체를 상품처럼 늘어놓고 파는 장면 같았다.

"영화가 없어지겠지. 남자들은 죄다 자살했을 거구."

"그럼 남자가 없었다면."

"그땐 다르지. 여자들끼리 치고받고 재잘거리고 물어뜯고 할퀴며 살겠지. 볼만할걸."

"정말 이럴 거야?"

"나는 진실만을 얘기하는 거야."

다혜가 주먹으로 내 등짝을 후려 팼다.

나는 아픈 시늉을 했다. 그건 예의였다. 여자에겐 그런 게 필요했다.

"폭행죄로 고소한다."

"여성단체들이 그냥 있지 않을걸. 여성 모독죄에 걸리면 어떻게 되는지 알아?"

"역사에 기록되겠지, 머."

여자들은 항상 남녀동등권과 여성해방에 민감한 반응을 보이는 것 같았다.

그러나 막상 실천할 단계에 들어서면 그 용기를 분실하는 것 같았다.

"뭘 볼까?"

다혜는 현란한 영화광고를 뒤적이며 물었다. 광고문안대로라면 한꺼번에 열한 개의 개봉극장 영화를 다 봐야 할 형편이었다.

"가장 원시적인 문제를 가장 감각적으로 해결한 영화를 보는 게 어때?"

나는 영화광고를 훑어보며 대답했다.

"밥 먹고 화장실 가는 영화 있어?"

"정말 이럴래?"

"그렇잖아. 가장 원시적인 걸 가장 감각적으로 해결한다면 그런 거 아냐?"

"졌다."

"내가 이겼다."

다혜가 흐드러지게 웃었다. 개나리의 줄기 위에는 작은 망울들이 숨쉬기를 하고 있었다.

"여자 감독이나 여자 제작자라면 남자 벗기는 영화 만들까?"

다혜가 새삼스럽다는 듯이 자꾸 그 얘기를 반복했다. 우리는 오랜만에 영화 구경을 할 작정이었다. 여간해서 영화관 앞을 기웃거려보지 않았다. 텔레비전 때문만은 아닌 것 같았다. 선전에 너무나 진저리 나게 속았다는 걸 사람들은 알았기 때문에 외면해 온 것이 아닌가 하는 생각이 들었다.

"아닐걸."

나는 이렇게만 대답하고 혼자 키득키득 웃었다.

"왜 웃었어?"

"딴 생각하고 웃었어."

"무슨 생각."

"아무것도 아냐."

"피……."

다혜는 바람 빠지는 소리를 했다.

나는 여자 감독이나 여자 제작자라도 마찬가지로 여자 옷을 벗겨 상품처럼 늘어놓을 거라는 생각을 했다. 여자들은 공중목욕탕에 가서 보는 다른 여자들의 몸보다는 육체를 상품처럼 내다 팔 수 있는 여자들의 몸이 자신과 어떤 차이가 있는 것인가를 가늠해 보기 위해 그런 영화를 즐길 것 같았다. 도대체 어떤 몸의 여자이기에 남자가 돈을 지불하려는지 그걸 알고 싶어 할지도 모른다는 생각이 들었다.

몸으로, 굶주림, 욕망, 이글이글, 정염, 불타는, 숙명, 뜨거움, 육체의 통금, 뜨거운 밤, 땀에 젖은 살, 침대, 불끈불끈, 살의 목소리, 함정, 절정, 오묘한 신비, 옷자락을 찢고, 꽃잎, 꿀, 오직 몸으로, 뜨거운 여자, 금지된…….

광고문안은 그런 단어들로만 만들어져 있었다.

"국산영화 봐주는 게 도리 아닐까?"

나는 퍽 애국자인 척 이렇게 말했다. 다혜가 약간은 아쉬운 표정으로 대꾸했다.

"꽃잎 같은 남자시군요."

다혜가 이죽거리는 건 미워할 수가 없었다. 영화 선전문처럼 얘기하자면 그녀에겐 꿀이 묻어 있었다. 너무나 달콤해서 그녀 곁에서 내가 헤어날 수가 없었다.

그녀는 도대체 무엇으로 만들었단 말인가? 화학의 표기처럼 산소, 수소, 질소, 철, 인, 그런 거 외에도 무엇인가 한 개쯤 더 섞여 있을지 모른다. 그게 아니라면 요술할멈처럼 나를 붙들고 늘어지는 약이라도 묻혀놓았을까? 아무리 생각해도 이해할 수가 없었다.

내 논리로는 설명되지 않는 부분이 바로 다혜였다.

극장 앞에 서서 선정적인 간판을 쳐다보았다. 여자주인공은 다리를 벌려서 아슬아슬하게 부끄러운 부분만 감추고 있었다. 옷을 벗는 장면 앞엔 새빨간 장미꽃 한 송이로 여성의 은밀한 부분을 표시해서 어린애라도 그것이 성기라는 걸 대번에 알 수 있었다. 그 옆엔 완전성인영화란 간판과 미성년자불가란 간판이 서 있었다. 웃기는 것은 맞춤법 하나도 제대로 써넣지 못한 광고 선전의 글귀였다.

"영화 다 보고 나와서 간판 그리는 아저씨 귀싸대기 때리는 건 아니겠지?"

다혜가 능청스럽게 물었다. 그녀는 내 감정을 제일 빨리 읽는 여자였다. 나는 간판 그리는 사내한테 감정이 많은 편이었다. 어려서 개구멍으로 극장엘 가면 극장의 간판 그리는 사내가 나를 화장실 옆의 페인트 통 많은 방으로 데리고 가서 내 얼굴에 빨간 페인트로 '축 개구멍'이라고 써주곤 했었다.

우리는 표를 끊었다. 우리가 보려고 한 영화가 시작될 때까지 우리는 밖에 앉아서 닥치는 대로 우물우물 옥수수 튀긴 걸 먹었다.

"빌어먹을 놈들, 그래 이런 옥수수 튀긴 거 하나 우리 이름이 없어서 팝콘이라고 써야 되는 건지 모르겠다."

"찬이가 만들면 뭐라고 할 건데?"

"옥수수 펑도 좋구 강냉이 튀김도 좋구…… 제 새끼 이름은 또 한글로 지었겠지."

"그만 신경 좀 끄고 살 수 없어?"

"영화나 보자. 내 신경이야 원체 주인 잘못 만난 거니까."

"알긴 아네. 피곤하게 살지 마."

"구경이나 하자."

우리는 더듬거리며 들어갔다. 안내하는 여자가 더듬거리는 우리에게 별로 친절하지 않은 소리로 자리를 가리켜주었다.

벗은 여자는 추악했다. 내 아랫도리는 조금씩 건방져가고 있었다.

옆눈으로 다혜를 쳐다보았다. 어둠속에 가려져 있는 표정이었지만 퍽 난처한 것 같았다. 나는 다혜를 훔치고 싶었다. 화면에 나오는 여인처럼 다혜의 벗은 몸은 추악해 보이지는 않을 것 같았다.

"저게 문명이고 저게 발전인가?"

"진보주의자인 척하는 쪼다들 있지. 속으로는 음흉하게 내 가슴이 이렇게 넓다는 걸 보여주려는 제스처라는 걸 알면서 아가리로만 떠드는 쪼다들 말야."

"찬이는 쪼다 아냐?"

"물론 내가 더 쪼다지. 그런 쪼다들 욕이나 하고 앉아 있는 게 한심할 뿐이지."

우리는 별로 말을 하지 않았다. 섬세한 감정이 교류하고 있었지만 차마 그런 걸 표현하기에는 간지럽다는 생각이 들었다. 우리는 우리들 가슴속에 있는 욕망의 끈을 감춘 채 영화를 보았다.

"한편의 훌륭한 사기극이었어."

다혜가 먼저 이런 말을 꺼냈다. 나는 고개를 끄덕였다.

"이천 원씩 내고 사기당했지."

선전글귀와 광고에 비하면 너무나 비겁한 영화였다. 영화보다 백 배쯤 나은 것은 선전과 광고문안뿐이었다.

나는 천천히 나오다 말고 표를 받는 아가씨에게 다가갔다. 다혜가 얼른 내 옷소매를 잡았다.

"놔, 그냥은 못 가겠어."

"제발 이러지 마. 나 있을 때만이라도."

"웃으며 얘기할게."

"제발 나 좀 봐줘."

"돈이 아까워서 이러는 게 아냐."

"알아, 안대두."

나는 다혜의 귓가에 이렇게 소곤거렸다.

"태어나서 가장 점잖게 본전 찾는 걸 한 번쯤 봐줘."

다혜는 손가락을 내밀었다. 나는 손가락을 걸어주었다. 다혜가 저만큼 떨어져서 옥수수 튀긴 걸 먹고 있었다.

"아가씨, 말씀 좀 여쭙겠습니다. 이 영화가 지나치시게도 과대 허위광고이셨는데 미련하게도 속아서 들어온 사람에게 어떤 피해 보상을 하실 수 있다고 사료되는지요?"

말투야 이 이상 점잖고 의젓할 수야 없었다.

아가씨가 나를 미친놈 쳐다보듯 노려보았다.

"극장 주인장 어른님 계시면 잠깐 상면하옵고 말씀 올릴 수 있게 선처해 주시지요."

내 목소리가 의뭉스러웠던지 아가씨가 매섭게 쏘아붙였다.

"할 얘기 있으면 나중에 와요."

"나중에 할 얘기라면 뭐하러 여기서 이러겠습니까?"

"나가요. 바빠요."

"난 안 바쁜데."

"정말 신경질 나게 왜 이래요?"

목소리 끝이 높았다.

"봐줘요."

내 말이 채 끝나기도 전에 듬직한 사내가 내 어깨를 밀었다.

"뭐야?"

제법 한가락 뽑을 만한 덩치였다. 나는 피식 웃었다.

"나가!"

"이게 당신 집요? 나가든 안 나가든 내 맘 아뇨?"

"이 자식 봐라."

"내가 당신 자식요?"

"어허!"

마치 제 자식 다루듯 했다. 나는 그의 손을 뿌리쳤다. 극장 사람들이 우르르 몰려나왔다.

"뭐야? 어떤 새낀데 그래?"

"델구 가. 버르장머릴 고쳐줘."

"야, 이녀석 좀 긁어줘라. 어디가 근질거리나 부다."

"요새 젊은 놈들 죄 저 모양야."

"조져버려."

모두 이렇게 한마디씩 했다. 나는 다혜의 당황하는 표정을 읽었다.

"여기 쥔장 누구슈?"

내가 이렇게 물었다.

"나다. 왜?"

한가락하게 생긴 사내가 앞으로 나섰다.

"꼬라지를 보니 당신은 극장 쥔감은 아니구먼."

"이 새끼가!"

손을 올렸다. 나는 사내의 손을 잡아 혈을 지그시 눌렀다. 사내가 푹 주저앉았다.

"이 새끼 끌고 가."

늙은이가 이렇게 소리를 질렀다.

"그래 가자."

나는 그들이 가자는 대로 따라갔다. 기획실이란 간판이 붙은 방으로 들어가자 험상궂게 생긴 사내들이 우르르 따라 들어왔다.

"여기서 젤 높은 사람이 누구슈?"

내가 물었다. 사내들은 대답 대신 한꺼번에 나를 걷어찼다. 나는 재빨리 소파 뒤로 몸을 뺀 뒤에 칸막이를 내던져 간격을 만들었다.

“지피지기면 백전백승이라, 상대를 알고 춤추는 게 어떠셔?”

“뭐해, 없애!”

늙은이가 소리 질렀다. 그는 마치 갱영화의 주인공이나 된 것처럼 말했다.

“난 늙었다고 봐주지 않소.”

“저걸…….”

다시 사내들이 달려들었다. 나는 더 참고 싶은 생각을 분실해 버렸다.

일곱 명의 사내가 쭉 뻗어 누웠다. 늙은이가 엉성한 표정으로 나를 쳐다보고 있었다. 나는 늙은이의 멱살을 잡아 바닥에다 던졌다.

“쥔장이슈?”

“기도요.”

“그럼 왕년에 좀 잡아보셨을 텐데 이런 식으로 항의하는 사람들 작살내려고 기도하는 거요?”

“아니오, 그런 건 아니오.”

“아까처럼 반말에 욕지거리에, 없애라는 소리 좀 쓰시지 그러슈.”

“미안하오.”

“갱영화에 출연해서 사람 패는 역이나 하실 일이지 정당하게 항의하는 사람 잡아다가…… 꼴 좋시다.”

"그만 둡시다."

"늙었으면 좀 곱게 늙어보슈. 젊은 놈들 할 소리 하거든 박수 치는 배짱 좀 가지슈."

내가 막 문을 열고 나서자 대머리 까진 사내와 젊은 애들이 들이닥쳤다.

"내가 사장이오. 어떻게 된 거요."

사내는 방 안을 살펴보고 눈을 둥그렇게 떴다.

"사장요? 아니면 주인이오?"

"왜 이러는 겁니까? 댁은 누구요?"

"나요? 광고 보고 이천 원씩 내고 영화 구경한 사람요. 그런데 광고에 속았다는 생각이 들어서 본전의 반쯤은 찾아가고 싶어서 찾아갔더니 이리 끌고 와서 날 없애라고 합디다. 여기가 영화 상영하는 뎁니까, 사람 없애는 곳입니까?"

제 입으로 사장이라고 말한 사내는 잠시 생각하는 눈치였다.

"저 젊은 친구들도 저 꼴로 만들 생각이면 덤비라고 명령 좀 하슈."

내가 이렇게 꼬드겼다. 물론 넘어갈 사내는 아니었다.

"뭘 원하는 거요?"

"나도 양심은 있소. 이천 원씩 냈으니 천 원은 영화 본 값이고 천 원 한 장씩은 돌려주쇼."

사장이란 사내는 주머니에서 만 원짜리 한 장을 꺼내 내게 내밀었다.

"됐으면 가쇼."

"여보쇼, 내 주먹 솜씨가 만 원어치밖에 안 된다고 생각하슈?"

"그럼 얼마를 내라는 거요."

"내 주먹 솜씨야 당신이 일억을 내도 손해는 아닐 거요. 그러나 나는 천 원씩 두 사람 몫이 필요한 사람이지, 만 원씩 받는 치사찬란한 사람은 아닙니다. 이천 원 내놓으슈."

나는 만 원짜리를 내주었다. 그는 부스럭거리더니 천 원짜리 두 장을 내밀었다.

"나 같은 젊은 놈이 본전 내라고 하면 줘보슈. 젊은 놈들 그 정도 패기 있다면 썩 내줘보는 어른이 좀 있어야 할 거 아뇨."

"나하고 얘기 좀 해봅시다."

사장이란 사내가 이렇게 말했다.

"내 부탁 하나 합시다. 젊은 놈이 지금은 돈 없으니 나중에 갚는다는 조건으로 극장 구경 좀 하자면 제발 좀 넣어주쇼. 또 그냥 보자고 대드는 젊은 놈이면 서서 볼 자신 있으면 보라고 넣어주쇼. 미성년자가 가발 쓰고 오거든 당신이 직접 데리고 들어가서 들키지 않게 다 보여주고 내가 이 극장 사장인데 이런 영화는 이래서 나쁜 거니까 다음엔 절대 오지 마라고 점잖게 훈계 좀 해보쇼. 내 자식 말고 남의 자식 좀 제발 사랑해 보슈?"

나는 문을 닫고 나왔다. 젊고 힘깨나 써 보이는 애들이 비켜섰다. 나는 그 가운데를 걸어 나갔다. 사장과 자리에서 일어난 친구들과 젊은 사내들이 나를 쳐다보고 있었다.

나는 돌아섰다.

"나를 못 패서 속이 안 풀렸을 거요. 날 안 건들기 잘했다는 걸 보여주겠소. 당신들은 복이 많소."

나는 표창을 꺼내 들었다.

"저 간판 여자의 왼쪽 엄지발톱 끝을 잘 보슈. 그러고 나서 당신들 명이 길다고 생각하슈."

나는 표창을 던졌다.

쉭!

바람 가른 표창은 정확하게 반나체의 주인공 여자 그림의 왼쪽 엄지발가락 끝에 꽂혔다.

그들은 아무 말도 하지 않았다. 나는 다혜를 불렀다. 다혜는 여전히 우물거리고 있었다.

"아주 점잖게 본전 찾았지."

나는 천 원짜리 두 장을 들어 보였다. 다혜가 키득거리며 웃었다.

나는 뒤도 쳐다보지 않은 채 뒤를 향해 손을 흔들어주었다. 그들은 분명히 우리를 노려보았을 것이다. 그래 봐야 눈만 아프지, 머.

우리는 덕수궁까지 걷기 시작했다. 화창한 날씨였다. 봄날은 거리의 표정에서부터 시작되는 게 도시의 봄맞이인 것 같았다.

"피카소의 애들 그림 같은 걸 꼭 봐야 되니?"

"애들 그림이라니?"

다혜가 반문하듯 물었다.

"나도 그 정도는 그리겠다. 서양 녀석들 이해할 수가 없어서 그래. 코를 뒤통수에다 그리고 눈을 이마에다 그리는 그런 해괴망측한 것에 미쳐가지고 떠드는 걸 보면 걔들은 확실히 정신분열증 국민일지 모른다니까."

"정말 같이 다니다 챙피 곱배기로 먹겠네."

"곱배기는 언제나 배 불러서 좋지."

"가서 본 뒤에 얘기해. 저런 남자를 애인이라고 델구 다니는 내가 처량하다니까."

다혜가 어이없다는 표정으로 이렇게 말했다.

"델구 다니다니?"

"취소, 끌고 다니는 걸로."

"말 다했니?"

"잔말 말고 따라다녀봐. 찬이가 얼마나 무식의 대명사인지 가르쳐줄게."

"나, 가는 수가 있다."

나는 돌아서는 시늉을 했다.

"안 따라와봤자야. 꿩 저만 추울 테니까."

나는 할 수 없이 다혜의 뒤를 따라갔다. 우리는 키득거리며 웃었다. 나는 꿩이 되기 싫었고 다혜는 자꾸 나를 꿩처럼 생각하려고 했다.

꿩 저만 춥지, 잠깐 이 얘기를 하고 넘어가야 할 것 같다.

어떤 순박하고 또 순박하기만 한, 농부가 살았습니다. 얼마나 순박했는지 똥수깐에 가서 바지 까내리고 앉아 있다가 똥통의 오줌에 비친 아랫도리가 부끄러워 얼른 바지를 추스르는 그런 양반이었습니다.

어느 추운 겨울날 그 순박한 농부는 꿩 한 마리를 잡았습니다. 뒤곁에 날아온 꿩이 겨울 날씨에 먹을 게 없어서 그 창피를 당한 거였습니다. 이 순박한 농부는 성질 하나는 급해서 그 자리에서 털부터 뽑았습니다. 반쯤 털을 뽑다 생각하니 뜨거운 물에 처넣어 털을 뽑는다는 대원칙을 생각했습니다.

그래서 그는 꿩을 그 자리에 놓고 뜨거운 물을 가지러 갔습니다. 뜨거운 물을 들고 와 보니 반쯤 털 빠진 꿩은 도망가버리고 없었습니다. 순진한 이 아저씨는 꿩이 도망간 산을 쳐다보며 이렇게 말했습니다.

"꿩, 저만 춥지."

표를 사들고 전시실 안으로 들어갔다. 첫눈에는 피카소란 늙은이가 동네 꼬마들하고 장난하던 작품같이 느껴졌다.

"눈 똑바로 뜨고 잘 봐둬. 장난한 건지 해탈한 건지."

다혜가 내 등을 밀어 앞세우며 말했다. 나는 더 이상 무식하다는 소리를 듣기 싫었다.

"겁나게 잘 그렸는데."

"이런 데선 조용히 하는 게 예의야."

"나두 에어로빅 댄스하러 온 놈 아냐. 너무 주눅 들게 하지 마."

전시실 안에는 피카소가 생전에 남기고 간 도예품들이 도난방지를 위한 유리관 속에 가지런하게 진열되어 있었다. 나는 차츰차츰 부끄러운 기분이 들기 시작했다. 뭔지는 정확하게 알 수 없었지만 스멀스멀 기어오르는 부끄러움을 감추기는 힘들었다.

그게 과연 내가 생각해 왔던 애들의 장난 같은 것이 아니라고 믿게 되는 내 믿음일까? 모르겠다. 피카소인지 피에르 가르뎅인지 보통 늙은이가 아닌 것만은 확실했다. 양코배기들이 그 늙은이 앞에 넙죽넙죽 절할 수밖에 없었을 것 같았다. 코가 이마에 붙었거나 눈이 턱 밑에 붙었거나 아름다운 건 확실했다. 그 늙은이는 동심 속에서 그린 것이지 결코 이 땅의 일부 늙은이들처럼 전위와 근친상간적 비평과 일부 소갈머리 없는 돈 많은 여편네들이 조작하는 그런 것은 아닌 것 같았다.

나는 예술이니 미술이니 하는 건 모른다. 다만 봐서 뭔가 짜릿하게 오는 게 있거나 내 눈에 보기 좋으면 그만인 사내였다.

"약 올라 미치겠다."

"갑자기 왜 이래?"

"저걸 집어다가 술병이나 했으면 좋겠다. 저건 접시 하고 저

건 세수대 하고 또 저건 우리집 화장실 바닥에 깔고……, 꽤 예술을 아네, 돈 많네 하는 여편네들 발딱 자빠졌다가 석달 열흘만에 깨어나는 꼴 좀 봤으면 좋겠다."

나는 갖고 싶은 게 많았다. 몇 천, 몇 억대의 미술품이지만 그런 걸 마구 쓸 수 있는 배짱을 갖고 싶었다.

"뭐 아는 거야? 아는 체하는 거야?"

다혜가 내 돌변한 태도가 의심스러운지 이렇게 말했다.

"우리나라엔 왜 저런 늙은이가 안 나오는 거니?"

"폼 잡느라고 그러지. 사회적 여건도 안 됐고."

"넌 유식해서 배깨나 고프겠다."

"그러지 않아도 지금 배가 고파. 먹어주는 건 끝내주니까 염려 마."

"이거 한번 털어볼까?"

"에그머니, 기쁘기도 해라. 저 접시는 나 주는 거겠지?"

다혜는 아까부터 접시가 욕심 나는지 자꾸 뒤돌아다보고 있었다.

"별로 어렵지 않겠어. 경비도 허술하고, 기동력과 치밀한 작전만 세우면 감쪽같이 해치울 수 있겠다."

"누가 들으면 어쩌려고 이래?"

"피카소가 시켰다고 하지, 머."

나는 아쉬운 발걸음을 옮겼다. 몇 가지 작품을 정말 갖고 싶었다.

"정말 털어낼까?"

밖으로 나와서 내가 한 말이었다.

"재주 있으면 한번 해봐. 다른 건 말리겠는데 그것만은 말릴 생각없어. 대신 나 한 개 준다면 말야."

"저런 거 털다가 들키면 몇 년쯤 살게 될까?"

"왜 잡힐 궁리부터 해? 감쪽같이 털어다 우리나라는 이 정도 귀신 같은 미술품 애호가가 있다는 걸 만방에 알려야지."

"진짜 딱 두 개만 털어낼 수 없을까?"

다혜의 아쉬움은 그런 식이다. 얼마나 욕심이 나면 그럴까 하는 생각이 들었다.

"내가 그려주면 안 되겠니?"

"물감이 웃겠어."

"요샌 물감도 웃니?"

우리는 똑같은 미련을 등 뒤에 남기고 덕수궁 뜰을 걸었다. 확실히 봄이었다. 짝을 지은 사람들이 다정하게 붙어 다녔다.

"하느님이 애써서 만든 게 사람인 건 확실해. 저렇게 악착같이 붙어 다니게 만들기도 어려울 거야. 우린 하느님을 존경해야 돼."

"어쭈, 잘하면 천당 가겠네."

"난 그쪽에 별로 취미 없어."

통금이 없어진 뒤에 생긴 것 가운데 가장 두드러진 것은 사람들의 발걸음이었다. 느긋해진 발걸음은 사람의 마음에도 여유를 주는 것 같았다.

야간 관광버스는 꽤 사람이 들어차고 있었다. 되도록 뒷자리서부터 자리 잡는 것이 상식이었다. 보통 버스를 타면 앞자리서부터 자리를 잡지만 젊은 사람들만 타는 이상스런 야간 관광버스는 그와는 반대로 뒷좌석부터 자리가 찼다.

오징어 두 마리를 샀다.

"목 마를 테니까 귤도 사십쇼."

장사꾼의 충고였다. 꽤 설득력 있는 말이었다. 나는 귤을 봉지째 사서 넣었다. 버스는 종로통을 빠져나와 청계천을 한 바퀴 휘돌아 광화문으로 꺾어 돌았다.

하느님. 밤도 늦었고, 분위기도 있고, 성숙한 육체도 가졌으니 이쯤에서 눈 딱 감으면서 다혜를 훔칠 수 있게 해주세요. 사랑하는 사람들 체면이 있잖습니까. 대학교 졸업했겠다, 만져볼 건 다 만져봤습니다. 다혜를 내게 주십쇼. 저 나이까지 숫처녀로 놔둔다는 건 모독이 아닐까요? 오늘 밤, 딱 한 번만 봐줘요.

세검정 가는 고갯길을 올라선 관광버스는 오른쪽으로 휘어졌다. 북악 스카이웨이로 들어서는 길이었다. 밤의 시가지는 불빛으로 장관을 이루고 있었다.

우리나라 길이 분명한데도 길 이름은 양코배기 이름을 사용하도록 한 이 엉덩이에 뿔난 친구들아, 양잿물이라도 퍼 마시고 정신 좀 차려라. 양잿물도 외제니라.

관광버스는 정신 못 차리게 용을 쓰며 내달렸다. 팔각정을 한 바퀴 돌아 다시 내려 꽂히듯이 길을 따라갔다. 정말 싱거운 질주였다. 차창으로 야경을 보는 것뿐이었다. 차에 탄 애들은 한마디도 하지 않았다. 그저 저희들끼리 소곤대는 것만이 구경이라고 생각하는 것 같았다.

버스는 사직공원 옆을 돌아 독립문에서 좌회전했다. 남산으로 향하는 길이었다. 서울역을 돌아 남산으로 올라섰다.

버스는 식물원 앞에서 정차했다.

"십 분간 휴식입니다. 시간이 지나면 떠납니다."

운전사가 의미 있게 한마디를 던졌다. 사람들이 우르르 몰려 내렸다. 십 분 후에 버스는 텅텅 빈 채로 떠날 것 같은 예감이 들었다.

우리는 어슬렁거리며 내렸다. 차에서 내린 애들은 잽싸게 어둠 속이나 으슥한 곳으로 숨어들어 갔다. 뭐가 그리 급한지 모를 일이었다. 그들은 십 분 뒤에 돌아올 사람들이 아니었다.

"어딜 자꾸 가려고 그래?"

다혜가 으슥한 길목에서 눈치를 챘는지 이렇게 물었다.

"으슥한 데 가서 다혜를 해치울까 하는 거야."

"난 굉일이구."

"오늘은 좀 어려우실걸."

"물어뜯고 소리칠 텐데."

"암내 난 고양이나 그런 거겠지."

"뭐라구?"

다혜는 내 등짝을 때렸다. 나는 재빨리 다혜의 두 손목을 잡아 뒤로 꺾었다. 다혜가 주저앉았다. 나는 그녀의 턱을 잡고 입을 맞추었다. 꿈틀거렸다. 그러나 분명한 저항은 아니었다.

"소리칠 거야."

다혜가 입술을 오므려 피하며 말했다.

"마이크 빌려다 줄까?"

"미워죽겠어."

"난 이뻐 살겠어."

"강제로 이러는 법이 어딨어."

"여기 있잖아."

"정말 이럴 거야?"

"야, 좀 봐줘라. 남들은 만나자마자 탈탈 털고 일어서는데 난 이게 뭐니? 어차피 결혼할 거 아냐?"

"누구 맘대로."

"내 맘대로."

나는 다혜를 찍어 눌렀다. 가슴이 벌떡거리며 뛰었다. 아랫도리가 갑자기 기립했다. 다혜의 입술에선 껌 향기가 짙게 풍겨왔다. 그녀는 말없이 나를 받아주고 있었다.

"널 갖겠다. 넌 내 꺼야."

내 손이 비집고 들어갔다. 다혜는 억세게도 내 손목을 잡았다.

"이것만은 안 돼."

"왜?"

"나한테 장가올 거야?"

"몇 번이나 말해야 하니?"

"그게 진실이라면 참아봐. 난 이런 데서 이러고 싶진 않아."

그녀는 여전히 내 팔목을 움켜쥐고 있었다.

"한 번 속지 두 번 속진 않아. 가질 거야. 오늘은 용서 못해."

"비겁하게 왜 이래? 나하고 정말 결혼하려면 이래선 안 돼. 내가 강제로 빼앗긴다고 해서 찬이 거가 될 거라고 생각한다면 오산야. 날 잘못 봤어."

매몰찬 말투였다.

"넌 호기심도 욕망도 없니?"

"있어. 그러나 난 지킬 거야. 차라리 혀 깨물고 죽는 한이 있더라도."

"맘대로 해. 가질 테니까."

다혜가 뭐라고 사정했지만 나는 듣지 않았다. 오직 내 가슴 속엔 낮에 본 영화장면과 내 욕망의 끄트머리에 서 있는 승부욕뿐이었다. 그녀는 나를 물어뜯으려고 했다. 나는 그녀의 두 팔을 모아 꼼짝 못하게 한 채 그녀가 그렇게도 질기게 버티던 속옷을 벗겨냈다. 그녀는 반항하지 않았다. 나는 그녀의 부끄러움의 표현이 그런 저항으로 나타났을 거라고 생각했다. 이렇게 강하게 나가지 않으면 결코 그녀를 소유할 수 없다는 생각도 했다. 나는 저항 없이 누워 있는 그녀의 볼에 내 뜨거운 입김을 불어넣고 바지의 허리띠를 풀었다. 내 소원을 들어주는 것 같았다.

윽!

순간이었다. 다혜는 제 손가락을 깨물었다. 나는 얼른 바지를 추스르고 그녀의 손가락을 잡았다. 끈적끈적한 피가 흘러나왔다.

다혜는 울고 있었다.

"잘못했다."

나는 다혜의 가슴을 끌어안았다. 제 몸을 지키려는 다혜의 의지에 나는 어쩔 수가 없었다.

"널 정말 갖고 싶었어. 강제로라도 말야. 참을 수가 없었어."

내 목소리가 떨렸다. 다혜는 누운 채 흐느끼기만 했다. 나는 강제로 벗겨 내린 다혜의 속옷을 그녀의 발치에 끼워주었다. 앙증맞게 예쁜 속옷이었다. 내가 다혜의 속옷을 본 것은 처음이었다.

"네가 허락할 때까진 다시는 이런 짓 않을게. 내가 잘못했다. 맹세할게."

다혜는 옷을 추슬러 입고 일어섰다. 그러고는 말없이 걸어내려갔다. 그녀는 숲 속으로 자꾸 들어갔다.

"내가 잘못했다잖아."

나는 울고 싶었다. 다혜는 듣지 못한 듯 자꾸만 숲 속으로 들어갔다. 나는 쫓아가 다혜의 어깨를 잡았다. 그녀는 아직도 울고 있었다.

"잘못했다. 다신 안 그래. 정말야. 참을 수가 없어서 그랬어. 내 심정도 이해해 줘야 할 거 아냐? 생각해 봐. 난 병신이 아니란 말야. 봐줘라. 나도 건장한 동물이란 말야. 미워해도 좋아. 그럴 수밖에 없었어."

나는 이렇게 소리 질렀다. 다혜의 그 몸사림이 얄밉기도 했다. 나는 돌아서며 말했다.

"날 용서한다면 날 불러 세워. 그렇지 않으면 꺼져줄게."

내가 뒤돌아 걸었다. 그녀는 나를 부르지 않았다. 한참을 걸었다. 나는 모든 게 끝났다는 걸 알았다. 가슴이 뭉클해지기 시작했다.

"거기 서 있어. 이 도둑씨야."

다혜의 목소리였다. 투정 섞인 목소리였다. 나는 뒤돌아서 뛰었다. 그리고 다혜를 번쩍 안아 짭짤한 눈물을 마구 빨았다. 다혜가 내 따귀를 철썩 때렸다.

"이젠 속 시원하니?"

"몇 대 더 때릴 거야."

"좋다. 때려라."

다혜는 내 따귀를 때렸다. 아프지 않았다. 그것은 사랑의 매질이었다.

"입술만은 언제든지 개방해 줘라."

다혜가 고개를 끄덕였다.
"그 이상은 안 돼. 맹세할 수 있지?"
"유행가 가사 같다."
나는 다혜가 내민 손가락을 걸어주었다. 정말 다시는 그녀에게 조르지 않겠다는 결심을 했다.

하느님, 이거 정말 성질대로 안 되는 게 있습니다. 내 호적초본이 그런 겁니까, 내 팔자가 그런 겁니까.

숲 속의 봄날은 약간 서늘했다. 우리는 끌어안은 채 도란도란 다혜의 손가락 얘기를 했다. 피는 멈추었지만 아픔을 참기는 어려운지 자꾸 나를 때렸다.
"이봐, 남의 구역에 들어왔으면 인사를 하셔야지. 점잖은 체면에."
갑자기 사내 녀석 다섯 명이 나타나서 우리를 둘러쌌다. 숲 속에 들어와 속삭이는 데이트족을 털어먹는 녀석들이었다. 나는 말없이 일어나서 녀석들을 주욱 훑어보았다. 험악한 말투와 꽤 세련된 야구방망이의 손놀림을 쳐다보았다.
"임마, 남의 계집 델구 놀다 공동묘지 간다는 것쯤이야 알았겠지."
다혜는 떨지 않았다. 그 정도의 데이트족이나 털어먹는 형편없는 사내들쯤은 내 상대가 아니라는 걸 알았다.

“다섯 놈 뼈다귀 수리하려면 그동안 먹은 거 죄 토해야 되겠구나.”

“저 자식 아가리부터 묻어줘라.”

한 사내가 말했다. 다섯 녀석 모두 야구방망이를 치켜들었다.

“이놈들아, 젊은 애들 사랑할 데가 없어서 여기 숨어들어 왔으면 보호는 못해 줄망정 방해는 말아야지. 젊은 놈들이 무슨 할 짓이 없어서 데이트족을 털어 이놈들아.”

“어쭈 도덕 선생일세. 도덕적으로 뼈를 추려줘라.”

야구방망이가 휙휙 날았다. 나는 두어 바퀴 뒹굴며 녀석들을 걷어찼다.

사내들이 쭉 뻗어 누웠다. 논바닥에 내던진 개구리 같았다. 야구방망이를 작신 부러뜨렸다. 그리고 한 녀석씩 잡아 일으켜 관절을 꺾어 앉혔다.

“형님, 제발.”

두목인 듯한 사내가 애원했다. 나는 녀석의 관절을 두 마디나 꺾어 앉혔다. 녀석들은 엉금엉금 기어서 뒹굴며 내려갔다. 밤새 내려가야 겨우 새벽녘에 택시를 타고 접골원에 갈 수 있을 것이다.

다혜와 나는 그 자리에서 오랫동안 길고 뜨거운 입맞춤을 했다. 그것밖에 우리가 할 짓은 없었다. 이 아름다운 밤에.

이상한 곳

메모지 위엔 미나의 필적이 분명한 글귀가 씌어 있었다. 급한 일이 있으니 꼭 연락 바란다는 내용이었다. 아침부터 전화 연락이 안 되어서 저녁엔 직접 찾아와 기다렸던 모양이었다. 은주 누나의 대접을 잘 받고 그냥 돌아간다는 내용도 있었다.

안방 문을 두드렸다. 안에서 불 켜는 소리가 들렸다. 문을 열어준 계집애는 잠기 가시지 않은 얼굴로 나를 원망스럽게 쳐다보았다. 거의 매일 밤 늦게 돌아오는 내가 조금은 미운 것 같았다.

"과부가 일찍 자는 수도 있어?"

내가 문을 열고 들어서며 말했다. 눈이 부신지 은주 누나는 얼굴을 가렸다. 잠옷 사이로 누나의 팽팽한 나신이 들여다보였다. 삼십 대 여인의 눈부신 성숙을 느낄 수 있었다. 나는 가끔 은주 누나의 그런 성숙함 때문에 잠을 이루지 못했다.

여자 나이 삼십. 혼자 사는 여자의 서른 살은 남자의 마음을 들뜨게 하는 것인지도 모른다. 상상 속에서 나는 언제나 은주 누나를 소유했다. 은주 누나도 나를 정열적으로 받아주었고 나를 따뜻하게 안아주었다.

그러나 눈을 뜨면 부끄러웠다. 어린 시절에 은주 누나의 품에 안겨 자던 생각을 하면 가슴이 지금도 뜀질을 하곤 했다.

"너, 밤낮 어딜 쏘다니니? 바람난 수캐처럼."

은주 누나가 눈을 흘겼다. 눈 흘기는 여자의 모습이 이렇게 아름다울 수 있을까? 나는 덤벼들고 싶었다. 이것이 젊은 피라는 걸까?

"홀아비 심정 과부가 안다고, 나 바람나니까 무섭지?"

"놀구 있다. 미나라는 애 다녀갔다. 애 괜찮더라."

"메모지 다 봤어."

"다혜보다 낫더라."

은주 누나 마음엔 미나가 더 차는 모양이었다. 다혜는 냉정한 구석이 있지만 미나는 그렇지 않았다. 사근사근하고 여자 냄새가 물씬 날 만큼 달라붙는 성미였다. 은주 누나 마음을 나는 대번에 읽었다. 좀 뻰대는 느낌을 받는 다혜보다 미나가 다루기 편했을지도 모른다.

"누나가 델구 사는 거야 미나 같은 애가 괜찮지만 나 같은 놈에겐 안 어울려."

"그런 애가 날 거야."

"여자가 나이를 먹으면 별수 없다니까."

"너, 다혜하고 결혼하면 쥔다. 미나 같은 애라면 그런 걱정 안 해도 될 거야. 생각 잘 해봐라. 미나도 널 좋아하나 보더라."

"괜히 쓸데없는 말 한 거 아냐?"

"했지."

"뭐라구?"

"우리 집에 들어와 살자고."

"맙소사."

"그나저나 전화나 해줘라. 급한 일이 있나 보더라. 조금 전에도 전화 왔었다."

"알았어요."

"그리고 그만 쏘다녀라. 취직을 하든 우리 가게를 맡아서 하든 해얄 거 아니냐. 언제까지 쏘다닐래?"

은주 누나는 내가 돌아다니는 게 못마땅한 모양이었다. 은주 누나가 낸 가게를 맡아달라고 했지만 나는 한사코 버티었다. 아직은 어떤 일에든 얽매이고 싶지 않았다.

"누나가 너무 예쁜데."

내가 짓궂게 말하고 등 뒤에서 끌어안았다.

"얘가 미쳤나. 왜 이래?"

은주 누나의 살은 따뜻했다. 내가 어렸을 때 느꼈던 것보다 훨씬 뜨거워진 것 같았다.

“누나, 빨리 시집이나 가라. 이렇게 따스한 살 썩히지 말고.”

“얘가 못하는 소리가 없어.”

“정말야. 뭐하러 썩혀? 십 년밖에 안 남았어. 여자 나이 마흔이 넘으면 누가 따뜻하게 봐주지도 않아. 한 줌의 흙일 뿐야.”

은주 누나는 내 손을 꼬집었다. 감촉으로 느끼는 은주 누나의 가슴은 컸다. 손을 놓고 싶지 않았다. 솔직한 심정은 누나를 갖고 싶었다.

“얘가, 어서 놔.”

다부진 말투였다.

“그렇다고 내가 누나한테 장가갈 수는 없잖아? 빨리 시집이나 가.”

은주 누나는 등 뒤로 나를 잡았다. 금방이라도 울 것 같았다.

“누나, 난 누날 좋아해. 이건 안 변할 거야. 그래서 누나가 행복한 걸 보구 싶어.”

“알아.”

누나는 따뜻했다. 나를 뿌리치지 않았다. 등 뒤로 껴안은 내 팔뚝 위에 차가운 눈물방울이 떨어졌다.

“누나, 시집가. 누난 행복할 수 있어. 행복해야 돼.”

“고맙다.”

“잘 자, 누나.”

나는 누나의 볼에 가볍게 입술을 대었다. 눈물이 내 볼에 닿았다. 몸은 뜨거웠지만 눈물은 차가웠다.

내가 방문을 열고 스위치를 내렸다. 누나가 돌아다보았다. 나는 문을 닫고 천천히 내 방으로 올라갔다. 계집애가 식탁 옆에 숨어서 귀를 기울이고 있다가 화들짝 놀랐다.

"너 이리 와."

계집애가 고개를 숙이고 의자에 앉았다. 은주 누나가 고향에서 데리고 온 계집애였다. 열여덟 살짜리치곤 너무 영악스러운 짓을 하는 것 같았다. 내가 은주 누나 방에 들어가니까 무슨 일이 일어날 줄 알고 귀를 기울인 것 같았다.

계집애 머리통을 한 대 쥐어박았다.

"앞으로 다시 이런 짓 하면 그냥 안 둔다. 알았어?"

"네."

계집애는 몸을 꼬았다.

"가서 자. 빨리."

계집애가 살금살금 기어서 제 방으로 들어가는 것을 보고 이층으로 올라왔다. 잠이 오지 않았다. 은주 누나의 잠옷 사이로 들여다보인 성숙한 육체가 자꾸 맴돌고 있었다. 샤워를 하면서 내 실한 아랫도리를 자꾸 쳐다보았다. 다혜의 거부하는 몸짓과 은주 누나의 따뜻한 육체가 자꾸 떠올랐다.

이 젊음을 주체할 수는 없을까?

하느님. 왜 이렇게 만들었습니까. 도대체 스물세 살이란 뭡니까? 어째서 이렇게 밤마다 남아도는 힘으로 고통스러워야만 합니까. 무엇 때문에 가만히 내버려두어도 좋은 육체 속에 뜨거운 피를 보내주는 겁니까.

다 마시고 싶습니다. 수많은 여자를 큰 그릇에 녹여 넣은 뒤에 꿀꺽꿀꺽 정신없이 마시고 싶습니다.

이 정신없이 끓는 피를 탓하시렵니까? 아니면 팔팔 끓게 한 당신이 책임을 지시렵니까?

도덕과 윤리라는 걸 나도 압니다. 누구 못지않게 심각한 고민을 하기도 합니다. 그런데도 안됩니다. 닥치는 대로 여자를 마시고 싶습니다. 여자들도 나처럼 남자를 다 마셔버리고 싶겠죠? 그런데 그놈의 도덕이니 윤리니 하는 것 때문에 참는 거겠죠.

이렇게 욕정의 분화구 끝이 터져버린 날이면 나는 차라리 한 마리의 수캐였으면 싶습니다. 그래서 내 욕망을 길바닥에서 아무렇게나 처리해 버리고 싶습니다.

솔직한 게 죄는 아니죠. 그런데 이놈의 솔직함은 어느 누구에게도 고백할 수가 없습니다. 나만 더럽고 치사하다는 소리를 듣게 될 겁니다.

하느님. 인간도 동물입니다. 이런 밤엔 젊은 피를 걷어가주실 수 없습니까.

샤워를 끝내고 침대 위에 벌렁 누웠다. 도저히 그냥 잠들 수는 없었다. 감추어놓은 포르노 두 권을 꺼냈다. 양코배기 사내들과 계집애들이 정신없이 뒤엉킨 사진복사였다. 아무도 모르게 책상 서랍 깊숙한 곳에 감추어놓은 것이었다.

문 두드리는 소리가 들렸다. 나는 얼른 포르노책을 침대 밑에 던져 넣고 일어섰다.

"누구?"

"저예요."

계집애 목소리였다. 나는 문을 열고 수줍게 서 있는 계집애를 쳐다보았다.

"왜?"

그렇게 퉁명스럽게 물어볼 생각이 아니었는데도 매몰차게 물었다.

"저, 사실은……."

나는 그 순간에 계집애를 훔치고 싶었다. 말쑥한 차림새는 아니었지만 얇은 스웨터 밖으로 불룩하게 솟구친 가슴과 종아리 사이로 두툼하게 살찐 계집애를 보는 순간 가슴이 쿵쾅거리기 시작했다.

"들어와."

계집애는 내 잠옷 차림을 쳐다보고 얼굴을 돌렸다. 나는 계집애의 손을 잡아끌었다.

"무슨 얘기야."

여전히 내 목소리는 퉁명스러웠다.

"아까, 미안했어요."

그 얘기하러 올라왔다고 보기는 어려웠다. 나는 다짜고짜 계집애를 침대 위에 쓰러뜨렸다. 속살이 훤히 보였다. 계집애가 치마를 재빨리 여몄다. 그러나 체념한 듯 눈을 감았다. 너무 싱거운 상대였다.

"빨리 나가."

계집애가 침대에서 일어났다. 아무런 저항도 하지 않는 계집애를, 더구나 내 농락의 대상물밖에 안 되는 계집애를 훔칠 수는 없었다. 계집애를 훔칠 수는 있었지만 내가 책임질 수는 없는 일이었다. 내 양심 끄트머리에 붙어 있는 것은 비겁하지 말자는 것이었다. 사랑하지도 않는다. 그렇다고 그녀를 욕심 내본 적도 없었다. 그러면서 그녀를 훔친 뒤에 내가 고통스러워야 할 것은 너무나 컸다.

계집애는 붉어진 얼굴로 방문을 닫았다. 아래층으로 내려가는 소리를 듣고 방문을 잠갔다. 후회가 몰려왔다. 뒷일을 생각하지 않으면 욕망의 끈을 풀어 던질 수도 있었다.

하느님. 나는 한 마리의 수캐이고 싶었습니다. 그러나 수캐가 될 수는 없었습니다. 나쁜 짓을 하고 돌아다녔지만 비열한 사내짓은 할 수가 없었습니다. 몸을 상품처럼 내던지는 여자라면 내가 참지 않았을 겁니다. 그러나 그 계집애는 아직도 때묻지 않은 호기심뿐이었습니다. 이놈의 욕정이 과연 어떤 겁니까. 참고 견디기엔 너무나 고통스럽습니다.

미나의 전화를 받았다. 차분하게 가라앉은 목소리였다.

"오빠, 급한 일이 있는데 좀 만나줘. 하루 종일 찾았단 말야."

"뭔데 그래 ? 얘기해 봐."

"전화로 할 얘기가 아냐. 지금 만나."

"아침도 안 먹었다."

"내가 사줄게. 지금 만나."

"무슨 일 났니?"

"오빠밖에 해결할 수 있는 사람이 없어. 정말야."

"네 일야?"

"그러니까 사정하는 거지."

"어디로 나가래?"

"되도록 용산 쪽이었으면 좋겠어."

"그럼 투투로 나갈게."

나는 아침밥을 서둘러 먹고 나섰다. 은주 누나가 내 뒤통수에다 대고 말했다.

"운전면허 따래두 그러니."

은주 누나는 혼자 차를 몰고 다니는 것이 미안했던 모양이었다.

"이만한 실력이면 찾아와서 면허증 주는 세상였으면 좋겠어."

"쓸데없는 소리 말고 면허 따."

"노력해 볼게."

나는 가끔 차를 몰고 다녔다. 아직까지 한 번도 들킨 적은 없었다. 면허증 없이 엉터리로 차를 끌고 다닌다는 게 위험스럽다는 건 알았다. 그러나 면허시험장에 다니면서 복잡한 절차를 밟는 게 싫어서 여태 면허를 취득하지 않았다.

투투에는 미나가 먼저 와서 기다리고 있었다. 하얀 실크 주름치마와 하얀 블라우스가 미나의 아름다움을 돋보여주었다.

"널 보니까 확실히 봄은 봄인가 보다."

"다혜 씨 안녕해?"

"안녕 않길 바라니?"

"아니."

"무슨 일야?"

"숨이나 돌리고 얘길 들어."

"네가 급하지 내가 급하니?"

"나 시집갈까 그래."

"시집."

나는 괜히 기분이 씁쓸했다.

"그래서 날 불러냈니?"

"괜찮은 남자가 시집오라고 졸라서 그러기로 했어."

예쁜 여자들은 평생 혼자 살아줬으면 싶은 게 솔직한 내 심정이었다. 더구나 나를 좋아했다는 전력을 지녔다면 더욱 그랬다.

"축하한다."

"진심으로 축하하는 것 같지 않은데. 나 시집가는 거 싫어?"

어리광 부리듯 말했다.

"가고 싶으면 가는 거지."

"오빠가 가지 말라면 안 갈 수도 있으니까."

"그렇게 가고 싶으면 말릴 장사 없는 거다."

"그러지 말고 솔직하게 말해 봐."

"좋으면 가야지."

그러나 나는 거짓말을 하고 있었다. 가지 말라고 붙잡아둘 수만 있다면 그렇게 말하진 않았을 것 같았다. 마음속으로는 가지 말라고 말하면서도 겉으로는 축하한다는 얘기를 할 수 있었다. 그것이 내 이중성인지 모른다.

"지금까지는 농담이라는 거였습니다. 지금부터 본론을 시작하겠습니다."

내 굳은 표정을 읽은 미나가 이렇게 말하며 깔깔거렸다.

"겁주지 말고 무슨 얘긴지 털어놔."

"지난번 나 가출할 때 같이 있던 언니가 있어. 그 언니는 천국직행교에서 스스로 도망갈 정도로 강인한 여자였어. 그런데 천국직행교 있을 때 몸도 버리게 됐고 집안도 어렵고 하니까 돈이나 벌자며 이상한 델 뛰어 들어갔어."

"이상한 데가 어디야?"

"내 얘길 마저 들어봐."

미나는 핸드백 속에서 메모지 한 장을 꺼내 내게 내밀었다.

"이런 데 알아?"

"여관 아냐?"

"저 건너에 있어."

"바람난 여자를 나보고 어쩌라는 거야?"

"얘길 들어보라니까 그래. 그냥 여관이 아니고 목욕하는 여관인가 봐."

"그런 데가 몇 군데 있다고 들었다."

"피, 괜히 모르는 체하면 누가 오빨 순진하게 봐줄 줄 알아."

"그렇다 치고 얘기해 봐."

나는 갑자기 호기심이 발동했다. 목욕하는 여관이라면 빤한 곳이었다. 남자들을 손님으로 받아 목욕시켜 주고 욕정을 풀게 한 뒤에 돈을 받는 변태업소를 말하는 것이었다.

"그 언니는 지금 죽지 못해 사는 형편이래."

"어떤 사정인데."

"자세한 건 오빠가 직접 알아봐. 내가 아는 건 포주가 지독하게 갈취하는 사람인가 봐. 그 언니는 미움을 사서 집도 뺏기고 도망가지도 못할 형편인가 봐. 언니 말로는 그러다가 죽일지도 모른다며 울던데."

"미나 네가 어떻게 그런 걸 알았니?"

"그 언니 동생이 우리 집엘 왔었어. 언니가 몰래 보낸 편지를 들고 와서 우는데 딱해서 볼 수가 있어야지."

"그 편지 어디 있니?"

미나는 여러 겹 접은 편지지를 내밀었다. 나는 차근차근 읽어나갔다. 경찰에 고발하면 몸은 빠져나올 수 있겠지만 억울하게 빼앗긴 집과 현금을 찾을 수가 없다는 내용이었다. 돈을 벌기 위해 그 짓을 했는데 무일푼으로 몸만 빠져나올 수는 없는 입장이었다.

"이런 새끼들이 아직도 판치고 사니 세상 꼬라지 알조지."

나는 편지를 다 읽고 이렇게 소리 질렀다.

"오빠가 나서줄 테야?"

"사실인지 아닌지는 알아야지. 거기서 걔를 뭐라고 찾아야지?"

"동생 말론 거기선 미스 황으로 통하나 봐."

"본래 이름은?"

"이연미야. 인천이 고향이고 거기서 여고 나왔어."

"예쁘니?"

"웬만한 남자라면 껌뻑 죽을걸."

"다른 건 없니?"

"그 이상은 나도 몰라. 그 언니랑 헤어진 지도 오래됐고 그런 일 하고 있는 줄도 몰랐으니까."

"알았어. 내가 해볼게."

"고마워 오빠."

나는 약도대로 머릿속에 근처의 생김새를 대충 생각해 보았다. 그쪽에 그런 음탕한 여관과 포악스런 포주가 있다는 사실은 처음 알았다.

"내가 도와줄 건 없을까?"

미나가 이렇게 말했다.

"걱정 말고 자는 수밖에 없어. 거길 갈 순 없으니까."

미나와 나는 점심 먹을 때까지 같이 돌아다니다가 헤어졌다. 저녁때 그곳으로 들어가 어떤 곳이며 포주가 어떻게 생겼는지 살펴본 뒤에 대책을 세울 생각이었다.

그런 변태 목욕탕에 대해 별로 아는 게 없었다. 그러나 내 호기심을 자극하기엔 충분했다. 사람 사는 땅엔 별의별 것이 많기 마련이지만 사내를 편리하게 해주는 이런 업종이 자꾸 느는 것은 결국 쾌락의 도구가 많아진다는 것인지 모른다.

여관의 위치나 여관에서 일어나는 작태를 비교적 상세하게 아는 녀석을 찾아냈다.

"프로처럼 보이려면 뒷문으로 들어가. 앞문으로 들어가면 호구 잡혀. 방값만 주고 나머진 모두 후불이다."

"구체적으로 좀 알자."

"나도 허리 휘어가며 배운 거다."

"잔소리 말고 말해."

"네가 그런 데 숙맥이라는 건 말도 안 돼. 이해할 수가 없어서 그래."

"나야말로 도덕 그 자체지. 도덕 공부할 필요 없어. 내 뒤만 졸졸 따라다니면 천당은 그냥 가게 돼 있어."

나는 괜히 모르는 체했다. 녀석은 믿어지지 않는다는 듯이 몇 번이나 고개를 흔들었다.

"방값 팔천 원, 비디오값 오천 원. 그리고 샥시값 이만 원. 이게 기본인데 비디오는 봐두 좋고 안 봐도 그만이다."

"어린 녀석이 그만하게 살아 있는 거 보면 장하다. 이 담에 느이 마누라한테 되도록 비밀을 지켜보느라고 악은 쓰겠다만…… 나도 선량한 사람인지라 될지 안 될지는 모르겠다."

"고자질해서 출세 못한 사내를 보지 못했다. 넌 출세 하나는 보장된 인물이다."

"진실대로 말해 줘서 고맙다."

내 말이 끝나자 녀석은 손을 흔들며 저만큼 걸어갔다.

"재미 많이 봐라."

녀석이 익살맞게 던진 말이었다.

나는 어슬렁거리며 Y여관 뒷길로 들어섰다. 속사정을 빤히 알면서도 선뜻 내키지 않는 걸음이었다.

여관 뒷문으로 들어섰다. 사십 대의 여자가 웃는 얼굴로 나를 앞세우고 이층으로 올라갔다.

"아줌마, 미스 황 좀 불러주쇼."

나는 일부러 건들거리는 동작으로 말했다. 이런 곳일수록 아마추어가 아니라는 냄새를 피울 필요가 있었다.

"단골이 무슨 재미유? 아가씨들 많은데."

"조강지처가 젤 난 거 아닙니까."

나는 또 한 번 능청스럽게 나갔다.

"칼부림 나겠구려."

"딴 서방이 왔나요?"

"눈치 하나는 댓길이시네. 눈치 빨라야 절에 가서 고기 얻어 먹는댔수."

사십 대 여자도 보통은 넘었다.

"어떻게 빼돌려보슈."

"금방 들어갔는데…… 기다리겠수?"

나는 그 순간에 계획했던 것보다는 돈을 두 배쯤 써야 된다고 생각했다. 미스 황을 기다리기엔 좀 지루할 것 같았다.

"그럼 말 잘하는 애 보내주쇼."

"재미있는 양반이네. 몸씨름 하러 온 게 아니라 말장난 하러 왔나."

"시간 좀 끌어얄 거 아녜요."

"젊은 사람이 보통 아니셔. 내 쩍쩍 달라붙는 아가씰 보내드리지."

나는 천 원짜리 두 장을 여자에게 내밀었다. 여자는 방문을 열어주고 커튼을 내렸다.

"다른 건 없수?"

"테이프 다른 거 들어왔어요?"

"맨날 그거지, 머."

"만화책 보는 게 낫지 그걸……."

"심심할까 봐 그렇지."

아예 나이 어린 것을 알았는지 반말투로 나왔지만 싫지는 않았다. 오히려 자연스러워 보였다.

"이런 곳에 살면 심심치는 않겠네요. 재미있는 꼴도 실컷 볼 테고."

내가 능치고 들어갔다.

"아휴, 속 모르는 소리 말아요. 이게 어디 사람 사는 거유? 죽지 못해 사는 거지."

"그냥 이것도 재미다 하고 사셔야죠. 맥주 하시겠어요?"

"나 술 못해요."

"그럼 맥주 두어 병 하고 안주 좀 보내주세요. 그리고 참, 아주머니도 콜라라도 한 병 드세요."

나는 이렇게 선심을 쓰고 나갔다. 여자의 표정은 대번에 부끄러움으로 찼다. 친절한 대접을 받기 어려운 장소에서 이렇게 작은 친절은 큰 효과를 보는 것이었다.

"재미없겠지만 내 비디오 넣어드릴 테니 보슈."

"고맙습니다."

능청 떤 것이 주효했다. 꽤 닳고 닳은 사내처럼 구니까 오천 원짜리 비디오를 공짜로 보게 되는 것이었다.

침대 머리맡과 발치께엔 대형 거울이 매달려 있었다. 아마

나체의 여자를 마음껏 바라보라는 것 같았다. 방엔 커다란 목욕탕이 딸려 있었다. 지저분하긴 했지만 화려한 몸놀림이 연상되는 플라스틱 의자와 욕탕이었다.

여기가 이른바 변태 여관이라는 곳이었다. 보통 여관과 다를 바가 없었다. 여자가 들어온다 해도 마찬가지였다. 다만 여자와의 거래방법이 다르다는 것 정도였다. 이런 곳이 서울에 여러 개 있다는 건 이미 알려진 사실이었다. 늘어나면 늘어났지 줄어들지는 않을 곳이었다.

텔레비전 스위치를 넣었다.

이미 시작한 지 오래된 것 같았다. 화면 가득히 음란한 장면과 거친 호흡과 여인의 비명 소리가 들어찼다. 여자의 비명 소리는 영어일 뿐 그 표정이 음란한 장면은 동서양을 구분할 수는 없을 것 같았다.

양코배기들이 발가벗고 지랄맞게 노는데도 일등국민인 건 확실했다. 별 해괴망측한 짓까지 얼굴 내밀고 해댔다. 양코배기 조상들을 만약에 우리나라에 데려다 놓았다면 음란죄로 목에 칼 씌웠을 건 당연했다. 젖 못 먹고 자란 것들이라서 그런지 닥치는 대로 빨아먹으려만 들었다.

노크 소리가 났다.

"들어와."

계집애가 생끗 웃고 들어왔다. 실크 원피스 자락이 짧았다. 맵시가 있는 스타일이었다.

계집애는 들고 들어온 가방에서 크고 작은 수건을 꺼내 탁자 위에 내려놓고 욕탕으로 들어갔다. 뜨거운 물과 찬 물을 적당히 맞춰 틀어놓고 나와서 양담배 한 갑을 내밀었다.

"임마, 이것도 인연인데 이름이나 알자."

내가 가볍게 어깨를 때렸다.

"미스 주예요."

"이름 없어?"

"집에다 놓고 다녀요."

"졌다."

제법 이빨이 센 여자 같았다. 얼굴이나 몸매가 보통 세련된 여자 같지 않았다.

"몇 살이냐?"

"스물여덟."

"공갈치구 있네."

"몇 살 먹어 보여요?"

"스물넷?"

"아이구 고마우셔라. 뼈골 빠지게 서비스 왕창 해드려야겠네."

여자들은 나이를 내려보기만 하면 애 어른을 안 가리고 좋아하는 것 같았다. 계집애는 내게 담뱃불을 붙여주고 침대 모서리에 쪼그리고 앉아서 내 바지 끝을 건드렸다.

건방진 놈이 그냥 있을 리가 없었다.

"먹구살 만하냐?"

내가 의뭉스럽게 물었다.

"먹구사니까 이짓 하지."

"이런 짓해서 먹고사는 여자들 잘 사는 거 못 봤다."

"옛날 얘기책 보시는 거요?"

"궁금해서 그래. 어떻게 먹고사는지 알고 싶어서."

"그런 것까지 신경 쓸 거 없어요. 그거야 우리가 알아서 먹고사니까요."

보통내기는 아닌 것 같았다. 계집애는 등 뒤로 달린 지퍼를 가리켰다. 나는 조심스럽게 지퍼를 내려주었다. 실크 원피스 외에는 아무것도 입고 있지 않았다. 젖가슴이 팽팽하게 드러났다. 스물여덟 살 먹은 여자치고 군살 하나 없는 몸매였다. 뱃가죽이 조금도 늘지 않았고 엉덩이나 젖가슴이 조금도 늘어지지 않은 육체였다.

"너무 아름답다. 이런 몸 가지고, 이렇게 예쁜 얼굴 가지고 왜 이런 데서 썩니?"

"썩다뇨?"

"아깝다 이 말야."

"아까울 거 하나도 없어요. 몸이 밥 먹여주나요. 얼굴이 먹여주나요."

개똥철학이란 말로 표현하면 사는 게 뭔지 아는 여자 같았다.

"저거 보고 아무렇지도 않니?"

나는 비디오 화면을 가리키며 물었다. 이미 나는 옷 벗기가 부끄러울 만큼이었다.

"저 정도 보고 흥분할 정도면 살맛 나게요."

이미 지칠 대로 지쳤다는 육체의 잔해를 얘기하려는 것 같았다.

"하루에 손님 몇이나 오니? 평균 말야."

"이 양반이 세무서에서 나오셨나? 왜 자꾸 그러죠?"

"그게 아니고…… 사는 게 신기해 보여서 그러는 거라니까."

"목욕이나 해요. 일어나요."

나는 엉거주춤 일어나서 옷을 벗었다. 계집애는 이미 나신이었다. 약간은 부끄러웠다. 퍽 당당하게 굴다가도 나보다 더 당당하게 나오는 여자 앞에 나서면 기가 죽게 되었다.

탕 속의 물은 적당한 온도였다. 계집애는 물을 뿌려 내 몸을 적신 뒤에 비누칠 잔뜩 한 수건으로 닦아 내려갔다. 나는 잠시 내가 이곳에 들어온 목적을 잊어버렸다.

욕망이란 그런 것인지 모른다.

쾌락의 끈은 풀어버릴수록 더 옥죄어드는 것인지 모른다.

"머리 감을래요?"

계집애가 제 몸에 물을 끼얹은 뒤에 말했다.

"조오치."

나는 탕 속으로 들어가 자라처럼 목을 길게 뺐다. 계집애가 샴푸로 머리를 두 번 행구어 냈다.

"린스는 없니?"

"정말 노시네."

"임마, 이왕이면 다홍치마잖아."

"머리털이 웃어요."

나는 대꾸 없이 웃었다. 계집애의 말솜씨가 보통은 넘는다 싶었다. 머리를 다 감겨준 계집애가 수건으로 온몸을 감싸듯 물기를 닦아주었다.

비디오 화면은 다른 테이프였다. 아까 것보다 더 난잡스러워 보였다. 나는 침대에 길게 누웠다. 붉은 조명등만 남고 모두 꺼졌다.

"느네는 얼마나 차지가 가는 거니?"

계집애가 가슴으로 애무하며 괜히 숨소리를 높이고 있었다.

"반반씩은 차지가 돼?"

계집애는 말없이 제 가슴으로 나를 감싸듯 몸을 유연하게 놀렸다.

"이거 퇴계로만 못하다. 소문이 짜해서 왔는데."

"거기하고 같아? 질적으로 다르다구요. 걔들이야 빤한 애들 아냐."

"다르긴 개뿔이나 달라. 벗겨놓고 보면 그게 그거지."

계집애는 들은 척도 하지 않았다. 혓바닥 공양으로 내 잔소리를 막으려는 것 같았다.

"미스 황 있지? 그 친구 여태 여기 있나?"

나는 눈을 감고 온 몸에서 스멀스멀 일어나는 쾌락을 제어

하지 못한 채 자꾸 딴소리를 했다. 쉽게 계집애한테 무너지기 싫어서 더 잔소리를 하는 것이었다.

"지금 오입질하러 온 거야? 조강지처 안부 물으러 온 거야?"

꽤 아귀차게 나왔다. 나는 될 대로 되라는 심정으로 몸을 맡겼다. 미나가 만약 이곳의 생리를 상세하게 알고 있었다면 내가 지금 이런 꼴을 하고 있다는 걸 짐작하고 있을지 모른다.

만약 다혜가 알게 된다면.

끔찍해서 더 생각하기 싫었다.

그녀는 혓바닥으로 나를 녹여냈다. 나는 흐물거리며 녹아들어갔다. 그녀에게 지불할 현금이 너무 적다는 생각이 들 정도였다. 나한테만 이렇게 구는 게 아닐 것이다.

나도 별수 없는 동물이었다.

하느님. 눈을 감고 귀를 막으세요. 이건 하느님이 만든 것 가운데 그나마 제일 그럴듯한 겁니다. 사람들이 폼 잡고 다닐 때야 어디 감히 이러리라고 생각이나 하겠습니까.

하느님. 만약 이 쾌락이 없다고 가정해 보세요. 이 지구는 벌써 사라졌을지 모릅니다. 그냥 두 눈 딱 감고 벌큼벌큼 웃고 마세요. 사람들이 뒤엉켜 사는 거 관심두지 마세요.

어차피 하느님은 사람 일에 관해서 관심이 없으시죠. 동물들에게 하느님을 믿게 하는 방법을 강구하시는 게 훨씬 현명할지 모릅니다. 동물은 사람처럼 하느님을 팔아서 부자 되거나 하느님을 팔아서 제 배만 불리려고 하진 않을 겁니다. 숲 속에 조그마한 땅굴 교회를 파고 열심히 하느님을 섬길 거예요. 사이비 종교도 안 생길 거고 자칭 하느님 비슷한 척하는 사기꾼도 안 생길 겁니다.

하느님은 사람 믿어서 잘된 게 없어요. 인덕은 되게 없는 양반이죠.

핵무기나 성능 좋은 무기도 다 뺏어버려요. 그래서 옛날처럼 고작해야 말이나 타고 다니며 칼과 화살과 창으로 싸움질하는 정도로 만들어주세요. 그래야 지구는 평화가 옵니다.

다시 목욕탕에 들어가 샤워를 끝낸 나는 주섬주섬 옷을 입었다. 계집애가 담뱃불을 붙여주고 돌아서서 옷을 입었다. 아주 간단했다. 실크 원피스 하나만 걸쳤기 때문에 복잡할 게 하나도 없었다.

"얘기 좀 할래?"

"무슨 얘길 하자는 거예요?"

"너, 진짜 좋아서 그렇게 죽는 시늉한 거냐?"

"……"

계집애는 고개를 저었다. 솔직한 표정이었다.

"내가 그 수에 넘어갔다만…… 진짜 얼마나 네 차지가 되는 거냐?"

"그런 거 묻기 없기."

"좋다. 그럼 이 여관 말고 뜯기는 데 없니?"

"왜 없겠어. 너무 순진하셔. 사는 게 다 그런 거 아녜요? 우리가 뜯기니까 먹고사는 사람 느는 거고, 우리도 그 덕에 마음이나마 편한 거고. 다 그런 거죠, 머."

"좀 심한 줄 안다만, 한 달에 얼마쯤 버는 거냐?"

"정말 이상한 손님이네. 그런 걸 왜 물어요?"

"너같이 괜찮은 여자 빼내가려면 그 값은 주고 빼내가야 될 거 아냐. 그런 계산 좀 하려고 그래."

"여기서 그 말에 속을 년 있을까요? 유치원에 가서 보모하면 딱 맞으시겠어요."

"임마, 좀 봐줘라."

계집애는 손님이 기다려서 더 있을 수 없다며 나갔다. 텔레비전에선 여전히 양코배기의 싸가지 없는 작태가 벌어지고 있었다. 아까까지만 해도 호기심이 들끓었지만 이제는 별 관심이 없었다.

전화기를 들었다. 허스키 목소리의 여자가 간드러지게 전화를 받았다.

"미스 황 부탁했는데 어떻게 됐어요?"

"미스 주 안 들어갔어요?"

"금방 나갔어요."

"워매, 미스 황을 또요?"

여자는 장난스럽게 말했다.

"미스 황 좀 보내줘요."

"알았어요."

맥주 한 병을 벌컥벌컥 마셨다. 속이 시원했다. 노크 소리가 나면서 계집애가 들어왔다. 피곤한 기색이었다. 미나가 얘기한 대로 미녀였다. 알록달록한 치마 끝이 말려 올라가 퍽 선정적이었다.

"미스 주가 뭐 잘못됐나요?"

그녀는 수건 보따리를 풀어놓으며 물었다.

"아뇨. 이거 먼저 볼래요?"

나는 미나가 써준 편지를 내밀었다.

내 얼굴을 빤히 쳐다보고는 편지를 재빨리 읽어 내려갔다.

"그럼……."

"기다린 겁니다."

"목욕탕으로 가세요. 옷은 벗으시구요."

그녀는 빠른 음성으로 말하고 문고리를 잠그었다. 나는 옷을 입은 채 목욕탕으로 들어갔다. 그녀가 따라 들어와 수도꼭지를 열어놓았다. 물소리가 요란했다. 그녀는 바깥 눈치를 살피는 기색이었다.

"전 감시당하고 있어요. 그래서 이러는 거예요."

물소리에 섞여 잘 들리지 않았지만 되도록 목청을 낮추라는 시늉이었다.

"무슨 일인지 얘길 해주세요."

내가 채근했다.

"어디서부터 얘기해얄지 모르겠네요. 우선 여기 얘기부터 하겠어요."

그녀는 옷을 벗어 탕 밖으로 던졌다.

"만약을 모르니까 전 벗을게요."

그녀는 여성지 선전에서나 볼 수 있는 멋진 브래지어와 팬티 차림으로 물을 몸에 뿌리고 있었다.

"여긴 위험한 곳예요. 깡패들이 항상 대기하고 있고 저는 감시당하고 있어요."

"걱정 마세요. 미나 말대로 난 자신 있으니까 들어왔어요."

나는 그녀를 안심시키기 위해 애를 써야만 했다.

커튼을 열고 여관의 안마당을 내려다보았다. 이층에선 쉽게 도망칠 수 없게 꾸며진 구조였다.

"돈을 상당히 모았었다고 들었어요. 그만한 미모면 시집 잘 가서 편히 살 수도 있었을 텐데요."

나는 은근히 부아가 돋았다. 조금 잘생겼다 싶으면 남자 비위 맞추는 직업으로 먹고사는 여자들이 너무 많은 것 같았다. 남자들이 그렇게 만든 것인지 여자들 스스로 그런 곳으로 빠져들어 편하게 돈벌이를 하려고 그런 것인지 모르겠다.

"그렇게 됐어요. 미안해요, 바쁘신데……."

"그건 상관없어요. 어떻게 됐는지 얘기해 봐요. 정리해서 간단간단히."

"쉽게 이해되지 않으실 거예요. 시간은 충분하니까 제 원 좀 풀어주세요."

"나도 시간은 충분해요."

"화 나셨어요?"

내가 퉁명스럽게 나가자 그녀는 겸연쩍은 눈치였다. 나도 쾌락의 자락을 붙잡고 몸을 흔든 사내였지만 뒷맛은 썩 좋은 게 아니었다.

"그럼 첨부터 얘기해 봐요. 옷은 입는 게 좋겠어요."

그녀의 몸매는 너무 좋았다. 늘씬한 키와 잘생긴 얼굴인데 군살이 하나도 없었다. 나는 조금 전의 그 짜릿했던 장면을 연상시키며 이 여자를 또 갖고 싶다는 생각을 했다. 미나와 얽혀 있는 여자가 아니었거나 내가 도와줄 형편의 여자가 아니었다면 또 한판 정신없이 몸을 흔들었을지도 모른다.

내 육체의 깊숙한 곳에 숨어 있는 이 음란증은 과연 어떻게 생겨먹은 걸까. 어째서 여자들만 보면 그렇게 악착같이 갖고 싶은 걸까. 이것이 나만의 욕망일까, 아니면 사람의 탈을 쓴 동물은 모두 마찬가지일까.

"만약을 생각해서 벗고 있는 거예요. 불편하시다면 가릴게요."

그녀는 옷을 벗고 있는 것이 그렇게 부끄러운지조차 모르는 것 같았다. 그것은 그녀의 불감증인지도 모른다. 수건으로 대충 몸을 가린 그녀가 의자에 걸터앉았다.

"여기서 꽤 돈을 벌었어요. 제가 생각해도 남 못지않았어요. 한 달에 평균 이백만 원 가까이 벌었으니까요."

"이백만 원요?"

"저한테 단골이 많았어요. 이왕 이 길로 나선 거, 정말 최선을 다했어요."

그녀의 표정은 진지해졌다.

"평균 몇 명이나 와요?"

"다섯 명쯤요."

나는 얼른 이 여자의 수입을 계산해 보았다. 기본 이만 원만 받아도 하루에 십만 원 꼴이었고 한 달이면 삼백만 원 가까운 돈이었다.

"다른 여자들도 그런가요?"

"그렇진 않아요. 제가 제일 많은 편이죠."

"그렇다면 백만 원쯤은 뜯긴다는 얘긴가요?"

"꼭 그런 건 아니지만…… 그렇게 될 수밖에 없어요. 이백만 원 보증금을 내고 들어와서 육개월마다 선입금으로 백오십만 원씩 내요."

"한 달에 이십오만 원이군요."

"목욕탕 물값이 매달 오만 원 나가요."

"합해서 삼십만 원이네요. 그 외엔 없어요? 뜯어가는 사람이나……."

"왜 없겠어요. 세탁비, 약값, 비누, 샴푸값, 피임기구…… 거기다 한 달에 두어 번은 접대비 명목으로 이십만 원이 나가요."

"무슨 접대빕니까?"

"이런 짓 하려면 걸리는 게 많잖아요. 아가씨들한테 그럴 때마다 십만 원씩 걷어서 주나 봐요."

"여기 아가씨는 모두 몇 명입니까?"

"열 명 넘어요."

대충 무슨 접대인지 알 것 같았다. 어느 곳이든 이런 여자들이 사는 곳엔 문둥이 콧구멍에서 마늘을 빼먹고 벼룩의 간을 빼먹는 치들이 있기 마련이었다.

"다른 접대도 있겠죠?"

"줜이 특별히 부탁하는 사람이 있어요. 빤하죠. 이런 장사하려면 그 사람들에게 그 정도 써비스는 해야 할 테니까요. 우리도 그 정도는 각오하고 살아요. 별수 없잖아요."

"또 있겠죠. 악착같이 뜯어먹고 살아야 하는 족속들이니까요."

"그럭저럭 백만 원쯤은 뜯길 수밖에 없어요. 그래도 돈벌이가 좋으니 떠나질 못하죠. 어떤 아가씨는 빨리 이 짓을 집어치우겠다는 말을 하지만 한 달만 한 달만 하다가 여기서 늙고 그래요."

"나이들이 많습니까?"

"대개 스물일고여덟…… 서른두서너 살짜리도 있어요. 나이를 대개 속이죠. 나이가 많다면 손님이 안 오니까 할 수 없어요. 불빛이고 화장하고 그러니까 그 정도는 넘어가게 돼요."

"이왕 말 나왔으니 본론으로 들어갑시다. 얼마쯤 모았어요? 그리고 어떻게 된 겁니까?"

그녀는 잠시 바깥을 살펴보고 문고리를 잠그었다. 몹시 불안한 모양이었다.

"강남에 마흔여덟 평짜리 아파트 한 채를 샀어요. 제 주제에 조그만 자가용도 한 대 가졌구요."

"그게 전부 여기서 번 겁니까?"

"여기 말고 퇴계로 있을 때 번 거죠. 돈 벌기로만 든다면 작은 벌이는 아녔어요."

"그럼 여기서는요."

"첨엔 제법 벌었어요. 문제는 제가 돈을 벌어서 자동차를 굴리고 큰 아파트가 있다는 데서 시작되는 거예요."

"얘기해 봐요."

"지금은 무일푼예요. 한 푼도 없어요. 그동안 어떻게 번 건데. 미치겠어요. 정말 환장하겠어요."

"사기 당했나요?"

"그게 아녜요."

그녀는 울먹이고 있었다. 몇 년 동안 온갖 굴욕을 견디며 번 수천만 원을 묘한 사기 행각에 걸려 알거지가 된 것 같았다.

"주인의 소개로 어떤 남자를 알게 됐어요. 저도 이대로 나이만 먹을 수도 없고 해서 몇 번 만났어요. 재일교포 청년인데 결혼에 한 번 실패는 했지만 사람이 착해 보였어요. 낮에 열두

시 넘어서 출근하면 벌금을 내게 되는데 주인은 저만은 특별히 봐주며 괜찮은 남자고 제 과거를 다 이해하는 신사니까 잘해 보라고까지 해줬어요."

"그게 함정였나요?"

"그랬어요. 첨엔 전혀 눈치도 챌 수 없었지만요."

그녀는 몇 번 만나본 뒤에 마음을 거의 굳혔다. 이런 생활을 하고서 마음 편하게 시집가기 어려운 판에 과거를 이해하고 더구나 한국에서 사는 게 아니고 일본에서 결혼생활한다는 것이 마음에 들었던 것이다.

거의 반년 가까이 사귄 그들은 이 생활을 청산하고 일본으로 들어가는 것까지 합의하게 되었다. 그녀는 제일교포 청년이 굳이 남이라도 주고 가라는 아파트와 세간살이를 팔아 일본으로 떠날 생각을 했다.

"그 사람은 먹고살 만큼 돈이 있으니 가까운 친척에게라도 아파트 같은 걸 넘겨주라고 하더군요. 저는 그 점이 더 마음에 들었어요. 그래서 제 몫으로 돈을 가지고 가서 좀더 윤택하게 살고 싶었어요. 돈 버느라고 놀러 한번 못 다니고 아파도 표시 안 내느라고 고생한 생각하면 가슴이 저렸어요. 온갖 치사한 비위 다 맞추며 살아온 과거를 보상받고 싶었어요."

Y여관에도 그만 나오기로 결정한 그녀는 아파트와 세간살이 정리한 돈을 남자에게 맡겼다. 일본에 가서 편하게 살게 되었다는 걸 부러워하는 동료들에게도 이별의 정표로 선물을 하

나씩 남기는 여유가 생겼고 그동안 그녀가 잘되도록 주선해 준 주인에게 보답하기 위해 보증금과 선입금시킨 돈도 찾지 않기로 약속했다.

"그런데 그 남자가 사기꾼였어요?"

"연속극 돌아가는 것처럼 앞이 빤히 보였어요."

"의심 한번 해본 적도 없었나요?"

"그래요. 제가 미친년이었어요. 정에 굶주린 년들은 다 그래요. 정신없이 빠져든 거지요. 의심할 틈도 없었어요. 사기꾼이 의심하게 했겠어요. 제가 죽일 년이었지요."

그녀는 울고 있었다. 눈물이 주르륵 흘러나왔다. 몇 년 동안 번 돈을 그 지경으로 날려버렸으니 마음이 편한 것이 오히려 이상한 것이었다.

"주인은 뭐래요?"

"사기꾼인지 몰랐다는 거죠. 첨엔 먼 친척이라고 하더니 사건이 터지자 도리어 저 때문에 피해를 많이 봤다는 거예요. 첨엔 저더러 너무 아까워서 마침 좋은 사람이 있으니 보라고 했는데 이제 와선 저만 믿고 돈을 삼천만 원이나 꾸어줬다며 제가 보증을 섰기 때문에 믿었다는 거예요. 아무리 제가 따져도 막무가내예요. 저더러 삼천만 원 내라고 윽박지르는 형편인걸요. 그래서 하소연할 데도 없고 변호사 사무실을 찾아가봐도 증거가 하나도 없고 주인의 주장도 틀린 것만은 아니어서 해결책이 없다는 거예요."

그녀는 꺼져 내리는 한숨을 쉬었다.

“주인의 주장이 어떤 겁니까?”

“제 단골손님이었다는 거예요. 그 사람이 주인을 찾아와서 사실은 저와 결혼하고 싶으니 중매를 서달라고 해서 기쁜 마음에 다리를 놔준 것이고 돈을 빌려준 것도 결혼하기로 결정한 뒤에 저한테 물어보고 줬다는 거였어요. 주인이 한번 묻대요. 그 사람한테 사업자금 좀 대주고 싶은데 그럴 리야 없지만 만약 떼먹으면 저보고 갚으라구요. 농담처럼 웃으며 얘기하길래 고마운 마음에 그러라고 한 적은 있었어요.”

“썩 훌륭한 사기극이군요.”

“어쩌면 좋죠? 저 좀 살려주세요. 제가 시끄럽게 굴까 봐 아예 가둬놓고 나가지도 못하게 해요. 일 년 동안 보증금과 월세 안 받을 테니 버는 대로 갚으라는 거예요. 밥 주고 재워주기는 하겠다나요. 내 기가 막혀서 말이 안 나와요.”

“언제 그렇게 됐죠?”

“벌써 두 달째 버는 돈을 꼬박꼬박 채뜨려가요.”

“그런데 계획적인 사기라는 증거가 없잖아요.”

“그러니까 이렇게 애원하잖아요.”

“딱한 심정은 알겠어요. 그러나 증거가 없으면 꼼짝할 수가 없어요.”

“미나가 그러대요. 총찬 씨는 할 수 있다구요.”

“이건 법으로도 안 되는 겁니다. 다른 증거가 잡히기 전에는 안 돼요."

"그럼 저는 어쩌란 말예요. 지겨워 미치겠어요. 그동안 번 돈은 더러운 짓으로 해서 벌었으니 없는 셈 치더라도 앞으로 일 년간 이 짓 해서 남의 아가리에 처넣어야 한다는 건 정말 끔찍해요. 저 좀 살려주세요. 네, 제발 저 좀……."

그녀는 부끄러움도 잊었는지 내 무릎에 얼굴을 묻은 채 울었다. 울음소리를 삼키느라 어깨가 가파르게 떨었다. 나는 그녀의 머리채를 잡았다. 고개를 든 그녀의 얼굴은 눈물로 가득했다.

"저만 구해주면 무슨 짓이고 할게요. 하란 대로 다 할게요. 제발 부탁입니다. 저 좀 살려주세요."

나는 그녀를 안아 침대에 눕혔다. 오열을 삼키느라 말을 할 수도 없었다. 그녀는 나를 끌어안고 소리 내지 않으려고 몸을 떨었다.

"자, 이러지 말고 한번 생각해 봐요. 아무리 사기꾼이라도 허점은 반드시 있어요. 이럴 때일수록 침착해야 합니다. 자, 가만히 누워 있어요."

"나 좀 살려주세요. 네? 제발 나 좀 살려주세요."

나는 그녀와 나란히 침대에 누웠다. 그녀가 돌아서며 내 가슴 위에 얼굴을 묻었다.

"꼭 갚을게요. 무슨 짓이라도 할게요."

갑자기 나의 아랫도리가 팽팽하게 일어섰다. 그녀의 손이 내 아랫도리 깊숙한 곳까지 들어와 있었다. 무슨 짓을 하더라도 내 결심을 얻어내어 이 지옥에서 빠져나가고 싶은 것 같았다. 나는 그녀의 손을 빼내고 말했다.

"여기서 빼낼 수는 있어요. 그러나 아가씨는 어디 가서 아무것도 못해요. 뒤집어쓴 걸 벗기 전엔 빚쟁이일 수밖에 없어요. 그러니 방법을 한번 생각해 보자구요. 냉정해야 돼요."

그녀는 여전히 흐느끼고만 있었다. 나는 침대 머리맡에 앉아 그녀의 두 손을 꼭 잡았다. 부들부들 떨고 있어서 그냥 내버려둘 순 없었다.

"혹시 그와 비슷한 사기를 당한 사람 없어요? 얘기를 들었다든지 그 전에 혹 그런 일로 고생한 동료라든지."

"있어요!"

그녀의 목소리는 갑자기 커졌다.

"어떤 얘기요?"

"여기 있다가 나간 앤데 삼개월 만에 쫓겨나며 보증금 이백하고 월세 선입금 못 찾아 갔어요."

"무슨 이유였죠?"

"걔 단골손님이 여럿 따라왔는데 그 손님 가운데 어떤 사람의 수표가 부도났대나 봐요."

"그 여자 책임은 아녔을 거 아닙니까? 저희들끼리의 거래지 그 여자가 보증 선 게 아닐 텐데 어째서 그런 꼴을 당하고만 있죠? 무슨 약점 있는 거 아녜요?"

적어도 내가 느끼기에는 그랬다. 이곳 여자들에게 약점이 많지 않고서는 그런 억울한 사연을 묻어버린다는 게 이해되지 않았다.

"이 짓 하고 사는데 약점이 왜 없겠어요. 우선 불법영업이죠, 돈은 괜찮게 벌리는데 한번 잘못 보이면 같은 업종으론 두 번 다시 취직할 수 없어요. 업자끼리 그렇게 뭉치지 않으면 금방 불법이 드러나거나 사고가 생길 수밖에 없거든요. 보증금 미리 맡기고 월세 미리 내고 무슨 재주로 큰소리치겠어요. 낮 영업은 우리 몫이지만 밤 열두 시 넘으면 주인하고 반반씩 나눠먹게 돼요. 그래도 한 달 버는 수입은 큰 게 죄라고 끽소리 한마디 못하죠."

"그 여자 지금 어디 있어요?"

"영동에 있어요. 가보나마나예요. 얘기 안 할 거니까요. 한번 잘못 보이면 이 바닥에선 끝장이니까요. 누군들 입이 없어서 못하겠어요. 다 그만한 사정이 있으니까 그렇지요."

"그러나 현재론 그 방법밖에 없어요. 그 여자 건을 치고 들어가는 수밖에 다른 방법이 없잖아요."

"그건 안 돼요. 일 년에 얼마를 버는데 놓치려고 그러겠어요. 나부터도 입을 열지 않을걸요."

나는 갑자기 난감해졌다. 그녀의 말은 틀린 말이 아니었다. 그 바닥에서 돈을 벌어야 할 여자들은 끝까지 입을 열지 않을게 빤했다. 그렇다고 이대로 넘어갈 수는 없었다. 내 가슴속에선 불덩어리가 치솟고 있었다. 어떻게든지 이들의 함정을 들여다보고 싶었다.

“그 남자 사진 있어요?”

“그럼요. 저도 별의별 짓 다 해봤어요. 생각해 보세요. 제가 무슨 짓을 안 했겠나. 그 남자 잡으려고 안 간 데가 없고 주인에게 안 당하려고 안 해본 짓 없어요.”

그녀가 그렇게 악 받친 싸움을 하지 않았다면 지금처럼 감금상태의 중노동은 하지 않았을 것 같았다. 그녀가 사기극의 제물이 되었다는 심증은 확실한 것 같았지만 확증이 될 만한 자료는 의외로 없었다.

“여기 있다가 그만둔 여자 가운데는 없을까요?”

“있을지도 모르죠. 그러나 어디 있는지 찾을 수도 없고 찾아봤자 말하지 않을 거예요. 다 그만한 것 끼고 하는 사람이란 걸 아니까요.”

“긁어 부스럼이라는 겁니까?”

“시집가서 잘 사는 여자가 말하려고 하겠어요? 아니면 다른 집에 있는 여자들이 말하겠어요?”

나는 사진을 받아 들고 꼼꼼하게 살펴보았다. 도통 감을 잡을 수 없는 사내였다. 전국을 뒤져서 찾아낼 수도 없는 노릇이었다. 그렇다고 주인을 무조건 족친다는 것도 문제가 있었다. 여자 말만 믿고 서툴게 움직였다가 문제가 커질 수도 있기 때문이었다.

"이 집에 있는 여자들은 미스 황이 당한 걸 아나요?"

"모두 알죠. 마음뿐일 거예요. 방법이 있더라도 별수 없을 테니까요. 깡패들이 그냥 두지도 않을 겁니다. 만약을 위한 방패는 만들어뒀을 거예요. 얼마나 철저한 사람들인데요."

하느님. 하늘 아래 이런 친구들이 있습니다. 벼룩의 간을 꺼내먹는 건 그래도 양반입니다. 몸을 팔아 몇 년간 모은 돈을 알겨먹고도 모자라서 앞으로 일 년 동안 벌어서 그 밑구멍을 막아야 한답니다.

하느님, 핏대 좀 내세요. 무조건 용서하는 게 직업은 아니잖아요. 죽은 뒤에 끌어다 심판하는 게 하느님의 핏대라는 겁니까?

억울한 꼴 당하는 사람들 좀 생각해 주쇼. 하느님마저 그렇게 고자세로 나오면 사람들은 누굴 믿으라는 겁니까. 하느님도 공무원입니까?

주제파악을 좀 하쇼.

나는 밖으로 나왔다. 그녀와 새끼손가락을 걸고 나온 것이었다. 어떤 수를 쓰더라도 그녀를 구해내고 싶었다. 시간이 좀 걸리더라도 그녀의 억울한 사정을 풀어줄 결심이었다.

여관을 맴도는 험상궂은 사내들을 눈여겨보고 골목길로 나섰다.

장경철. 그는 어떤 사내일까? 가엾은 여자의 돈을 칠천여만 원씩이나 게 눈 감추듯 먹어치운 사내. 본명이든 아니든 나와 종씨라는 사실이 기분 나빴다. 잡히기만 하면 장씨 성을 못 쓰게 하든지 광화문 사진현상소 아저씨처럼 그 사내의 가슴에 죄명을 써서 광화문 한복판에 세워놓든 할 참이었다.

장경철의 사진 백 장을 복사하러 갔다. 광화문의 괴짜 할아버지 가게 앞엔 특유의 할아버지 수법으로 진열된 사진이 걸려 있었다.

그 할아버지에게 사진 현상을 의뢰한 뒤에 시일이 훨씬 지나도 찾아가지 않았다가는 날벼락을 맞기 십상이었다. 안 찾아간 사진은 큰 백지 위에 나란히 붙이고 그 위와 아래에 다음과 같은 하소연의 사연을 써 붙이게 되기 때문이었다.

'상기 본인은 생활형편이 극심하게 어려워 죽도 제대로 먹을 수 없는 사람이어서 사진을 찾아가지 못합니다.'

지나다니는 사람들이 모두 그 글귀를 보고 웃을 수밖에 없게 만들었다. 그런 괴상한 광고판이 나붙으면 며칠 못 가서 사진 임자가 찾아가게 마련이었다.

"뭐 할라고 이까짓 걸 백 장씩이나 만들어?"

할아버지의 퉁명스러운 말이었다.

"나쁜 놈이라 찾아내려고 그래요."

"살인 강도라두 되나?"

"그것보다 더 치사한 친구예요."

"어떤 놈여?"

나는 할아버지에게 대충 얽혀든 얘기를 했다. 할아버지가 눈을 크게 뜨고 사진을 노려보았다.

"상통부터가 그런 짓 하구두 남을 눔이구먼. 이런 자식은 불알을 발라놔야 하는 겨. 씨알머리를 없애야지. 죽일 눔 같으니."

그러면서 할아버지는 내게 묘한 수법이 있다고 했다.

"어떤 방법인데요?"

"내 신속하게 백 장을 뽑아줄 테니 학생이 큰 베니어판 한 장하구 확대사진 값만 내라. 내가 광화문 한복판에다 큼지막하게 써 붙여놓으면 제까짓 놈이 안 찾아가진 못할 거 아니겠어? 학생이 여기 지켜섰다가 멱살을 잡으면 될 거구만."

"정말 그래주시겠어요?"

"그런 눔 내가 안 잡구 누가 잡아. 서울 눔덜 도적놈을 봐두 외눈 하나 깜짝 않는 눔덜여. 내 젊었을 땐 맨손으루다 황소 뿔두 뽑은 장사여."

나는 기꺼이 할아버지에게 베니어판 값과 대형 확대사진 값을 내놓았다. 할아버지는 신바람이 났는지 내게 가게를 맡기고 나갔다. 원판사진이 없기 때문에 정교한 촬영실에 가서 크게 확대하는 작업을 하겠다는 거였다.

할아버지는 아직도 나를 학생으로 생각하고 있었다. 정의감이고 나발이고 저 살기에만 바쁜 서울 놈들, 말로는 뭐가 어떻게 인간다운 게 어떻고 떠들면서 눈깔 내려 감고 다니는 졸장

부들에 비하면 괴상한 할아버지야말로 진짜 정의감이 투철한 양반이었다.

하느님. 봤죠?

늙어도 저렇게 늙는 맛이 있어야 하는 겁니다. 곤죽이 되어 분노할 줄도 모르고 다리 귄 채 늙은 걸 훈장이나 단 것처럼 큰 기침이나 하는 건 추하게 늙는 거라구요. 얼마나 추한 늙은이가 많은지 하느님은 잘 아실 겁니다.

쪽바리들에게 나라 팔아먹은 치들도 어른입네하고 큰소리치며 잘 처먹고 있죠. 쪽바리들이 우리나라를 아주 먹어치우려고 가르친 식민지 사관에 빠져들어가 우리나라 역사를 개판으로 써 갈긴, 저 혼자 석학인 줄 아는 멍청이들은 해수기침하며 살죠. 눈곱만큼 권력이나 돈이 있다고 어깨에 힘주며 잘난 척하는 늙은이들은 제 배때기 채우는 일만 기능 보유자가 된 걸 하느님은 아시겠죠.

사진현상소 할아버지는 베니어판 위에 큼직한 그 특유의 글씨로 이렇게 썼다.

'상기 본인은 재일동포로 고국에 돌아와 사업을 하던 중 사업에 실패하여 아래의 사진을 찾아갈 수 없는 딱한 사정입니다.'

나는 할아버지에게 사진값을 지불하고 나왔다. 손 빠른 애들 두어 명을 잠복 근무시킬 생각이었다. 사진은 속성으로 뽑아졌지만 대형 사진은 내일 아침부터 광화문 중심가에 내걸릴 예정이었다. 운대가 맞으면 그 할아버지 덕분에 쉽게 찾아낼 수도 있을 것 같았다.

나는 속성으로 뽑은 사진을 알 만한 곳에 돌리도록 했다. 그런 제비족 근성이 있는 녀석이라면 돌아다니는 곳이 뻔했기 때문에 사진 나누어주기는 어렵지 않았다.

"사진 찾으러 오는 놈이면 무조건 잡아채라. 본인이 나타나지 않고 다른 녀석을 보내기 십상이니까 무조건 잡아둬라. 이건 비상연락망이다. 나는 춘삼이 형하고 같이 있겠다. 만약 이번 일을 실수하면 너희들은 골로 갈 줄 알아."

"걱정 마요, 형 이런 자식은 안 놓쳐요."

두 녀석에게 단단히 교육을 시켜 광화문 할아버지 가게에 숨겨놓았다. 시간이 얼마나 오래 걸릴지 모르는 일이기 때문에 비상연락망과 비상대기조로 나누어서 중심가와 영동 일대에 배치를 했다.

이튿날부터 나는 정신없이 돌아다녀야만 했다. 춘삼이 형이 내준 차를 타고 다녔지만 불편한 게 많았다.

"너두 운전이나 배워둬라. 이럴 때 긴요하게 써먹을 수 있잖아. 내 말 안 듣더니 결국 그 꼴 아니냐."

춘삼이 형 말에 귀가 솔깃해졌다.

자동차 운전쯤은 해둬야 될 것 같았다. 무면허로 운전을 안 해본 건 아니었지만 그것도 시험을 치른다고 하니까 어딘지 절리는 데가 있었다.

시험이라면 주눅부터 들었다. 어려서부터 시험 봐서 떨어지는 일에 이골이 나서 그런 것 같았다.

“면허증이 없어서 그렇지 운전이야 그만 아닙니까.”

“우리나란 실제 운전보다 면허증 따는 게 더 중요한 나라라는 걸 잊지 마라. 형식은 중요한 거니까.”

나는 속셈으로 면허증을 하나 따서 썩은 차라도 끌고 다닐 생각을 했다.

광화문 할아버지 가게 앞은 볼만했다. 베니어판 전면에 백상지 두 장을 붙이고 그 앞에 장경철이란 사내의 대형 사진이 두 장이나 나란히 붙어 있었다. 비록 확대해서 정교하게 만들었다고 했지만 사진이 너무 커서 원판 확대 같지는 않았다. 할아버지는 내 손을 쩔쩔 흔들며 웃었다. 앞니 두 개가 빠져서 흉해 보였다. 나는 녀석만 잡으면 괴짜 할아버지에게 이빨을 해 드려야겠다는 생각을 했다.

“내가 사진 한 장 더 뺐지. 그런 눔은 빨리 알려져서 소문에 귀가 간질거리면 빨리 찾아오는 법이거든.”

할아버지는 큰 사진을 가리키며 꼭 잡힐 거라고 했다.

“고맙습니다. 할아버지.”

“고맙긴. 사진 찾으러 오면 나라도 그냥 안 둘 겨.”

비슷한 녀석을 보았다는 보고도 들어왔고 영동 근처에서 어슬렁거린 적이 있었다는 얘기도 들어왔지만 현재 녀석의 거처는 알 수 없었다.

꼭 닷새가 지났다. 나는 초조해서 견딜 수가 없었다. 춘삼이 형이 적극적으로 나서서 제비족 애들과 여자를 등쳐먹는 애들을 죄 쑤셔보았지만 그런 녀석은 없었다. 나는 점심때쯤에 Y여관을 한 번 더 찾아가 미스 황에게 거짓말을 했다. 녀석의 거처가 확인되어 제주도로 잡으러 갔으니 며칠 더 기다려달라고 말했다.

"이왕 왔으니 날 가지세요. 차라리 그게 맘이 편할 것 같아요. 제가 갚을 게 아무것도 없잖아요."

그녀는 옷을 벗으려고 했다. 나는 그녀를 갖고 싶었지만 참았다. 그것이 사람의 탈을 썼다는 기본 양심인 것인지 모른다.

초저녁이었다. 광화문에서 잠복하고 있던 녀석에게서 연락이 왔다.

"잡았어요."

"본인이냐?"

"아녜요. 와서 뗑강을 놓던데요. 사진 맡긴 적이 없다면서 누가 맡겼느냐, 얼마냐, 꼬치꼬치 캐묻곤 찾아가는 걸 챘어요. 녀석이 안 불어요."

"이쪽으로 데리고 올 수 있냐?"

"그러죠."

"빨리 와. 절대 놓쳐선 안 된다."

십 분쯤 뒤에 청바지 차림의 사내가 내 앞에 앉았다. 다부진 어깨와 부리부리한 눈빛으로 보아 건달밥을 먹는 것 같았다. 춘삼이 형과 애들이 슬그머니 나가버렸다. 내 성미를 알기 때문에 자리를 피해준 것이었다.

"누가 시켰는지 순순히 말하면 살려주겠다. 그 사진 임자, 지금 어디 있는지 말해라."

"모른다. 넌 누군데 함부로 사람을 다루는지 모르겠다만…… 순순히 풀어주지 않으면 골통이 나갈 거다."

제법 배운 말씨였다.

"임마, 좀 놀아봤으면 사람 보는 것부터 좀 배워라."

나는 녀석을 묶은 줄을 풀어주었다. 녀석이 제법 발길질을 했다.

"귀엽게 노는구나. 후회하게 해줄게."

나는 상대가 안 되는 줄 알면서 모지락스럽게 걷어차버렸다. 녀석은 버둥대다가 고꾸라졌다. 관절을 꺾어 의자 위에 거꾸로 세웠다. 녀석은 삼 분을 참지 못하고 입을 열었다.

"미아리 번개 형님이 시켰습니다."

"이 자식들이 걸핏하면 번개 자 붙이네. 임마 개나 걸이나 번개냐?"

"……."

녀석은 대꾸가 없었다. 나는 두어 번 더 걷어찼다.

"왜 찾아오라더냐?"

"누가 봤대요. 그래서 형님이 나더러 찾아오랬습니다."

"번개가 그쪽 왕초냐?"

"아닙니다. 큰형님은 따로 있습니다."

"누구냐?"

"도깨비 형님입니다."

"마빡에 점 있는 치 말이냐. 왼도끼 쓰는 친구."

"맞습니다. 도깨비 형님 알면 난리 날 겁니다. 풀어주는 게 신상에 좋아요."

"번개가 도깨비 직속 똘마니냐?"

"그런 셈이죠."

아마 도깨비 밑에서 빌붙어 그 그늘로 껍죽대는 녀석일 것 같았다.

나는 청바지를 앞세우고 미아리로 달려갔다. 춘삼이 형이 애들을 몇 보내준다는 걸 거절했다. 녀석을 옆에 앉히고 내가 직접 운전을 했다.

문을 열고 들어서자 마작판을 벌이고 있던 패들이 갑자기 칼을 빼어 들었다.

"장난하면 손 벤다. 번개가 누구냐?"

가운데 앉아 있던 사내가 여유 만만하게 일어섰다. 반나체의 계집애들이 사내 숫자보다 한 명이나 더 많은 방이었다.

"형씨 왜 찾으슈? 내가 번개올시다. 어디가 간지러우슈? 좀 긁어드릴까."

날카로운 칼끝이 나를 향했다.

나는 말장난할 때가 아니라는 생각이 들었다.

다짜고짜 녀석의 턱을 걷어찼다. 그 순간 다섯 명의 사내들이 돌진해 들어왔다. 마작판으로 쓰던 테이블로 녀석들을 후려 팼다. 모두 방바닥에 나뒹굴었다.

나는 번개 녀석을 끌고 나와 수챗구멍 속에 거꾸로 박았다. 수채 구정물을 잔뜩 들이켠 녀석이 넋을 놓고 주저앉았다. 녀석은 그래도 입을 열지 않고 버티기만 했다.

관절을 꺾어 뒷좌석에 태우고 돌아왔다. 춘삼이 형 입장과 나중에라도 도깨비가 시비를 걸지 모른다는 생각이 들어서 난지도 아래 백사장으로 끌고 나갔다. 녀석은 한풀 꺾이는 기색이었다.

바른 말을 할 리 없었다. 녀석이 먹고사는 방법을 털어 보일 위인은 아니었다. 그런 식으로 굴러먹은 녀석들의 특징은 쓸데없는 의리가 강하기 마련이었다. 동업자를 밀고하느니 차라리 죽을 수 있을 만큼 강한 사내들이었다.

웬만한 녀석이면 관절을 꺾으면 굴복했을 일이었다. 제가 저지른 것은 토해냈지만 여관 주인과 얽힌 흥정은 토해내지 않으려고 했다.

나는 녀석을 모래와 쓰레기가 뒤엉킨 바닥에 거꾸로 박아버렸다. 숨도 못 쉬고 뒤뚱거리던 녀석이 납작 엎드렸다.

"형님, 살려주쇼."

모래와 쓰레기 더미에서 나온 오물이 코와 입 속에 가득 채

워진 채 녀석은 말했다.

"아까도 말했지만 난 장충찬이란 놈이다. 소문 들어서 알겠지만 그냥 대충 넘어가는 놈이 아니다. 도깨비 아니라 도깨비 할애비라도 내 손에 걸리면 뼈만 남길 거다."

금방 불 것처럼 하던 녀석이 또 뜸을 들였다. 독종이었다. 나는 녀석의 사타구니를 걷어찼다. 녀석은 뱅글뱅글 맴을 돌다가 고꾸라졌다.

"말할게요, 제발……."

아랫도리가 생명의 전부라고 믿는 녀석들의 약점이었다. 아랫도리를 흔들어서 사기 쳐 먹고사는 족속들의 공통점이었다.

"천 사장한테 들었습니다. 그 친구가 돈이 꽤 많다는 걸 말입니다. 그래서 제가 졸랐습니다. 섭섭하게 하진 않겠다고 말입니다. 우리 부탁을 거절할 수 없는 형편이라서……."

녀석은 체념한 듯 주절주절 늘어놓았다. 교묘한 수단으로, 돈을 번 불행한 여자들을 농락하고 돈을 알겨내는 데 전문가였다. 그렇게 번 돈은 노름이나 다른 계집질로 탕진하는 패거리 가운데 하나였다.

여관 주인 사내도 꽤 알차게 실속을 차린 셈이었다. 일시불로 천오백만 원을 받았으며 미스 황이 일 년 동안 버는 돈을 챙기기 위해 그런 비열한 수단을 쓴다는 게 드러났다.

"가자. 가서 네 아가리로 다시 씨부려라."

나는 준비해 가지고 갔던 녹음테이프에 녀석의 말을 남김없이 담았다. 만약의 사태를 대비하기 위해서였다.

"다 되돌려드리겠습니다. 제발 살려주세요."

"무슨 재주로 그 돈을 다 내놓겠다는 거냐?"

"통장에 든 거 해약하면 됩니다."

"장기예금이냐?"

"예, 그렇습니다."

"웃기는 놈이구나. 그 짓 해서 장기예금 드는 놈도 있구나. 미스 황 말고 몇 건이나 했나?"

"……."

녀석은 대꾸하지 않았다. 아마 그런 식으로 등쳐서 먹고사는 전과기록이 수없이 많은 녀석 같았다. 잘생긴 상판대기와 능수능란한 입놀림이 녀석의 재산인 것 같았다.

"우선 미스 황 돈을 내일까지 해오도록 해라. 그 돈이 도착할 때까지 넌 내가 보관해 주마."

"그렇게 하겠습니다. 약속을 꼭 지키겠습니다. 전화만 걸게 해주시면."

"얕은 수가 나한텐 안 통한다. 그 점을 명심한다면 네 방식을 따르겠다."

"고맙습니다."

나는 우선 녀석이 경찰에 넘어가기 전에 미스 황의 돈을 찾고 싶었다. 그런 뒤에 여관 주인과 묶어서 넘길 생각이었다. 이런 부류의 사내들을 풀어놓으면 또 숱한 피해자가 생기는 건 빤한 이치였다. 그렇다고 어디를 병신으로 만들어 풀어줄 수는 더욱 없었다.

"내일 아침 열한 시까지 현금으로 내 앞에 도착해야 한다. 물론 이자하고 그녀가 개인적으로 쓴 것과 다시 아파트를 살 수 있도록 오른 값을 부담한다는 조건이다."

"좋습니다. 대신 저를 풀어주는 것도 약속하시겠죠."

"물론이지, 나도 사내니까."

그러나 내 속셈을 녀석이 알 수는 없었다. 돈을 다 찾은 뒤엔 반드시 도깨비 왕초의 시비가 뒤따르게 될 것을 예상해서 녀석을 경찰서에 넣을 수 있는 명분을 만들 수 있었다.

"장소는 내일 아침에 정하기로 한다. 알았지?"

"예."

밤사이라도 무슨 일이 생겨서는 안 되었다. 그래서 만약의 습격 사건을 방지하기 위해 돈 받는 장소만은 내일 아침에 다시 약속하기로 하고 이쪽 위치를 비밀로 했다. 가능하면 사람 눈에 띄지 않는 넓은 장소로 정할 생각이었다.

녀석을 안심할 만한 곳에 감금시킨 뒤에 나는 소형녹음기 한 대를 들고 Y여관으로 달려갔다. 녀석의 전화 때문에 도깨비 일파가 날뛰는 경우엔 Y여관 주인도 될 수가 있는 일이어서 서둘지 않을 수 없었다.

Y여관 뒷골목에 차를 세워놓고 들어갔다.

중년 여자가 반갑게 맞았다.

"어머나 또 오슈? 닳겄네. 아무리 젊은 삭신이래두."

점심때 다녀간 나를 대번에 알아보고 하는 소리였다.

"미스 황 있어요?"

"애고, 뭐가 못 잊어 오셨나. 한 삼십 분만 기다리슈."

"천 사장님은 계세요?"

"아슈? 안채에 있는데……."

나는 성큼성큼 걸어 안채 쪽으로 갔다.

대청에 앉아 텔레비전을 보던 사내가 문을 열어주었다.

"누굴 찾으슈?"

퍽 건방져 보였다. 나는 좀 머뭇거리며 대청으로 올라섰다. 사내가 나를 노려보았다. 인상이 수더분하지는 않았다.

"천 사장 계슈?"

나도 건방지게 나갔다. 어차피 이런 사내는 내게 대접받기는 글렀다.

"어디서 오셨나?"

미심쩍었든지 이렇게 엉거주춤 물었다.

"올 만한 데서 왔으니까 좀 앉읍시다."

"그러슈."

사내는 아래위를 매섭게 훑어보았다. 젊은 애가 너무 당돌하게 나오니까 어떤 목적으로 어디서 나왔는지 감을 못 잡는 눈치였다. 법을 어겨가며 이상스런 짓을 하는 사람들은 나처럼 당돌한 사내에게 함부로 대할 수 없는 노릇이었다.

"보아하니 혼자 잘 먹고 잘 사는 것 같소. 장사 잘 되슈?"

천 사장이란 사내가 벌큼벌큼 웃었다.

"보다시피 파리 날리잖소. 이 짓도 못 해먹을 짓요. 그런데 어디서 오셨소? 첨인 것 같소."

"이 양반이 단골손님도 몰라보고 첨이라니."

"그러지 말고 차근차근 얘길 합시다. 난 정말 뉘신지 모르니까 하는 소리요."

사내가 눙치고 나왔다. 나는 집안을 주욱 훑어보고 가볍게 웃었다.

"돈벌이가 좋은 것 같아서 내가 이 여관을 살까 하고 왔시다."

"이 사람이 장난하나."

"얼마면 팔겠소?"

"어디서 왔냐잖소? 사람이 유하다고 장난하면 쓰겠소. 나 천갑영이라고 합니다. 이 짓 해서 밥먹기도 힘든 사람이오. 때려칠 수도 없고."

"세무서서 나온 건 아니니까 죽는 소리 마쇼."

"그러면 어디서 왔소?"

"이 여관 사러 왔다잖소. 얼마면 팔 거요? 돈천이면 될 거 아뇨?"

"……."

어이가 없는지 대꾸하지 않았다.

담배 케이스에서 담배 한 개비를 꺼내 내게 내밀었다. 국산

담배 거북선이었다.

"흔해 빠진 양담배 안 내놓고 왜 이 담배를 내놓는 거요? 내가 순산 줄 아슈?"

"이 양반아, 어디서 왜 나왔는지 말해야 상대를 할 거 아냐?"

믿는 데가 있는지 언성이 높았다.

보통 성깔은 아닌 것 같았다. 그 정도 배짱 없이 그런 변태업소를 차리지도 못할 것이고 몸 팔아 목구멍에 풀칠하는 여자의 등을 쳐먹을 수는 없을 것 같았다.

"되게 빠시네. 귀퉁배기 맞으려구."

내 말도 꽤 매웠다.

"뭐라구? 너 뭐하는 자식야."

"이 여관 사러 왔다잖소. 이런 여관하려면 귀먹어야 되는 거라면 난 일찌감치 포기하겠시다."

내가 시비조로 나간다는 걸 사내는 알고 있었다. 마흔 살 안팎의 이 능글맞은 사내를 어떻게 골려줘야 할지 내 머릿속이 복잡했다.

"이 자식이 어디 와서 행패야, 행패가. 뒈지고 싶어 환장했나. 이런 자식들 보기 싫어서 이 짓도 못 해먹겠네."

사내는 내가 관공서에서 나온 사람이 아니라는 걸 알아챘다. 큼직한 주먹으로 탁자를 쳐가며 눈을 부라렸다. 보통 성깔 있는 사내는 아닌 것 같았다.

"나 같은 놈 보기 싫으면 집어치우슈."

"너, 어디서 굴러먹다 왔냐? 뼈다귀가 성하려면 썩 꺼져."

사내가 엄포를 놓았다.

"형씨, 내 성깔은 굉일인 줄 아슈 ? 이거 왜 이래. 나도 쌀밥 먹고 살자 이거야. 형씨 혼자 고기 씹어 먹는 거 못 봐주겠단 말씀야."

"어허!"

주먹이 먼저 움직였다. 나는 몸을 피하며 사내의 턱을 갈겼다.

"이 새끼 죽인다!"

사내가 탁자를 번쩍 들었다. 찻잔이 쏟아졌다. 시끄러운 소리에 사람들이 몰려들었다. 나는 탁자 든 사내의 아랫배를 걷어찼다. 사내가 뒹굴었다. 밖에 있던 험상궂은 사내들이 우르르 몰려들었다.

"한 발짝만 들어서면 턱주가리를 뽀개버린다."

내가 소리쳤다. 사내들이 주춤거렸다. 쓰러졌던 사내가 꿈틀거리며 일어섰다. 다시 걷어찼다. 사내가 뒤로 벌렁 자빠졌다.

사내들이 칼과 방화봉을 들고 들어섰다. 나는 볼펜을 쳐들고 말했다.

"눈깔 빠지기 싫으면 토껴라. 말귀 못 알아먹는 놈은 입원할 테니까."

"어쭈."

사내들이 뭉텅이로 덤볐다.

간단하게 때려 뉘었다.

마구잡이로 배운 솜씨여서 볼펜 한 자루로 해결할 수 있었다. 대청 마룻바닥에 뻗어 누운 녀석들을 한쪽으로 몰아놓고 천 사장이란 사내를 잡아 일으켰다.

"흥정 좀 하실까?"

"뭘 요구하나?"

"돈."

"얼마냐?"

"기천만 원은 내놔야지. 내 춤솜씨 봤으면 그 정도는 지불할 각오를 했겠지. 다른 사람도 아니고 우리 천 사장께서야 사람 볼 줄 알겠지."

"……."

말이 없었다. 쉽사리 대답할 수 없는 노릇이었다.

"난 강도가 아니올시다. 천 사장 당신이 해먹은 것만 찾아가면 그뿐인 사람이올시다."

"무슨 소린지 모르겠다."

"이걸 한번 들으시면 아시겠지."

나는 소형 녹음기를 내놨다. 테이프가 돌아갔다. 생생한 현장 녹음테이프였다. 내가 다그치는 소리와 사내가 비명을 지르는 소리까지 다 들어 있었고, 마지막 부분에 미스 황 돈을 챙겨 달아나는 장면까지 다 있었다. 천 사장 얼굴이 대번에 실룩거렸다.

"아주머니는 가서 미스 황 데려오쇼. 빨리요."

나를 반갑게 맞아주던 여자가 화들짝 놀라서 안으로 들어갔다. 천 사장이 나를 뚫어지게 쳐다보았다.

"타협하면 될 거 아뇨."

좀 죽은 목소리였다.

"얼마에 하실까?"

"말해 보슈."

"에누리 없이 이천만 원."

"……."

천 사장은 대답하지 않았다. 그가 미스 황한테 빼먹은 액수보다 조금 많았기 때문이었다.

"이보슈 천 사장. 은행금리는 쳐줘야 할 거 아뇨. 미스 황의 정신적 피해보상은 뺀 거요. 그만하면 더럽게도 많이 봐준 거요. 내 말 알아듣겠소?"

"너무하잖소."

그는 시간을 끌자는 속셈인 것 같았다. 사람이 많은 곳이니까 누구라도 천 사장과 손이 닿는 패거리들에게 연락해 줄 거라고 믿는 것 같았다. 나는 이 사내가 쉽게 돈을 내놓지 않을 것을 알고 있었다. 큰 손모가지까지 꺾어놓으면 그때서야 순순히 돈을 내놓을지 모를 일이었다.

"이 녹음테이프 값도 빼준 거요. 내 수고비는 물론이고."

"그 자식 어디 있소?"

"감옥에 보냈지. 수틀리게 나오면 당신도 보낼 작정이오."

천 사장은 미스 황 사건을 부정하지 않았다. 너무 증거가 확실했고 현장에 증인이 있기 때문에 둘러붙일 수 없었던 것 같았다.

미스 황이 조심스럽게 걸어 들어왔다. 밤에 불빛에서 보았던 앳된 여자 모습이 아니었다. 나이에 걸맞게 교태가 흐르는 여인이었다.

"미스 황도 한번 들어보쇼. 만약 거짓말이라면 거짓말이라고 하쇼."

미스 황은 분위기에 주눅이 들었는지 잠자코 있었다. 녹음테이프가 돌아갔다. 그녀의 표정이 몹시 참담해 보였다. 그런 어마어마한 음모가 도사리고 있다는 게 몸서리쳐지는지 몸을 떨었다.

"내 돈만 찾아주세요. 다른 건 원치 않아요."

녹음테이프를 다 듣고 난 미스 황이 천 사장의 눈치를 살피며 이렇게 말했다.

"돈을 내놓겠소? 아니면 한번 골로 가보겠소? 돈이 아까우면 골로 가는 게 좋을 거요. 당신 같은 사람은 살아 있어봤자 별 뾰족한 게 없을 테니까 일찌감치 가시지."

사내가 눈을 내려깔고 흥정하자는 투로 눈짓을 보냈다.

"아까도 말했지만 흥정은 끝났소. 이천만 원 내놓든지 당신이 사라져주든지 둘 중에 하나뿐요."

"지금 그만한 돈이 없소."

그렇게 나오리란 건 알았다. 남의 피눈물을 짜낼 때는 낄낄거리다가도 제 주머니를 뒤지려고 하면 몸부림치는 게 그런 사내들의 천성이었다. 사기꾼의 특징은 그런 것이었다. 제가 챙긴 돈만 아까운 것이었다. 이런 사내를 법정으로 끌고 가려고 해도 적용할 만한 법조문이 없기 마련이었다. 증거도 없애고 상황도 바꾸어버릴 수 있는 위인들이기 때문이었다.

"이 바깥채가 당신 집이지?"

"그렇소."

"내가 뒤져보면 그만한 건 나오겠지. 정 안 되면 이 여관 팔면 될 거고."

나는 성큼성큼 안으로 들어갔다. 금고를 가리키며 열쇠를 내놓으라고 했지만 사내는 버티었다.

두어 번 걷어질렀다. 이런 고등사기꾼은 실컷 두들겨 패도 하느님이 웃을 것 같았다. 사내가 고꾸라졌다. 열쇠를 내놓고 번호를 댔다.

금고가 열렸다. 패물과 증권과 현금 뭉치가 쏟아져 나왔다. 여러 개의 통장과 도장도 나왔다. 나는 찬찬하게 살펴보고 입을 다물지 못했다. 증권에 투자한 액수가 일개 변태여관을 하는 사람으로선 너무나 컸다. 통장의 현금도 사천여만 원이나 되었다.

"당신 개같이 벌어서 똥강아지처럼 사는군."

나는 사정 보지 않고 팼다. 이런 사내는 당분간 기동하기 어렵게 뼈를 주물러줄 필요가 있었다. 사내가 대굴대굴 뒹굴며 살려달라고 악을 썼다. 보통 끝내기로 다잡아선 버르장머리가 고쳐지는 족속이 아니었다.

"미스 황처럼 해 처먹은 건이 또 있지? 바른말 하지 않으면 확 싸지를 거다."

"없소. 정말 없소."

"있다고 할 놈이 아니지. 이 개뼉다구 같은 자식아, 불쌍한 여자들한테 해 처먹는 것도 정도가 있지. 그렇게 일생을 조져줘야 네가 잘 사는 거냐 말이다. 정당하게 버는 만큼만 벌어 처먹으면 누가 모가지라도 따가냐? 너같이 악독한 놈은 씨알머리를 발라내야 돼. 세상이 좋아서 모가지만은 붙어 있는 줄 알아라."

분통이 터져서 곱게 놔둘 수가 없었다. 몸 팔아 돈 벌려고 나온 여자들에게 적당히 뜯어먹는 거야 내가 참견할 일이 아니지만 이렇게 치졸한 현금 수집광은 그냥 두고 싶지 않았다.

늘씬하게 두들겨 팼다. 이런 사내는 맞아 죽어도 과거의 죄악상을 털어놓지 않는 게 특징이었다. 증거도 없어진 지 오래됐고 구체적으로 고발할 사람도 없기 때문에 과거의 죄악은 영원히 감추어질 수밖에 없었다.

"시키는 대로 하겠소."

천 사장은 마룻바닥을 엉금엉금 기어 다니며 빌었다. 기어

다닐 힘을 남겨둔 것은 마지막 마무리를 위한 것뿐이었다.

"그럼 이 자리에서 해결하자."

"그럽시다."

"미스 황, 여기 앉아요. 내가 부르는 대로 받아써요. 당신도 이의 없지?"

두 사람은 고개를 끄덕였다. 나는 머릿속으로 정리를 하며 천 사장이 미스 황의 돈을 알겨먹기 위한 사기 수법을 불렀다. 미스 황이 깨알 같은 글씨로 받아썼다. 천 사장이 그 밑에 도장을 찍었다.

"다음은 당신이 받아써."

천 사장은 떨리는 손으로 저금통장의 양도증을 썼다. 통장의 비밀번호와 도장을 내놓았다.

"내일 은행에서 무사하게 돈을 찾을 때까지 당신은 내 인질야. 미스 황은 운전할 줄 알지?"

"네."

"그럼 내 차 타고 갔다가 아침에 돈을 찾아가지고 다시 와요. 차 안에 내 후배가 있으니까 그 녀석이 시키는 대로만 해요. 저쪽에서 받은 통장도 있어요. 어서 나가요."

미스 황은 주춤거리다가 뒷문으로 나갔다. 천 사장 표정이 일그러졌다.

"난 당신하고 밤 새우며 술이나 마셔야겠어."

천 사장은 입술을 깨물고 안방으로 엉금엉금 기어갔다. 술상을 차려온 색시들이 나를 흘끔거리며 쳐다보았다. 천 사장은 몸을 가누지 못하고 옆으로 기댔다.

"누워 계쇼. 내가 불침번할 테니."

천 사장은 할 수 없었는지 약방에 사람을 보내고 길게 누웠다.

시간이 꽤 오래 지났다. 심심해서 견딜 수가 없었다. 그렇다고 잠을 잘 수도 없었다. 은행에서 돈을 찾은 뒤가 아니면 안심할 수가 없었다.

바깥에서 이상한 소리가 들렸다. 천 사장 눈빛이 대번에 빛났다. 나는 그런 천 사장 따귀를 갈겨주었다.

"싸움질 잘하는 애를 불렀겠지. 시시한 놈들이면 내가 못 견디니까. 만약 엉터리 쌈군 불러들였으면 그땐 몇 대 더 맞을 각오나 해라."

천 사장에게 기회를 주지 않았지만 천 사장이 데리고 있는 애들이 어디 가서 쓸 만한 패거리를 불러온 것 같았다. 경찰서에 사람을 보내지 않은 것은 제 발이 저려서 할 수 없었을 것 같았다.

내가 방문을 열었다. 대청 아래에 힘깨나 써 보이는 사내들 셋이 서 있었다. 풍채가 만만찮아 보였다.

"임마, 가서 주먹 센 놈 열 명쯤 더 데리고 와서 깨워라. 느이들 가지고 어디 상대하겠냐."

나는 방문을 쾅 닫았다.

"얼씨구……."

어떤 녀석인지 헛김 빠지는 소리를 했다.

"집에 가서 발 닦고 자라. 몸 풀고 싶으면 도끼라도 들고 오든지. 애들은 일찍 자야 큰다."

내가 이렇게 말했다. 대청 문이 열리고 사내들이 우르르 몰려왔다. 아까 당한 녀석들이 내 실력을 보았기 때문에 조무래기를 데려오지는 않았을 것 같았다.

"일찍 자는 게 신상에 좋을 텐데."

나는 방문을 열고 나갔다. 사내들이 말없이 주위를 훑어보았다. 이렇게 서두르지 않는 걸로 미루어 조무래기들은 아니었다. 조무래기들은 폼만 잡고 동작선만 크게 보여주어 겁으로 때려잡으려는 허세가 심한 법이었다.

"한판 춤추려면 마당으로 나갑시다. 보아하니 형씨들 괜찮은 친구 같은데."

"그럽시다. 우리 지역에 온 손님인데 대접이나 잘해 드려야지."

마당으로 나섰다. 사내들은 서두르지 않았다. 무기를 빼어 들거나 욕지거리를 하지 않았다. 제대로 솜씨를 익혔거나 덩어리가 큰 사내들 같았다. 옷매무새도 보통 신사가 아니었다.

"천 사장하고 어떻게 되슈?"

"형씨는 남의 지역에 와서 왜 이렇게 노십니까. 조용조용하시는 게 좋을 거 아닙니까."

"그거야 맞소. 천 사장 저 친구가 불쌍한 여자들 등쳐먹는 걸 두고 볼 순 없잖소. 우선 춤이나 추고 얘길 합시다. 형씨들도 그래서 왔을 테니까."

"잠깐, 형씨가 혹시 할배 아닙니까?"

"그렇소. 날 아슈?"

"그냥 가겠소."

"그것도 인연요. 누군지나 압시다."

"동주 형 모시고 있습니다."

"이 지역요?"

"그렇습니다."

"그럼 한잔 꺾읍시다. 나도 심심한 판이니까."

"우리가 입장이 난처해서 그렇습니다. 천 사장 입장도 있고."

"무슨 뜻인가 알겠소."

나는 그들과 통성명을 하고 들어왔다. 기대를 걸고 있었던지 천 사장이 문쪽에 기대앉아 있었다.

"다행스럽게 꽤 쓸 만한 친구들을 뒀소."

나는 천 사장을 옆에 앉히고 밤새 술을 마셨다. 그래봤자 맥주 대 여섯 병뿐이었다. 더 마시고 싶었지만 이번 일을 그르치고 싶지 않았다. 천 사장은 주눅이 들어 제대로 말대꾸도 못했다.

하느님. 불쌍한 사람들 코 베어가는 사기꾼들만이라도 싸그리 쓸어가실 의향이 없으십니까? 벼락은 뒀다가 뭣에 쓰시렵니까? 콩 볶아 먹을 땐 우리집 연탄불 빌려다 쓰시고 벼락 좀 때려주쇼.

아침 열 시쯤 미스 황이 돈을 찾아가지고 왔다. 천 사장은 약을 바르고 진통제를 먹었지만 밤새 끙끙 앓았다. 얼굴이 노랗게 뜬 것 같았다.

여자들을 다 모아놓고 보증금과 임대료와 천 사장에게 뜯긴 돈을 나누어주었다. 여자들이 짐을 싸들고 나갔다. 천 사장은 내게 각서를 썼다. 결코 여자들을 등쳐먹지 않겠다는 각서였다. 경찰관이 천 사장을 데리고 나갔다.

미스 황이 내 팔짱을 끼고 가볍게 걸었다. 우리는 골목 끝까지 그렇게 걸었다.

〈4권에 계속〉

작가 후기

어둠 속에서 아주 작은 불꽃이 보이면 그 불꽃은 광명과도 같다.

나는 어두운 곳을 조명하려는 의도보다 어둠 속에서의 불꽃을 쳐다보려는 생각을 했다. 철저하게 사회의 밑바닥에 주저앉아 내 자신을 그 불꽃에 비추어 보려고도 했다.

초라하기만 했다. 아무리 가까이 다가앉아도 내 모습을 제대로 찾기는 어려웠다.

주인공의 실존 여부가 독자들의 가장 큰 관심이라는 것도 알고 있다. 그러나 주인공의 존재는 내 가슴속 깊은 곳에 도사리고 있는 내 응어리라는 걸 숨기고 싶지 않다.

실제로 나는 어려서 황제가 되고 싶었으며 내게 미래의 희망이 무엇이냐고 물으면 거침없이 황제가 되어 이 세상을 내 마음대로 주무르겠다고 했었다.

조금씩 철이 들면서 결코 내가 황제가 될 수 없다는 걸 알았다. 그것은 내 능력의 한계가 너무나 까마득하다는 걸 안 순간부터였다.

그러나 내 조그만 성을 포기하지는 않았다. 아주 작아도 좋았다. 그것이 무인도라도 좋았다. 사람 같은 사람들이 뒹굴며 살 수 있는 내 성을 갖고 싶었다. 사람이 사랑하며 살 수 없는 관계라고 하지만 투쟁하며 사는 것은 나를 늘 피곤하게 했다.

조금 더 철이 들면서 나는 그 조그만 성, 형편없이 작은 성마저도 가질 수 없다는 걸 불행하게도 깨달았다. 그것은 내가 욕심이 지나쳤다는 어처구니없는 결론이었다.

지금도 포기하지 않았느냐고 물으면 나는 어리석게도 아직도 결코 포기하지 않았다 대답할 것이다.

매주, 혹은 매월 집계되는 베스트셀러 순위에서, 발행된 후 한 번도 1위 이하로 내려간 적이 없었다. 언제나 인간시장이 1위를 고수할 수 있었던 것은 젊은이들 내면 속에 내 응어리 같은 것이 비슷하게 도사리고 있는 것이 아닌가 하는 생각을 했다. 그래서 더 부끄럽다. 내가 내 정열을 다 바쳐 쓸 수도 없었고 써지지도 않았다는 게 내 솔직함이다.

연재는 아직도 계속되고 있다. 이 소설의 매듭을 나 자신도 잘 모르고 있다. 왜냐하면 내 의도가 자꾸 빗나가고 있기 때문이다. 주인공을 황제로 분장시킬 수 있는 유일한 방법은 가면무도회뿐이라는 사실이다.

나는 자주 이 소설 속의 주인공을 두들겨 패고 싶은 욕망을 감추지 못한다.

인간시장 3

초판 1쇄 1982년 5월 20일
제2판 1쇄 2004년 3월 10일
제3판 1쇄 2015년 5월 25일
제3판 2쇄 2018년 3월 5일

지은이 | 김홍신
펴낸이 | 송영석

편집장 | 이진숙 · 이혜진
기획편집 | 박신애 · 박은영 · 임지선
디자인 | 박윤정 · 김현철
마케팅 | 이종우 · 허성권 · 김유종 · 한승민
관리 | 송우석 · 황규성 · 전지연 · 황지현

펴낸곳 | (株)해냄출판사
등록번호 | 제10-229호
등록일자 | 1 988년 5월 11일(설립일자 | 1983년 6월 24일)

04042 서울시 마포구 잔다리로 30 해냄빌딩 5 · 6층
대표전화 | 326-1600 **팩스** | 326-1624
홈페이지 | www.hainaim.com

ISBN 978-89-6574-493-1
ISBN 978-89-6574-490-0(세트)

이 도서의 국립중앙도서관 출판예정도서목록(CIP)은 서지정보유통지원시스템 홈페이지(http://seoji.nl.go.kr)와 국가자료공동목록시스템(http://www.nl.go.kr/kolisnet)에서 이용하실 수 있습니다.(CIP제어번호: CIP2015013172)